À PROPOS DE L'AUTEUR

Julia London a grandi au Texas, où elle nourrit très tôt sa passion de la littérature. Après avoir travaillé à Washington dans la fonction publique et voyagé pendant des années, elle décide de revenir au Texas pour devenir écrivain. Elle est aujourd'hui plébiscitée pour ses romances historiques et contemporaines.

Le mystère de Dungotty

Collection : VICTORIA

Titre original :
TEMPTING THE LAIRD

Le visuel de couverture est reproduit avec l'autorisation de :

© MOHAMAD ITANI/TREVILLION IMAGES

Réalisation couverture : E. COURTECUISSE (HarperCollins France)

Tous droits réservés.

HARPERCOLLINS FRANCE
83-85, boulevard Vincent-Auriol, 75646 PARIS CEDEX 13
Service Lectrices — Tél. : 01 45 82 47 47

www.harlequin.fr

ISBN 978-2-2804-2949-8— ISSN 2493-013X

JULIA LONDON

Le mystère de Dungotty

Traduit de l'anglais (États-Unis) par
Juliette Fuhs

Victoria

◆ **HARLEQUIN**

Chapitre 1

Un débat houleux s'était élevé au sein du clan Mackenzie de Balhaire, à propos de l'endroit où la vénérable Griselda Mackenzie devait être inhumée. Arran Mackenzie, le cousin de la défunte, voulait la voir reposer à Balhaire, aux côtés des autres morts du clan, enterrés là depuis plus de deux siècles. Mais Catriona, la plus jeune fille d'Arran, qui aimait sa tante Zelda comme une mère, voulait qu'elle repose à Kishorn Lodge, où elle avait vécu la majeure partie de sa vie.

Finalement, un compromis fut trouvé. Tante Zelda serait enterrée dans la crypte familiale à Balhaire, mais une *fèille*, un grand banquet, serait organisée en son honneur un mois plus tard à Kishorn.

Cet arrangement satisfaisait pleinement Catriona car c'était exactement le genre de célébration qu'elle voulait pour cette femme exceptionnelle qui avait vécu une existence libre et indépendante.

Malheureusement, la veille de la *fèille*, le temps tourna à l'orage. Kishorn était un lieu reculé, au cœur des Highlands, accessible presque exclusivement par bateau, sauf par beau temps. En conséquence, seul le cercle restreint des intimes de Zelda put se mettre en chemin. Ils remontèrent de Balhaire, traversèrent les propriétés du clan, Arrandale et Auchenard, puis passèrent le Loch Kishorn jusqu'à l'endroit où il rejoignait la rivière du même nom.

Si loin dans les Highlands, il n'y avait pratiquement plus âme qui vive. Autrefois, un village avait pris place sur les rives, car l'endroit était un terrain de chasse privilégié, mais il avait depuis longtemps disparu. Plus tard, un ancêtre Mackenzie avait construit une bâtisse sur les ruines des anciennes habitations.

Et Zelda, qui avait toujours privilégié sa liberté plutôt que l'enfermement du mariage – et avait pour cela bénéficié de l'indulgence de son père – s'était installée dans ce lieu perdu toute jeune femme. Au fil des ans, elle avait pris soin de l'habitation, améliorant son confort et en faisant un véritable foyer.

Les seules traces du village étaient les ruines de son abbaye, construite sur une colline qui surplombait la petite vallée traversée par la rivière. La construction était modeste, comme elles l'étaient toujours autrefois, et personne ne savait dire qui avait un jour dirigé le lieu. Zelda avait décidé que l'endroit était sien. Elle avait donc entamé des travaux pour rendre une partie des lieux habitables. L'autre moitié de la bâtisse – ce qui avait été le sanctuaire – n'avait plus de murs, et seuls quelques arcs de pierre demeuraient. Ces ruines-là ne servaient plus à rien, si ce n'est à offrir un peu de repos à l'abri du vent à des corbeaux fatigués.

Si seulement ces pierres avaient pu offrir un abri

contre la pluie battante qui n'avait cessé depuis le lever du jour… Catriona était défaite. Dire qu'elle avait imaginé que cette célébration pourrait rivaliser avec les autres *feilles* du clan qui se tenaient d'ordinaire à Balhaire !

— Il y a un sacré malentendu entre Dieu et moi…, marmonna-t-elle devant les autres femmes réunies autour du feu dans le salon de Kishorn Lodge.

Il y avait là sa mère, Lady de Balhaire, sa sœur, Vivienne, ainsi que ses belles-sœurs, Daisy, Bénédicte et Lottie.

— Il a déjà plu le jour de sa mise en terre et voilà qu'il pleut à nouveau ! Elle méritait vraiment mieux ! renchérit-elle en levant son verre de vin vide au-dessus de sa tête pour être resservie.

— Zelda ne se préoccuperait pas un instant du temps, Cat, assura sa mère. Elle serait simplement heureuse que tu aies persévéré dans l'organisation de la *feille*, en dépit de la pluie. Est-ce que tu ne l'entends pas rire ? Crois-moi, voilà ce qu'elle te dirait : « Tu t'attendais à quoi ? Que le Ciel m'accueille avec des chérubins et des oiseaux de paradis ? Non, ma belle, le Ciel pleure quand je frappe à sa porte ! »

— *Mamma*, la reprit Catriona sans pouvoir retenir un petit sourire.

Zelda aurait effectivement dit quelque chose dans ce goût-là.

— Cette entêtée va me manquer, soupira sa mère avec tendresse avant de lever son verre pour un dernier salut. Elle était incomparable.

Et c'était là un compliment exceptionnel, venant de Margot Mackenzie. Sa mère et Zelda avaient entretenu une relation tendue à travers les années, ne se rencontrant que très rarement, pour des raisons qui échappaient en grande partie à Catriona. Elle savait seulement que Zelda n'avait jamais réussi à pardonner à sa mère son sang anglais, ce qui était d'ailleurs un péché capital pour bon nombre de Highlanders. Mais Zelda avait également toujours eu la conviction absurde que Margot était une espionne à la solde de l'Angleterre.

Un jour, Catriona avait demandé à son père pourquoi sa tante était persuadée d'une telle chose et il avait eu un étrange regard.

— Parfois, il vaut mieux ne pas remuer le passé, *lass*. Tu ne dois pas croire tout ce que raconte ta tante.

Catriona avait acquiescé, non sans remarquer que son père n'avait pas répondu à sa question.

Néanmoins, en dépit de la mésentente entre les deux femmes, au cours des derniers mois de la vie de Zelda, alors qu'elle était plus souvent malade que bien portante, sa mère s'était rendue de Balhaire à Kishorn une fois par semaine pour venir lui tenir compagnie. Les deux femmes se disputaient souvent à propos d'événements du passé, mais elles riaient aussi beaucoup et gloussaient comme des enfants en se chuchotant des secrets.

L'une des servantes vint remplir son verre et Catriona le vida comme s'il s'était agi d'eau fraîche.

Avec tous les Mackenzie serrés à l'intérieur de la petite maison, il n'y avait plus beaucoup d'espace pour les jeux qu'elle avait prévus. Il n'y avait pas assez de place pour quoi que ce soit, d'ailleurs. Déconfite, Catriona noyait donc son chagrin et sa déception dans le vin.

— On devrait danser, se plaignit Lottie en se raidissant sous le poids du bébé qu'elle portait dans ses bras – encore un garçon. Je ne sais pas… quelque chose !

— Qu'est-ce que tu racontes ? répondit Vivienne. Tu ne peux même pas danser, Lottie.

Lottie ne s'était relevée de couches que récemment, après la naissance du petit Carbrey. Depuis l'arrivée de son second fils, son frère Aulay se pavanait dans Balhaire comme un paon. Ce qui ne manquait pas d'exaspérer Catriona.

— Certes, mais toi, tu peux danser. Et j'apprécierais le spectacle.

— Moi ? Je suis bien trop vieille et grasse pour la danse ! s'écria Vivienne, qui avait effectivement une silhouette pleine après la naissance de quatre enfants. Bénédicte dansera !

— Toute seule ? demanda cette dernière en se baissant pour redresser les bûches dans l'âtre. Est-ce que je dois également me charger de la musique ?

— Et moi, alors ? s'enquit Daisy, la femme de Cailean, l'aîné de ses frères. Je ne suis pas trop vieille pour quelques moulinets.

— Ni trop grosse, confirma Lottie.

— Non, mais ton mari est trop vieux, lui ! s'exclama Vivienne en faisant un signe de tête en direction de Cailean.

Il était installé près d'un brasero avec leur père, ses longues jambes confortablement étendues devant lui, une chope d'ale vide pendant nonchalamment de ses doigts.

— Quel dommage qu'Ivor MacDonald ne soit pas là pour danser avec notre Cat, soupira sa mère en lui adressant un sourire narquois.

La bienséance de Catriona était depuis longtemps noyée dans le vin qu'elle avait ingurgité et elle émit un grognement de frustration fort peu gracieux.

— Seigneur, *mamma* ! Tu ne prendras pas le moindre repos tant que tu ne m'auras pas vue mariée !

— Et qu'y a-t-il de mal à cela ?

— Oui, qu'y a-t-il de mal ? renchérit Daisy. Pourquoi n'acceptes-tu pas les attentions de Mr MacDonald, Cat ? Il semble gentil et Dieu sait qu'il est sincèrement épris de toi.

Cat leva les yeux au ciel. Ivor était un homme trapu – il faisait la même taille qu'elle et était beaucoup plus épais – avec des cheveux qui lui retombaient sans cesse sur le visage. Depuis la mort de Zelda, voilà quelques semaines, il était venu lui présenter ses condoléances tant de fois qu'elle avait cessé de les compter.

— Aussi épris soit-il, je suis moi-même bien trop éprise de mouvement pour me mettre en ménage avec un bâtisseur de navires, coupa-t-elle impérieusement.

En vérité, son rejet avait fort peu à voir avec le métier d'Ivor. Non, c'était plutôt son absence de cou qui posait problème.

Lottie lui adressa un regard stupéfait en la voyant lever une fois de plus son verre vide pour être resservie.

— Tu as trente-trois ans, Cat. Tôt ou tard, tu devras accepter que le dernier mouton du marché soit vendu au prix offert, sans quoi il finira en ragoût.

— Lottie ! s'exclama Bénédicte. Ce n'est vraiment pas gentil !

Catriona se contenta d'écarter ses propos d'un geste.

— Ce n'est peut-être pas gentil, mais c'est la pure vérité, n'est-ce pas ? Je m'engage clairement dans une existence de vieille fille, et, très franchement, je me vois assez vivre sans enfants ni mari. N'est-ce pas le choix qu'avait fait Zelda ? Je sais ce que je dois faire de ma vie : je dois poursuivre l'œuvre entreprise par tante Zelda.

— Te crois-tu vraiment destinée à t'enfermer à Kishorn, loin de toute société ? s'inquiéta sa mère. Après tout, tu n'es pas Zelda !

Catriona retint une grimace. Non, elle n'était pas Zelda. Et si elle l'avait pu, elle serait aujourd'hui mariée. C'était bien là le problème ! Il n'y avait absolument aucune relation sociale possible ici ! Les jours s'étiraient sans fin, les uns après les autres, avec rien d'autre pour s'occuper que cette abbaye.

— De quelle société tu parles, *mamma* ? De tous les hommes Mackenzie mariés ? Ou plutôt des MacDonald et de leur unique représentant célibataire, Ivor ?

— Si tu n'apprécies pas Mr MacDonald, il y a d'autres cercles sociaux à découvrir. Passer tout ton temps à Kishorn t'a isolée du monde.

Catriona esquissa une moue sceptique.

— Je crois, pour ma part, que j'ai exploré toute la bonne société des Highlands et que, tout comme ma regrettée tante, je suis bien mieux seule que mal accompagnée. Par ailleurs, les femmes et les enfants de l'abbaye ont besoin de moi, *mamma*. Pourquoi n'aurais-je pas le droit de poursuivre ce but ? lança-t-elle en accompagnant ses mots d'un geste si grandiose que du vin atterrit sur le sol de pierre. J'ai appris tout ce que je pouvais apprendre de tante Zelda. Les femmes de l'abbaye n'ont pas d'autre refuge et je suis déterminée à poursuivre son travail. C'est ce qu'elle aurait voulu. Alors n'essaie pas de me dissuader, *mamma*.

Épuisée par sa tirade, Catriona se laissa tomber sur son fauteuil en maugréant :

— Où est passée la servante ?

— Catriona, ma chérie…, commença sa mère.

Seulement, elle n'était pas d'humeur à discuter de son avenir. Elle se releva d'un bond et vacilla au premier pas, avant de se rattraper au dossier de la chaise. Elle n'en pouvait plus de revenir toujours sur le même sujet. Elle avait l'impression que le clan ne discutait que de son célibat depuis des années. *Cette pauvre Catriona Mackenzie… Qu'allait-on faire d'elle ? Elle n'avait ni perspective de mariage ni cercle d'amis, rien d'autre à faire que s'occuper d'une ruine au milieu de nulle part…*

— Je crois que j'ai envie de danser, coupa-t-elle. Est-ce que Malcolm Mackenzie est ici ? Je suis sûre qu'il a dû emporter sa flûte…

— Pour l'amour du ciel, assieds-toi, Cat ! supplia Bénédicte d'une voix pressante. Tu es en colère et tu as forcé sur le vin…

— Pff, j'ai à peine bu quelques gouttes, se récria-t-elle en résistant à la poigne de sa belle-sœur qui tentait de la faire rasseoir. C'est ton côté anglais, Bénédicte. Nous, Écossais, nous dansons bien mieux avec un peu d'alcool dans le sang, pas vrai ?

— Tu risques de blesser quelqu'un, insista Bénédicte en tirant derechef sur sa main.

— Tu ne devrais vraiment pas boire autant, approuva Vivienne.

— Je ne dois pas boire, je ne dois pas danser…, répliqua-t-elle avec irritation.

L'alcool qui lui fouettait le sang lui donna assez de force pour se libérer de l'emprise de Bénédicte. Ce faisant, elle perdit l'équilibre et trébucha en arrière, se cognant contre quelqu'un. Confuse, elle se retourna et rit avec plaisir en découvrant qui l'avait rattrapée.

Rhona MacFarlane était l'abbesse de Kishorn. Enfin, elle n'était pas réellement abbesse – elle avait certes un cœur d'or, mais elle n'était pas nonne. Néanmoins, tout le monde la considérait comme l'abbesse, depuis qu'elle avait commencé à travailler aux côtés de Zelda, douze ans plus tôt.

— Ah ! Regardez qui est venue se joindre à nous ! Merci, Rhona, très chère ! Vous venez de m'épargner un nouveau sermon et j'ai très envie de danser.

Catriona fit un gracieux moulinet du bras et se pencha en avant. Elle parvint à ne pas tomber la tête la première de justesse.

— Il n'y a pas de musique, fit fort justement remarquer Rhona.

— C'est vrai, admit Catriona avant de lui prendre les mains pour l'entraîner dans une danse. Nous n'en avons pas besoin !

— Mademoiselle Catriona ! s'exclama Rhona en se détachant.

— Très bien, très bien, je vais trouver Malcolm.

— Mademoiselle Catriona, vous avez des *visiteurs*, insista l'abbesse.

Catriona poussa un petit cri enthousiaste.

— Des visiteurs ? Qui donc ?

Elle se tourna vers la porte, s'attendant à y découvrir les MacDonald de l'île de Skye qui avaient bien connu Zelda. Cependant, les hommes sur le seuil n'étaient pas des MacDonald. Catriona sentit aussitôt qu'il ne s'agissait ni d'amis des Mackenzie, ni de familiers de Kishorn. Non, ces hommes étaient en visite officielle.

Soudain, elle se rappela les deux lettres que Zelda avait reçues ces derniers mois. Des courriers fermés d'un sceau officiel et écrits sur un vélin épais que Zelda avait écartés impatiemment.

Une brusque fureur envahit Catriona. Comment osaient-ils assombrir la *feille* de Griselda de leur présence ? S'ils pensaient que l'abbaye serait une prise facile à présent que sa tante était partie, ils se trompaient lourdement. Catriona préférait mourir plutôt que de laisser ces hommes mettre la main sur l'abbaye et souiller la mémoire de Zelda.

— Qui sont ces visiteurs ? demanda sa mère en se levant.

— De maudits vautours, voilà qui ils sont ! gronda Catriona avant de foncer tout droit vers eux.

Comme elle s'approchait du petit groupe, celui qui était devant baissa poliment la tête pour la saluer.

— Qui êtes-vous ? lança-t-elle d'une voix cinglante.

— Vous devez être Miss Catriona Mackenzie, dit l'homme dans un accent anglais élégant.

Il retira son tricorne et éclaboussa d'eau le sol et l'un des chiens qui s'ébroua.

— Comment connaissez-vous mon nom ? Et comment êtes-vous parvenu jusqu'ici ?

— C'est mon métier de connaître votre nom. Quant au trajet, un homme de Balhaire a été assez aimable pour nous conduire.

Il retira son manteau trempé et le tendit à l'homme à côté de lui. Sa veste était tellement mouillée que Catriona sentit l'odeur de laine humide qui en émanait.

— Stephen Whitson, agent de la Couronne. Pourriez-vous avoir l'amabilité de prévenir le laird que je dois l'entretenir d'un sujet urgent ?

Son regard parfaitement calme eut le don de l'exaspérer.

— Comme je l'ai dit, il s'agit d'un problème assez pressant.

— Il s'agit du même sujet qui vous a conduit à harceler ma tante jusque sur son lit de mort avec vos lettres, n'est-ce pas ?

— Pardonnez-moi, mademoiselle Mackenzie, mais c'est une question qui doit être discutée entre hommes et…

— C'est une question de décence…, répliqua-t-elle vertement avant d'être interrompue par une large main qui se refermait sur son épaule.

Coupée dans son élan, elle se tourna vers Cailean qui lui fit comprendre d'un regard de tenir sa langue.

— De quoi s'agit-il ?

— Milord, Stephen Whitson, à votre service, répondit l'Anglais en saluant.

— Il veut mettre la main sur l'abbaye, voilà pourquoi il est là, intervint Catriona avec colère.

— Cat.

Aulay venait juste d'arriver pour se positionner à sa gauche.

Il lui prit la main pour la placer d'autorité sur son bras avant de la serrer fermement.

— Laisse-le parler, tu veux ?

— Il est vrai que la Couronne porte un intérêt certain à cette abbaye, admit Whitson. Je suis envoyé par l'avocat de Sa Majesté.

Cailean fit un pas en avant, se plaçant entre l'Anglais et Catriona.

— Veuillez m'excuser, Sir, mais nous sommes réunis

aujourd'hui pour célébrer la mémoire de Miss Griselda Mackenzie.

— Mes condoléances. Je regrette que mon arrivée soit inopportune, seulement, mes lettres n'ont reçu aucune réponse. Comme je tentais de l'expliquer à Miss Mackenzie, le sujet qui m'amène est assez urgent et je dois en discuter avec votre laird.

— Fais-les entrer, Cailean, lança leur père depuis l'autre bout de la salle.

Whitson n'attendit pas d'invitation plus officielle. Il contourna aussitôt Cailean et avança à larges enjambées à travers la pièce, sans se soucier des gens rassemblés.

Tout le monde avait fait silence et les regards étaient tous fixés sur l'Anglais. Cailean le suivit et Catriona s'apprêtait à lui emboîter le pas quand Aulay la retint.

— Reste ici.

— Je refuse de rester en retrait, Aulay ! Je te rappelle qu'il s'agit de *mon* abbaye désormais !

Il ne la lâcha pas pour autant.

— C'est pourquoi je te suggère, si tu veux la garder, de faire attention à tes paroles, Cat. Tu connais ton tempérament, surtout quand tu as un peu abusé de la boisson.

Ce n'était pas le moment de débattre de ce qu'elle avait bu !

— Et alors ? Zelda est partie et j'ai noyé mon chagrin.

D'un geste sec, elle libéra son bras et rejoignit les autres. Son père s'était mis debout. Arran Mackenzie avait beau s'appuyer lourdement sur sa canne, il en imposait toujours par sa taille. Il faisait bien une tête de plus que ce Whitson. Son père était bon juge des caractères et visiblement, il s'était fait son idée sur lui car il ne lui avait proposé ni nourriture ni ale.

— Quel sujet vous amène ?

Whitson leva légèrement le menton avant de répondre :

— Puisque vous allez droit au but, milord, j'en ferai de même. L'abbaye de Kishorn a été illégalement utilisée pour protéger et soutenir des traîtres jacobites qui se sont soulevés contre notre roi lors de la rébellion de 1745. En raison de cette trahison, l'abbaye vous est confisquée.

Des hoquets de stupeur résonnèrent dans un silence assourdissant. Le laird se contenta d'éclater de rire.

— Kishorn Abbaye est installée sur des terres qui appartiennent au clan Mackenzie depuis plus de deux siècles. Il n'y a eu ni soutien ni protection. Nous sommes de loyaux sujets, Sir.

— Kishorn Abbaye a servi de refuge à des rebelles en fuite après la défaite de Culloden. L'abbaye a été dirigée par une sympathisante jacobite, j'ai nommé Miss Griselda Mackenzie. Il est inutile de le nier, milord, nous avons le témoignage de deux autres sympathisants. En conséquence, puisque cette propriété a été utilisée pour héberger des traîtres, elle est confisquée sur ordre du roi et appartient désormais à la Couronne.

— Sur ordre du roi ? répéta Cailean, incrédule. Avez-vous perdu l'esprit ? Dix années sont passées depuis la rébellion.

Whitson haussa les épaules.

— C'était un crime à l'époque et ça l'est encore aujourd'hui.

— Pourquoi la Couronne s'intéresse-t-elle à cette ruine ? intervint l'un de ses autres frères, Rabbie. Elle est en trop mauvais état pour être d'une quelconque utilité.

L'Anglais prit le temps d'ajuster ses manchettes avant de déclarer :

— Certains pensent que n'importe quel usage du lieu vaudrait mieux que d'abriter des femmes perdues de réputation.

Catriona émit un hoquet outragé.

— Comment osez-vous ? N'avez-vous donc aucune compassion ?

Il pivota si brusquement vers elle qu'elle sursauta.

— Il y a beaucoup de monde sur ces terres qui n'apprécient pas les personnes que vous hébergez, mademoiselle Mackenzie.

— Ce que nous faisons de notre propriété ne regarde personne, que je sache !

Catriona était parfaitement consciente de la tension qui émanait de Rhona, tout près d'elle, mais aussi de la rage qui courait dans ses veines.

— Je vais ignorer votre discourtoisie pour cette fois, Whitson, parce que vous ne venez pas d'ici, intervint son père. Mais si vous vous adressez encore une fois de cette manière à ma *nighean*, vous aurez à faire face à la justice des Highlands. C'est une promesse.

Whitson haussa un sourcil.

— Menacez-vous un agent de la Couronne, milord ?

— Je menace quiconque ose s'adresser aux miens de la sorte. Avez-vous au moins un décret officiel pour ce que vous avancez, ou doit-on se contenter de la parole d'un *Sassenach* ?

L'homme étrécit les yeux.

— Je vous pensais un homme raisonnable, Mackenzie. Vous avez une réputation honorable et il serait mieux pour tout le monde que vous ne passiez pas les bornes. Un décret officiel a été envoyé par courrier à Miss Griselda Mackenzie. Je n'en ai pas de copie sur moi, néanmoins je peux en faire faire une, si c'est absolument nécessaire.

— Griselda Mackenzie n'est plus de ce monde. Aussi, jusqu'à ce que j'aie vu un document officiel attestant vos propos, je n'ai aucune raison de les croire sur parole.

Whitson serra ses mains dans son dos. Catriona pouvait sentir la tension qui émanait de lui malgré le contrôle qu'il exerçait sur lui-même.

— Je vous le ferai délivrer par la poste, dans ce cas. Afin que tout se passe pour le mieux, je vous informe d'ores et déjà que le décret vous laisse six mois, à vous et à votre famille, pour libérer l'abbaye. Si, passé ce délai, les lieux ne sont pas vidés, l'abbaye sera reprise par la force. Je vous le redis, Kishorn Abbaye vous a été confisquée, milord, les ordres du roi sont clairs.

Soudain, Catriona se sentit prise de vertige. Seigneur ! Allait-elle être malade ? Vingt-trois âmes vivaient à l'abbaye, exclusivement des femmes et des enfants qui avaient été rejetés par la société. Où iraient-ils ?

— Et vous avez un quart d'heure pour vider les lieux, Sir, ou vous serez mis dehors de force, rétorqua sèchement Arran.

Sans un mot de plus, il tourna le dos aux étrangers.

— Vous pouvez attendre le décret pour la fin du mois, annonça Whitson d'un ton glacial avant de se diriger vers la porte.

Comme il passait devant elle, Catriona n'y tint plus.

— Êtes-vous à ce point dépourvu de conscience ?

Il s'arrêta brusquement et tourna lentement la tête dans sa direction. Son regard impassible lui confirma ce qu'elle avait deviné : le cœur de cet homme était froid.

— Je vous conseille, madame, de vous en tenir aux œuvres de charité adaptées aux dames convenables.

— Dehors, gronda Rabbie d'une voix dangereusement basse.

Whitson sortit à grands pas, son assistant sur les talons.

Après le départ des intrus, le silence perdura une longue minute. Catriona se sentait de plus en plus nauséeuse. Son esprit revenait sans cesse aux femmes de l'abbaye. Il y avait Molly Malone, qui avait été si sévèrement battue par son mari qu'elle avait perdu le bébé qu'elle portait. Elle s'était enfuie dans la nuit avec ses deux jeunes enfants et une seule couronne en poche. Et puis, Anne Kincaid, qui, toute jeune fille, avait été jetée hors de chez elle par un père indifférent. Elle avait dû se prostituer pour survivre. Et Rhona, cette chère Rhona, une envoyée de Dieu à Kishorn. Lorsque son mari était mort, personne n'avait été là pour lui offrir un toit. Elle avait fait des travaux payés à la journée pendant un an, mais cela ne lui avait pas permis de payer son loyer. Son propriétaire lui avait alors proposé un marché – son corps en échange d'un toit sur sa tête. Rhona avait enduré ce supplice pendant trois mois avant de se refuser. Il l'avait alors jetée à la rue sans aucun scrupule.

Et tant d'autres… La plupart accompagnées de jeunes enfants. Catriona ne supportait pas de penser à ce qui allait advenir d'eux. Dévastée, elle se laissa tomber sur une chaise, la poitrine serrée de peur.

— *Airson gràdh Dhè*, souffla Aulay. Qu'allons-nous faire ?

— Que pouvons-nous faire qui n'ait pas déjà été tenté par le passé ? demanda son père en se rasseyant lentement dans son fauteuil. Les MacDonald se sont battus pour que la Couronne leur rende les propriétés confisquées, sans succès.

— Certes, mais les terres qu'ils voulaient étaient arables, fit remarquer Cailean. Elles avaient bien plus de valeur que ce bout de terrain, conclut-il avec un geste vague de la main vers les fenêtres.

— C'est vrai qu'on ne peut rien y planter. Néanmoins, c'est une vallée riche pour un Sassenach qui voudrait élever du bétail.

— Ne peuvent-ils pas faire paître leurs moutons dans la vallée et laisser l'abbaye en paix ? demanda Catriona.

Vivienne lui répondit par un reniflement méprisant.

— Ils ne veulent pas de cette abbaye, ni surtout des femmes qui y vivent. Pardon, Rhona, ajouta-t-elle avec un regard d'excuse à l'intéressée.

— Inutile de vous excuser. Nous savons parfaitement comment nous sommes considérées par la plupart des bonnes gens.

— J'ai peut-être une suggestion…, intervint sa mère. Je pense que Catriona devrait délivrer la lettre que Zelda a écrite à mon frère au plus vite.

Son père regarda sa femme sans comprendre.

— Quelle lettre ?

— Zelda a écrit une lettre à ton oncle Knox qui n'a pas encore été envoyée. Tu connais Knox comme moi, Arran. Si quelqu'un peut nous venir en aide, c'est bien lui. Il connaît tout le monde, à la cour comme dans les bas-fonds. Or, il se trouve qu'il passe justement l'été en Écosse, dans son domaine de Dungotty.

Dans un bel ensemble, les quatre frères de Catriona émirent un grognement. Leur oncle était l'un des hommes les plus riches d'Angleterre, parce qu'il avait largement bénéficié des terres et possessions saisies aux Écossais après la rébellion jacobite. Il avait notamment acheté à la Couronne ce joli domaine près de Crieff et s'était un jour vanté de l'avoir eu pour le prix d'un cheval.

— La lettre de Zelda n'a rien à voir avec ce problème, dit Catriona en cherchant du regard une servante pourvue d'une carafe de vin.

— Peu importe. Tu as bien promis à ta tante de délivrer personnellement cette missive, n'est-ce pas ? Voilà pourquoi tu dois aller à la rencontre de mon frère. Et là-bas, tu feras appel à lui pour nous aider concernant l'abbaye.

— Je ne peux pas laisser l'abbaye juste maintenant, *mamma* ! *Diah*, nous venons de perdre Zelda !

— Rhona est là, répondit sa mère en lui prenant son verre vide des mains. Elle est parfaitement capable de veiller sur les pensionnaires.

Catriona secoua la tête.

— Ce n'est pas pareil…

— *Mamma* a raison, déclara Vivienne. Tante Zelda serait immédiatement partie auprès d'oncle Knox s'il l'avait fallu, Cat. Tu es la seule chance de salut de l'abbaye. Et oncle Knox est ta seule chance. De plus…

Elle s'interrompit et échangea un regard rapide avec leur mère.

— … Un peu de distance ne te ferait pas de mal, tu ne crois pas ?

— De la distance ? répéta Catriona, confuse.

— Oui, un peu de distance avec Balhaire. Et Kishorn, précisa son père.

Elle ne comprenait plus rien… Le roulis dans son

ventre revenait à la charge. Catriona sentait que quelque chose n'allait pas, seulement, l'alcool lui brouillait la raison, l'empêchant de réfléchir calmement.

— Tu as été une véritable bénédiction pour ma cousine, *lass*, Dieu en est témoin, reprit son père. Toutefois, cela fait des mois que tu n'as pas quitté son chevet, il est temps, à présent, que tu t'occupes de ta propre vie.

Catriona cligna plusieurs fois des paupières en comprenant dans un éclair de lucidité ce qui s'était passé. Ils avaient parlé d'elle ! Sa propre famille avait discuté à son propos, dans son dos ! Elle le lisait clairement sur le visage de ses parents, de ses sœurs et belles-sœurs, de ses frères ! Ils l'entouraient tous, avec leurs expressions mêlées de détermination et de sympathie.

— Je vois, commença-t-elle à voix basse. Vous avez discuté de ma vie et décidé d'une marche à suivre, c'est cela ? Comment osez-vous dire du mal de moi dans mon dos ? explosa-t-elle.

— *Criosd*, Cat, personne n'a dit du mal de toi ! s'exclama Rabbie. Seulement, ces derniers mois, tu n'as pas cessé de t'apitoyer sur ton sort en vidant des litres de vin ou de brandy, reconnais-le ! Tu n'essaies même pas d'entretenir un minimum de liens sociaux.

— Avec quelle société ? Dis-le-moi, Rabbie ! Montre-la-moi, s'il te plaît !

Il se rembrunit.

— Ne vois-tu pas ce que nous voyons tous ? Tu laisses ta vie te glisser entre les doigts.

Catriona se sentait affreusement exposée, vulnérable. Pas vraiment en colère, mais… la sensation d'être mise à nu devant les siens était désagréable. Qu'attendaient-ils d'elle, à la fin ? Aucun d'eux ne pouvait comprendre…

Aucun d'eux n'avait été célibataire, sans aucun espoir de fonder une famille.

— Que voulez-vous que je fasse ? Je n'ai pas d'autre occupation. Je n'ai rien d'autre à faire de mon temps que m'apitoyer sur mon sort et boire trop !

Elle était au bord des larmes. Elle se sentait trahie et incomprise par les siens. Tous avaient une famille, des amours, des occupations. Leurs vies avaient un *sens* ! Elle, parce qu'elle était née à une époque où les hommes honorables disponibles se faisaient rares, ne pouvait qu'aller d'une activité à une autre pour occuper son temps sans but.

L'abbaye était en vérité la seule chose qui donnait une direction à sa vie. Zelda lui avait enfin donné un objectif et voilà qu'ils voulaient le lui enlever ? Les larmes commencèrent à couler sur ses joues.

— *Diah*, je n'ai pas dit cela pour te faire pleurer, bougonna Rabbie.

Sa mère vint jusqu'à son fauteuil et la serra dans ses bras.

— Ma chérie, va voir ton oncle, prie-le de t'aider, et, je t'en supplie, prends un peu de temps pour toi.

— Je ne peux pas les laisser, gémit Catriona en prenant le mouchoir que Daisy lui tendait.

— Bien sûr que si, mademoiselle Catriona, vous pouvez.

En entendant cette voix, elle se figea. Le silence tomba sur la pièce avant qu'elle articule tout bas :

— Vous aussi, Rhona ?

L'abbesse rougit légèrement.

— Nous nous débrouillerons bien pour un été. Votre mère… Eh bien, elle a raison. Vous méritez un peu de bonheur, mademoiselle Catriona. Et ce n'est pas ce que vous avez eu à Kishorn.

Elle aurait voulu argumenter, affirmer devant tous que si, elle était heureuse, mais ç'aurait été mentir. Elle se sentait profondément malheureuse et, en dépit de tous ses efforts pour le cacher, ils en étaient tous conscients.

— Rhona et moi avons eu l'occasion de discuter, reprit sa mère. Nous en sommes arrivées à la conclusion que chacun ici pourrait se débrouiller sans toi, même si ma merveilleuse fille va me manquer cruellement.

Sa « merveilleuse fille » avait disparu depuis bien longtemps, ne laissant à sa place qu'une Catriona solitaire et mélancolique.

— J'aiderai à l'abbaye en ton absence, renchérit Lottie.

— Et moi aussi, approuva Bénédicte.

— Tout comme moi, conclut Daisy. Nous tous, en fait.

— Oui, mais vous ne saurez pas ce qu'il faut faire, vous allez provoquer une catastrophe.

— C'est fort possible, admit Aulay avant de se pencher pour l'embrasser sur le front. Dans ce cas, tu remettras tout en place à ton retour.

Catriona leva les yeux au ciel en reniflant.

— Je n'ai pas encore dit que j'acceptais d'y aller.

Néanmoins, avant la fin de la semaine, Catriona s'installa en voiture pour rejoindre Crieff et son oncle Knox.

Chapitre 2

Le voyage de Balhaire à Crieff fut épuisant, notamment à cause des routes étroites et peu utilisées. Bien souvent, les cochers devaient descendre pour déblayer les débris tombés en travers du chemin. Chaque jour, pendant une interminable semaine, Catriona fut secouée sur des ornières. Ils ne s'arrêtaient que le soir dans une auberge avant de reprendre la route le lendemain à l'aube.

Contrairement aux espoirs formulés par sa famille, son humeur ne s'améliora pas du tout au cours de ce périple.

Quand, enfin, la voiture s'engagea dans la rue principale de Crieff, Catriona avait l'impression d'avoir été enfermée des semaines plutôt que des jours. Le cocher s'arrêta devant l'auberge de l'Épée rouge aux alentours de la mi-journée. Elle se sentait si faible et épuisée qu'elle vacilla en descendant le marchepied. Heureusement, le jeune Mackenzie qui avait été envoyé en renfort du chauffeur principal la rattrapa et la remit sur pied.

— Voilà, mademoiselle Mackenzie, vous êtes arrivée. Nous reviendrons vous chercher dans deux ou trois semaines, d'accord ?

En cet instant, elle se moquait qu'ils ne reviennent

jamais la chercher parce qu'elle ne pouvait pas envisager une seconde de remettre un pied dans cette voiture de malheur.

— La voilà ! s'écria soudain une voix familière.

Elle se retourna et sourit à son oncle qui traversait la rue pavée d'un pas enthousiaste pour la rejoindre.

— Ma chère, chère enfant, tu es enfin arrivée !

Son oncle la saisit avec tant de force entre ses bras que sa capuche en tomba sur ses épaules. Il l'écrasa avec affection contre son large torse avant de déposer des baisers bruyants sur ses deux joues. Catriona ne put s'empêcher de glousser devant cette démonstration d'affection bienvenue. Son oncle la tint à bout de bras un instant pour l'admirer :

— Tu es toujours une beauté, ma petite, s'exclama-t-il fièrement.

Toujours ? À présent qu'elle avait plus de trente ans, il s'attendait sûrement à ce que sa beauté disparaisse.

— C'est tellement bon de te revoir, oncle Knox ! Tu ne peux savoir à quel point !

Son oncle était encore un peu plus corpulent que lors de leur dernière rencontre, un an ou deux plus tôt. Il était alors venu d'Angleterre pour rendre visite à sa sœur Margot. Oui, il avait bien pris de l'embonpoint, mais il n'en restait pas moins fort bel homme avec ses grands yeux vert pâle et ses cheveux grisonnants qu'il avait noués d'un ruban. Son manteau était de lainage fin et sa veste était décorée de broderies au fil d'or. Son jabot, d'un blanc étincelant, était artistiquement noué. En comparaison, Catriona se sentit ridiculement simple dans son habit de voyage.

— Viens, entrons à l'auberge, tu dois être assoiffée.

Et affamée, également, non ? Ah, vous êtes là, messieurs, tenez, voilà de quoi passer une bonne nuit de repos avec du bon vin et de belles femmes, dit-il aux cochers en leur lançant une bourse arrondie. Et ne vous pressez pas de revenir ! Je veux profiter de ma nièce préférée.

Il passa un bras tendre autour des épaules de Catriona et l'entraîna à sa suite.

— Le voyage est atrocement long depuis Balhaire, n'est-ce pas ? J'ai toujours dit à Margot qu'il y avait des lieux bien plus accessibles pour me permettre de la voir, hélas, elle a toujours été éperdument éprise de ton père et n'a jamais voulu le quitter.

— Le quitter ? s'exclama Catriona, choquée par cette suggestion.

Oncle Knox rit de sa réaction.

— Tu es venue seule ? Sans servante ? demanda-t-il en la conduisant vers l'entrée de l'auberge. J'ai une fille pour t'aider, même si je ne sais rien de ses talents de femme de chambre. Elle me semble très bien, mais mon invitée, Miss Chasity Wilke-Smythe, affirme que c'est une incapable...

Des invités ? Évidemment ! Elle aurait dû le savoir ! Oncle Knox s'entourait constamment d'amis et de connaissances, de tous milieux et de toutes origines, aux caractères parfois contestables.

Tandis qu'ils traversaient la salle, Catriona prit soudain conscience de son état déplorable. Elle se sentait sale dans ses vêtements de voyage et ne voulait rien d'autre que se plonger dans un bain chaud accompagné d'un verre de brandy.

— De toi à moi, ma chérie, les Wilke-Smythe sont quelque peu exigeants, et un peu trop *Whigs* à mon goût, si tu vois ce que je veux dire, poursuivit oncle Knox à voix basse.

En vérité, elle ne voyait pas vraiment ce qu'il voulait dire. Elle savait seulement que le parti Whig défendait les pouvoirs du Parlement contre l'absolutisme du pouvoir royal. Néanmoins, elle n'était pas versée en politique.

— Toutefois, leur compagnie te plaira, je l'espère. Et si jamais ce n'était pas le cas, il y a également la comtesse Orlov et son cousin, Vasily Orlov. Ils sont hauts en couleur.

Il se pencha vers elle pour murmurer d'un ton dramatique :

— Des Russes.

— Tu ne m'avais pas dit que tu avais tant de convives dans ta lettre, mon oncle.

— C'est que j'en ai à peine, pour une fois ! Par ailleurs, je pourrais avoir une véritable assemblée sous mon toit, je les mettrais tous à la porte pour pouvoir passer un été avec ma nièce adorée !

— Je ne suis là que pour deux semaines, mon oncle…

— Nous y sommes ! lança-t-il en ignorant sa précision.

Un bras autour d'elle, il utilisa l'autre pour ouvrir une porte avant de proclamer :

— La voilà !

Le petit groupe réuni autour de la table centrale se tourna d'un même mouvement pour la regarder. Ce devait être tous les invités de son oncle, puisque les deux seules autres personnes étaient attablées devant une chope d'ale au comptoir.

Oncle Knox l'entraîna jusqu'à la table pour la présenter à la compagnie. D'abord Mr et Mrs Wilke-Smythe et leur fille, Miss Chasity, qui ressemblait tant à sa mère qu'on les aurait prises pour des jumelles avec leurs perruques poudrées et leurs habits identiques. La fille semblait à peine assez âgée pour sortir dans le monde.

Puis ce fut au tour de la comtesse Orlov, une femme élégante dotée d'un regard perspicace ; et de son cousin, Mr Vasily Orlov, bel homme un peu gandin.

— Appelez-moi Vasily, pria-t-il avec un accent chantant en baisant sa main.

Vint ensuite Mrs Marianne Templeton, une veuve un peu plus âgée que son oncle, elle était la sœur du voisin d'oncle Knox en Angleterre. Sa mère avait déjà mentionné cette femme en affirmant qu'elle semblait impatiente de faire d'oncle Knox son futur époux. Mrs Templeton l'examina des pieds à la tête sans la moindre gêne.

Enfin, Catriona fit la connaissance d'un gentleman plus âgé, Lord Furness. L'homme, doté de sourcils impressionnants, lui adressa à peine un regard tandis que son oncle le présentait comme un vieil ami.

Il la fit asseoir entre Lord Furness et Miss Chasity, puis commanda du whisky pour tout le monde.

— En l'honneur de ma nièce. Les Écossais sont très friands de whisky, n'est-ce pas, Cat ?

— Euh… Oui, beaucoup le sont.

— Alors en Écosse, mes amis, nous devons boire comme les Écossais ! s'exclama-t-il en levant son verre pour un toast. À l'Écosse !

— À l'Écosse ! reprirent les invités en chœur.

Catriona aimait d'ordinaire savourer le whisky, mais aujourd'hui, elle était tellement épuisée qu'elle le vida d'un trait avant de reposer le petit verre sur la table. Ce n'est qu'alors qu'elle remarqua que tout le monde avait les yeux rivés sur elle.

— Ce n'était qu'un tout petit verre, dit-elle, légèrement sur la défensive.

Elle se sentait encore blessée par la désapprobation qu'elle avait sentie chez ses proches le jour de la *fèille*.

— Une autre tournée ! lança oncle Knox.

Le whisky eut pour effet positif de rendre leur groupe un peu plus joyeux. Les langues se délièrent et les rires retentirent. Ils se corrigeaient les uns les autres en racontant ce qui s'était produit la veille au soir – apparemment une partie de whist qui avait dégénéré. Catriona écoutait, souriait et hochait la tête quand elle le pensait nécessaire. Cependant, elle ne ressentait rien d'autre qu'une immense fatigue qui l'écrasait. Elle s'appuya au dossier de sa chaise afin que Lord Furness puisse s'adresser plus facilement à Miss Chasity.

Peu à peu, le restaurant commença à se remplir et elle espéra que cela allait inciter oncle Knox à les emmener vers Dungotty. Hélas, il ne faisait pas mine de partir. Au contraire, il commanda des tourtes pour tout le monde et de l'ale pour remplacer le whisky lorsque le rire de Mrs Templeton devint un peu trop exubérant.

Une autre heure s'écoula. Catriona se sentait glisser lentement sur son siège de bois et jeta un œil sur la montre accrochée à sa robe pour voir l'heure. Lorsqu'elle releva la tête, son regard tomba sur le dos d'un homme et s'y arrêta un moment. Pourquoi donc cet inconnu avait-il attiré son attention ?

Elle n'aurait su le dire… L'homme semblait grand et portait un habit luxueux. Son jabot immaculé couvrait sa nuque et ses cheveux, aussi noirs que son habit, étaient attachés par un ruban vert. Il s'était installé près de la fenêtre, seul, et avait appuyé une jambe sur son genou opposé. Son bras était posé sur le dossier d'une chaise vide à côté de lui et il fixait les mouvements de la rue à travers les fenêtres.

Catriona sursauta en sentant qu'on lui donnait un léger coup de coude.

— Je n'arrive pas à croire qu'il ait osé entrer, murmura Miss Chasity à son oreille.

— Pardon ?

La jeune femme fit un signe de tête entendu en direction de l'homme qu'elle observait un instant plus tôt.

— C'est le duc de Montrose. Regardez, dehors, on peut voir les armoiries de Blackthorn sur sa voiture.

Catriona jeta un œil dehors avant de revenir vers l'homme dont elle ne voyait toujours que le dos.

— Vous avez entendu parler de lui, n'est-ce pas ?

Elle secoua la tête.

— Devrait-ce être le cas ?

— Évidemment ! s'exclama Miss Chasity d'un ton suraigu avant de refermer les doigts sur le bras de Catriona en serrant violemment. Il est très célèbre.

Ses yeux brillaient d'excitation.

— Et pourquoi donc ?

Sa voisine se pencha encore plus près pour lâcher dans un souffle.

— On dit qu'il a tué sa femme.

— Pardon ? s'exclama Catriona en se tournant vers la jeune femme. Vous plaisantez !

— Pas du tout ! Tout le monde le dit – elle a disparu. Un soir, elle donnait un dîner avec tant de porcelaine et d'argent exposés que des gardes armés se tenaient

devant la demeure. Et le lendemain, elle s'était évaporée !
Un instant, elle était là, l'instant d'après… volatilisée,
conclut-elle en claquant des doigts. Personne ne l'a
revue depuis.

Les yeux écarquillés, Catriona contempla le large
dos de l'homme.

— C'est impossible.

— Vous devez l'entendre de la bouche de votre
oncle, Lord Norwood ! C'est lui qui m'a tout raconté !

Au même instant, son oncle se leva, vacillant légèrement
sur ses jambes.

— Nous en avons assez. Il est temps de conduire ma
chère nièce à la maison. Où sont ses malles ? Quelqu'un
a-t-il pris ses malles ?

— Je ne les ai pas, dit Lord Furness en se redressant
avec hésitation.

En vérité, ils semblaient tous vaciller sur leurs
jambes en remettant manteaux et chapeaux. Dans le
mouvement du départ, Catriona tenta de jeter un œil au
visage du mystérieux duc, hélas sans succès, car Vasily
Orlov choisit justement ce moment pour lui adresser
un sourire séducteur en chuchotant :

— Norwood avait omis de mentionner la grande
beauté de sa nièce.

Catriona s'éloigna rapidement de l'impertinent pour
suivre son oncle à l'extérieur, où le soleil continuait
de briller. La voiture qui l'avait amenée avait disparu,
remplacée par une large calèche. Des plumes rouges
magnifiques voletaient dans le vent à chaque coin et les
armoiries de Montrose étaient incrustées sur les portières.

— Par le diable ! s'écria son oncle en passant un bras
sous le sien. Montrose s'est-il montré en ville ?

— En effet, répondit Lord Furness. N'avez-vous pas remarqué le gentleman dans la salle de l'auberge ? Ce ne pouvait être personne d'autre que lui avec la chevalière qu'il avait au doigt.

— Comment ? Dans l'auberge ? Je n'ai rien vu ! C'est bien courageux de sa part de se montrer. Allons, Cat chérie, tu voyages avec moi. J'ai un nouveau cabriolet qui vient tout droit de France.

— Et mes malles ?

— Quelqu'un les apportera plus tard.

— Mon oncle, je…

— Allons, ma chérie, ne t'inquiète plus de rien. Je ne serais pas surpris de découvrir tes malles déjà livrées à Dungotty. Les Écossais sont étonnamment efficaces.

Elle aurait pu s'offusquer de cette généralisation sur son peuple, mais elle n'en eut guère le temps car toute son attention se porta sur la nouvelle acquisition d'oncle Knox. L'engin avait deux sièges, une capote et était tiré par deux chevaux. Il l'aida à grimper, puis il lui fallut deux tentatives pour se hisser à son tour car le whisky et l'ale avaient eu raison de son équilibre.

— Tu as l'intention de conduire toi-même ? s'exclama-t-elle, alarmée.

— Bien sûr, oui. N'aie pas l'air si terrifiée, ma chérie ! N'as-tu donc pas confiance en ton vieil oncle ?

— Non !

Il éclata de rire devant sa réponse spontanée.

— Très bien, dans ce cas, si tu préfères, tu peux conduire.

— Oui, je préfère.

Il lui tira la langue en gloussant puis lui tendit galamment les rênes.

— Tu ressembles tellement à Zelda. C'en est déstabilisant. Regardez ! Ma nièce veut conduire ! C'est ainsi en Écosse ! Les femmes sont aussi fortes qu'impétueuses !

— Mon oncle !

— C'était un compliment, voyons ! dit-il en se renfonçant contre le dossier de cuir. Ma propre sœur est plus écossaise qu'anglaise, à présent. Quand je pense à quel point Margot s'est battue pour ne pas être envoyée là-bas et épouser ton père ! s'exclama-t-il avec un grand rire. Prends la route du nord.

Catriona lança les chevaux à un trot si énergique qu'oncle Knox dut s'accrocher aux côtés de la voiture pour ne pas tomber.

Alors qu'ils avançaient, il lui montrait tous les points d'intérêt qu'ils croisaient, mais elle était si fatiguée qu'elle les remarquait à peine. Jusqu'à ce qu'ils prennent un virage et qu'elle découvre, installé au bas de la colline, un magnifique château digne d'un roi. La pierre de construction était d'un gris sombre presque brillant et des dizaines de fenêtres scintillaient aux rayons du soleil de l'après-midi. Il y avait tant de cheminées qu'elle ne parvenait pas à les dénombrer.

— Qu'est-ce que ce château ?

— Cela, ma chère enfant, est Blackthorn Hall, la résidence du duc de Montrose.

La bâtisse disparut derrière des arbres alors qu'ils grimpaient sur une colline. Comme la route tournait à nouveau, elle eut soudain un autre point de vue sur Blackthorn Hall et l'immense parc qui s'étalait derrière le manoir. À cette distance, les parterres de fleurs formaient des rubans de couleur. Les écuries semblaient aussi vastes que celles d'Auchenard, le domaine de son neveu, Lord Chatwick.

— C'est plutôt grand, n'est-ce pas ? s'enquit oncle Knox.

Le chemin prit un nouveau tournant et Catriona fut enfin capable de reporter son attention sur la route.

— Est-ce qu'il a vraiment tué sa femme ?

— Tu as déjà entendu l'histoire, alors ! C'est en tout cas ce que les gens d'ici affirment. Peut-être l'a-t-il simplement envoyée dans un couvent. Quoi qu'il se soit passé, il semble bel et bien qu'elle ait disparu une nuit et que personne n'ait entendu parler d'elle depuis lors.

— L'a-t-on cherchée ?

— Je suppose que oui. C'était une beauté rousse, très aimée de ses gens. J'en ai entendu dire qu'elle était un rayon de soleil qui vivait dans l'ombre d'un homme lugubre. Comme il devait lui en vouloir !

— Pourquoi cela ?

— Ne le devines-tu pas, Cat ? Certains hommes n'apprécient guère d'être éclipsés par le sexe faible.

— De là à commettre un meurtre, dit-elle, sceptique.

— Eh bien, certains hommes sont conduits à une passion folle et destructrice. Tu devrais t'en souvenir, répondit-il en lui tapotant la main.

— Est-ce que tu l'as rencontré ? Le duc ?

— Quoi ? Euh… Non, en fait non.

Il avait répondu comme s'il venait tout juste d'en prendre conscience et en était surpris.

— Si je vivais ici, je crois que je tiendrais à le rencontrer. On ne peut pas croire ces rumeurs sans même avoir rencontré l'homme.

— Oui, tu es vraiment comme ta tante Zelda, répéta-t-il en secouant la tête. Elle serait allée directement frapper à la porte de Blackthorn et aurait demandé au duc : « Avez-vous tué votre femme ? » le plus simplement du monde.

Catriona sourit au souvenir de sa tante fantasque et si indépendante.

— Nous y sommes. Voilà Dungotty ! annonça soudain son oncle en se redressant.

La taille du manoir la surprit. L'endroit était certes deux fois moins grand que Blackthorn Hall, mais restait bien plus vaste qu'elle se l'était imaginé. C'était au moins aussi grand que Norwood Park, la résidence familiale de son oncle et la demeure où avait grandi sa mère. Dungotty était niché dans une immense clairière, entourée de verdure. Au milieu de l'allée circulaire qui menait à l'entrée, les trois sirènes d'une fontaine envoyaient de l'eau par leurs bouches. Chacune avait les bras passés autour des autres silhouettes et leurs visages étaient tournés vers le soleil.

Comme Catriona arrêtait le cabriolet dans l'allée, deux domestiques en livrée accoururent pour les aider à descendre.

— J'ai la suite parfaite pour toi, ma chérie, annonça oncle Knox. Elle a un jour été habitée par la douairière de Dungotty.

— Qui était la famille ? demanda Catriona en admirant la fresque sculptée au-dessus de l'entrée.

— Quelle famille ?

— La famille à qui le domaine a été confisqué.

— Oh ! bien sûr ! Tu portes encore de tendres sentiments à ceux qui ont connu ce sort. Je crois qu'il s'agissait des Hays, ou peut-être Haynes ? Peu importe.

C'était il y a très longtemps et il faut savoir laisser le passé où il est.

— Tu parles comme un Anglais, marmonna-t-elle.

Oncle Knox rit.

— Tu changeras d'humeur quand tu auras vu les appartements que j'ai fait préparer pour toi.

De fait, il n'avait pas tort. Le logement qui lui avait été attribué était magnifique : une chambre, un salon et un immense cabinet de toilette. Le tout décoré dans des tons crème et rose pâle. Un épais tapis réchauffait le plancher, le baldaquin du lit était splendide et la vue du troisième étage à couper le souffle. Catriona admira le spectacle du vallon encerclé de collines verdoyantes.

Dans le salon, un feu vif flambait dans l'âtre, devant lequel on avait disposé quelques fauteuils rembourrés, ainsi qu'une petite table de repas assortie d'une chaise. Mais ce qui parut le plus merveilleux à Catriona fut la large baignoire qui trônait dans le cabinet de toilette.

— Alors ? Qu'est-ce que tu en penses ? s'enquit oncle Knox.

— Oui, c'est vraiment charmant, mon oncle, acquiesça-t-elle en contemplant le plafond peint d'ange-lots. Merci beaucoup.

Il lui sourit avec un plaisir évident.

— Repose-toi, maintenant, ma chérie. Je vais te faire envoyer une femme de chambre et préparer un bon bain avant le souper. Nous avons fait sortir du saloir un jambon pour fêter ton arrivée.

Catriona retint un gloussement. Ce cher oncle Knox ! Était-il plus enthousiasmé par son arrivée, ou bien par la perspective du jambon fumé tout frais ? Pour sa part, elle était extatique à l'idée de prendre un bain et de faire une petite sieste.

— Avant que tu partes, j'ai une lettre à te donner ! le rappela-t-elle à l'instant où il allait passer la porte.

— Décidément, ma chère sœur semble déterminée à régenter ma vie, s'amusa oncle Knox. C'est la troisième missive qu'elle m'envoie en quelques semaines. Que veut-elle à présent ?

— Ce n'est pas *mamma*, c'est de tante Zelda.

Aussitôt, l'expression de son oncle s'adoucit. Il regarda un instant la lettre qu'elle lui tendait comme s'il ne parvenait pas à croire un tel miracle.

— Elle m'a écrit…

— En effet. Elle m'a demandé de te la remettre peu avant son trépas. Une pour mon père. Une pour le révérend. Une pour toi.

Il prit la lettre et traça lentement les volutes de l'encre qui formaient son nom. Cat sentit sa gorge se serrer. Elle avait beau lutter, le fait que tante Zelda n'en ait pas laissé pour elle continuait de la faire souffrir.

— Merci, ma chère Cat, murmura-t-il d'une voix étranglée avant de la serrer contre lui.

Elle se sentit brusquement submergée par une vague d'émotion.

— Tu m'aideras, n'est-ce pas, mon oncle ? Tu m'aideras à préserver ce que Zelda avait construit avec tant d'efforts ?

— Bien sûr que oui, *lass* ! Mais gardons cette discussion pour plus tard, veux-tu ? Tu dois te reposer de ton voyage et reprendre des forces pour te remettre doucement de ce deuil.

— Mais je…

— Nous avons tout le temps devant nous, coupa-t-il en l'embrassant sur la tempe. Repose-toi.

Et sur ces mots, il sortit, les yeux fixés sur la lettre.

Catriona referma derrière lui et alla s'allonger sur la courtepointe du lit. Elle ferma les paupières et poussa un lourd soupir. Alors qu'elle commençait à sombrer dans le sommeil, une image demeurait inscrite sur ses paupières closes : un dos large, des cheveux noirs tenus par un ruban vert et un bras déployé sur le dossier d'une chaise vide.

Comment imaginer qu'un homme dont il émanait une telle virilité puisse ressentir le besoin de tuer sa femme ? Avec une telle prestance et un titre ducal, il semblait incroyable qu'une femme puisse n'être pas séduite.

Mais alors, qu'était-il advenu de la duchesse ?

Chapitre 3

Hamlin Graham, duc de Montrose, comte de Kincardine, laird de Graham se retrouvait en train de coiffer les cheveux d'une enfant de dix ans... Tâche pour laquelle il n'avait ni talent ni motivation. Après tout, n'était-ce pas là les plus lourdes responsabilités d'un duc ?

— Vous tirez trop fort, se plaignit sa pupille.

— Que dois-je faire, alors ? demanda-t-il, agacé par sa propre maladresse. Tu as un véritable nid sur la tête.

Eula gloussa à cette idée.

— Pourquoi ne laisses-tu pas ta gouvernante s'en charger ? Elle doit être bien plus douée que moi.

— Je ne l'aime pas, répliqua Eula Guinne d'un ton catégorique.

— Vraiment ? Et pourquoi cela ?

— Parce qu'elle est vieille. Et qu'elle sent l'ail.

Hamlin pouvait difficilement la contredire sur ce dernier point – il avait effectivement noté un effluve d'ail autour de Mrs Weaver.

— Je voudrais une nouvelle gouvernante.

Hamlin leva les yeux au ciel pour y trouver du réconfort. En vain.

— Je ne vais pas renvoyer Mrs Weaver, Eula. Elle a fait tout le trajet depuis l'Angleterre pour me suivre et travaille à mon service depuis de nombreuses années.

Sans même parler du fait qu'il ne trouverait jamais quiconque pour la remplacer s'il la remerciait, en raison de son exécrable réputation.

— Mais ce n'est pas une *femme de chambre*, c'est une gouvernante. Je veux une femme de chambre.

Eula ressemblait à bien des égards à sa cousine Glenna Guinne, cette femme qui avait un jour été son épouse. Glenna aussi voulait des choses – encore des choses et toujours des choses. Cela avait été un fardeau épuisant de tenter de la satisfaire.

Hamlin prit une épingle joliment décorée d'une boîte à bijoux et écarta une lourde mèche rousse du visage d'Eula pour l'attacher. Il fit de même de l'autre côté.

— Elles ne sont pas placées au même endroit, déclara Eula en s'examinant dans le miroir.

Il fallut à Hamlin encore deux essais pour parvenir à la contenter. Alors elle se tourna face à lui et le détailla des pieds à la tête.

— Vous n'êtes pas correctement vêtu, Montrose.

— Je t'ai déjà dit qu'il n'était pas correct pour une jeune fille de s'adresser à un duc par son nom. Et je suis correctement vêtu pour aller réparer un toit, rétorqua-t-il en jetant un regard à ses chausses en daim, sa chemise délavée et ses bottes qui avaient besoin d'un bon cirage.

— Quel toit ?

— Celui de l'un des bâtiments extérieurs.

— Que lui est-il arrivé ?

— Il y a un trou dedans.

— Pourquoi est-ce vous qui vous en occupez ? Un valet ou un jardinier ferait parfaitement l'affaire.

Hamlin croisa les bras sur son torse et pencha la tête de côté.

— Pardonnez-moi, jeune fille, mais êtes-vous la dame de Blackthorn Hall, désormais ?

Elle haussa les épaules.

— Cousine Glenna disait que les ducs ne doivent pas travailler de leurs mains. Ils sont supposés réfléchir à des questions importantes.

— Eh bien, le duc que voici apprécie le travail manuel. Quant à toi, il est l'heure de tes leçons.

Il pointa du doigt la porte.

— Il est *toujours* l'heure de mes leçons, gémit Eula.

— Allez, déguerpis, jeune fille.

Avant qu'elle ait atteint la porte, Hamlin l'arrêta :

— Tu n'oublies pas quelque chose ?

Elle fit volte-face, revint à sa coiffeuse, prit son ardoise et quitta la pièce.

Hamlin fit de même et partit dans la direction opposée, passant devant les portraits des ducs de Montrose et de leurs femmes. Il descendit rapidement les marches du grand escalier circulaire pour rejoindre le grand hall de marbre et passer la double porte qu'un valet ouvrit à son approche.

Il se mit au pas de course pour parcourir l'allée qui longeait le château. Puis il s'arrêta un moment pour contempler le ciel d'un bleu éclatant. L'été avait été inhabituellement sec jusque-là et le ciel était dépourvu du moindre nuage depuis plusieurs jours.

Hamlin profita de cette bénédiction pour marcher tranquillement jusqu'aux bâtiments extérieurs. Des hommes l'attendaient avec leurs outils, autour du bâtiment dont le toit avait été endommagé par la dernière tempête du printemps.

— Votre Grâce, le salua le charpentier.

— Monsieur Watson, belle journée, n'est-ce pas ?

— En effet, milord.

L'homme lui tendit un marteau qu'il prit avant de monter à l'échelle qui avait été placée contre le mur. Avec nostalgie, Hamlin songea qu'il avait existé un temps où les serviteurs de Blackthorn s'adressaient à lui comme à une personne, et non comme à un monstre qu'il fallait craindre.

« Bien le bonjour, à vous, vot' Grâce. Z'êtes allé à la rivière ? Les poissons sautent directement dans le filet, pas vrai ? »

Hélas, ce temps-là semblait révolu.

Une fois parvenu sur le toit, il se cala, allongé, sur le côté.

— Une planche, Watson.

— Oui, milord.

Aidé d'un autre, Watson grimpa à son tour et lui fit passer une planche de bois. Hamlin la positionna correctement et tendit la main pour recevoir les clous qu'il tint entre ses dents.

Il n'avait pas été tout à fait clair avec Eula. Ce qu'il adorait par-dessus tout, ce n'était pas l'effort physique, c'était marteler quelque chose. Il adorait enfoncer un clou de toutes ses forces dans une surface dure. Il aimait l'écho du coup qui se répercutait dans son corps, le sentiment de puissance que cela lui prodiguait. Il se sentait alors pleinement en contrôle.

— Votre Grâce…

— Hum ? grogna-t-il entre ses dents pleines de clous.

— Votre Grâce, quelqu'un vient.

Hamlin cessa d'enfoncer le clou. Il regarda par-dessus le toit pour découvrir un petit cabriolet élégant qui se dirigeait droit vers l'entrée du château, et donc sur eux. Il en fut d'autant plus abasourdi que plus personne ne venait désormais à Blackthorn Hall. Depuis un an, il n'avait plus aucune vie sociale. Hamlin recracha les clous dans sa paume.

— Qui cela peut-il être ?

— Je ne reconnais pas l'attelage, répondit Watson.

Hamlin poussa un soupir irrité. Il voulait planter des clous et réparer ce maudit trou dans le toit pour avoir l'impression d'avoir fait quelque chose d'utile de sa journée. Il voulait éprouver sa force pour se sentir épuisé. Au lieu de quoi, il tendit le marteau et les clous à Watson et redescendit l'échelle. Il atteignit le sol à l'instant où la voiture s'arrêtait… Juste à temps, d'ailleurs ! Si le conducteur n'avait pas freiné aussi fermement, l'attelage l'aurait littéralement écrasé. Hamlin essuya la poussière qui maculait son visage et étrécit le regard en constatant que c'était une femme qui conduisait. Inhabituel…

Elle était accompagnée d'un gentleman qui devait bien avoir vingt-cinq ou trente ans de plus que lui. Malgré son embonpoint, l'homme sauta à terre lestement avant de tendre la main vers la femme… qui avait déjà prestement sauté à terre de l'autre côté. Cet atterrissage brutal fit basculer légèrement son chapeau sur le côté et Hamlin nota qu'elle avait des cheveux de la couleur du blé mûr. Elle replaça le chapeau et rejoignit l'homme.

Quelque chose chez cette femme lui parut… surprenant. Était-ce sa démarche tandis qu'elle avançait vers lui et ses compagnons d'un pas assuré ? Il avait l'habitude de voir les femmes marcher lentement en roulant des hanches, d'une façon destinée à attirer le regard des hommes. Cette femme se déplaçait comme si elle n'avait pas une minute à perdre.

Quand il croisa son regard, il remarqua autre chose d'étonnant. Elle le fixa sans détourner les yeux. Pas la moindre coquetterie ni le moindre battement de cils, pas même une timidité feinte. Son regard était franc et limpide, bien loin des œillades compliquées à interpréter des femmes qu'il avait connues. Les femmes avaient l'habitude de lui sourire d'une façon qui le mettait étrangement mal à l'aise, comme s'il n'était plus sûr de savoir l'évidence. Son regard à elle le pétrifia. Quand on le regardait aussi directement, c'était soit pour lui demander quelque chose, soit pour l'accuser.

— Bonjour, lança le gentleman, ce qui l'obligea à tourner le regard vers lui. Soyez assez bon pour envoyer quelqu'un prévenir le duc que nous requérons une audience. Knox Armstrong, comte de Norwood.

Norwood… Un Anglais, de toute évidence. Aurait-il dû reconnaître ce nom ? Cet homme ? La femme s'éclaircit la gorge et l'homme reprit aussitôt :

— Ah. Et voici ma nièce, Miss Catriona Mackenzie de Balhaire.

Hamlin reporta son attention sur elle. Son sourire était ravissant. Le silence s'étira un instant tandis qu'il observait les nouveaux arrivants. Miss Catriona leva un sourcil élégant, comme pour lui signifier qu'il était supposé aller chercher le duc. De fait, elle reprit :

— Si vous vouliez être assez aimable pour aller prévenir le duc…

Sa voix était mélodieuse et portait des traces d'accent écossais. Une voix qui ne correspondait résolument pas à ses manières directes.

— Eh bien, vous pouvez le lui dire vous-même, répondit Hamlin.

Les yeux de Norwood s'écarquillèrent de surprise et il échangea un regard interloqué avec sa nièce. Puis, brusquement, ils éclatèrent de rire, le faisant sursauter, lui ainsi que ses hommes.

— Seigneur, mon brave, nous ne pouvons pas simplement entrer chez lui et annoncer notre présence ! Ce n'est pas une façon de faire. Quelqu'un doit d'abord informer le duc de notre présence, et c'est à lui de décider s'il veut, ou non, nous recevoir.

— Vraiment ? s'enquit Hamlin.

Il était particulièrement conscient du regard amusé que la jeune femme au sourire lumineux posait sur lui.

— Eh bien, peut-être devrais-je dire que c'est ainsi que *nous* faisons les choses, précisa le comte avec un sourire jovial.

Les Anglais se croyaient toujours supérieurs en tout. Hamlin croisa les bras sur son torse.

— Je suis le duc, annonça-t-il brusquement.

Cette fois, ce fut la nièce qui eut l'air stupéfaite, tandis que l'oncle semblait amusé par ce qu'il considérait de toute évidence comme un petit jeu.

— Vous êtes Montrose ?

— En effet.

Devant l'assurance de Hamlin, l'homme jeta un

regard à ses compagnons et sembla enfin convaincu qu'on lui disait la vérité.

— Eh bien, quelle surprise ! C'est un plaisir de faire votre connaissance, votre Grâce, s'exclama-t-il avec bonhomie en se penchant bien bas. Vous me pardonnerez de ne pas vous avoir reconnu immédiatement, vous pouvez aisément imaginer ma confusion en vous découvrant.

— J'avoue que je ne comprends pas ce qui a provoqué votre confusion, prétendit Hamlin sans sourire.

Norwood cligna plusieurs fois des paupières et ce fut sa nièce qui reprit :

— Eh bien, nous n'avions jamais vu un duc soulever autre chose qu'un verre, n'est-ce pas, mon oncle ? s'exclama-t-elle en riant.

Cette femme n'avait décidément aucune des manières qu'on aurait attendues d'une femme noble… Plus étonnant encore, il ne décelait pas en elle la moindre suffisance.

— Eh bien, le duc que je suis n'a pas peur de tenir un marteau. Ni un verre, d'ailleurs.

— Apparemment…

Son sourire espiègle et ses yeux dont la surface bleue semblait luire au soleil aveuglèrent un instant Hamlin. Momentanément jeté hors de lui-même, il ne parvint à reprendre contenance qu'en notant que tout le monde attendait qu'il parle.

Il s'adressa donc à Watson :

— Va informer Stuart que nous avons des visiteurs, je te prie.

Puis il se tourna vers ses improbables hôtes :

— Si vous voulez bien rejoindre l'entrée, mon

majordome vous conduira au salon. Je vous y rejoins dans un instant.

— Merci, votre Grâce.

En voyant la jeune femme grimper prestement dans le cabriolet, Hamlin s'écarta d'un pas. Une sage décision car elle lança les chevaux avec un tel enthousiasme qu'ils partirent à fond de train.

Hamlin se tourna vers ses hommes qui le fixaient tous comme s'ils avaient vu une comète.

— Eh bien ? dit-il de son habituel ton taciturne.

Inutile d'ajouter autre chose, tous savaient qu'ils venaient d'assister à une rencontre aussi étrange qu'exceptionnelle.

Chapitre 4

Stuart, un majordome fin comme un roseau et dont le foulard blanc était noué aussi serré qu'un garrot, les conduisit dans un petit salon égayé par des rideaux de brocart, des sièges confortables et des coussins de soie, ainsi qu'un pan entier de mur couvert de livres. L'horloge sur le manteau de la cheminée cliquetait doucement.

— Il a l'intention de nous faire attendre, lança Catriona en terminant impatiemment un troisième tour de la pièce.

Oncle Knox s'était installé confortablement sur le canapé et examinait de près une figurine de porcelaine représentant un violoniste écossais.

— Eh bien, ma chérie, nous avons commis une malheureuse erreur en nous méprenant sur l'identité du duc… N'a-t-il pas le droit de nous faire patienter un peu pour la peine ?

— Qui pourrait nous en blâmer ? Il ressemblait réellement à un charpentier !

Un charpentier solide, puissant… et fort beau. Les yeux du duc étaient aussi sombres que ses cheveux, et mis en valeur par des cils longs et noirs également. Ses épaules étaient incroyablement larges et il semblait aussi ferme qu…

— Nous ne devrions pas juger un homme d'après son apparence, reprit son oncle.

Trop tard, en vérité. Elle avait bel et bien jugé cet homme-là d'après son apparence et elle le trouvait indubitablement séduisant.

— Certes… Pourrions-nous néanmoins le juger un tout petit peu ? Il n'a pas l'air d'un meurtrier, n'est-ce pas ?

— Comment le saurais-je, ma chérie ? Je ne fréquente aucun meurtrier, à ma connaissance. Je ne saurais à quoi m'attendre.

Elle non plus ne connaissait pas de meurtrier, pourtant, elle était intimement convaincue que le duc ne ressemblait pas à un assassin. Il avait plutôt l'allure de quelqu'un destiné à porter une couronne, ou à conduire une armée de soldats highlanders, ou à dresser des étalons sauvages… Il émanait de lui une autorité naturelle, sans aucun doute, rien cependant qui évoque la violence brutale. En vérité, elle serait amèrement déçue si son intuition se révélait fausse.

Catriona entama son quatrième tour des lieux d'un pas nerveux. La patience n'avait jamais été son fort. En fait, elle avait insisté auprès de son oncle pour qu'ils se rendent à Blackthorn Hall le jour même pour s'occuper l'esprit, car elle ne supportait pas d'attendre de discuter de l'abbaye, or son oncle semblait réticent face à cette conversation. Il voulait de toute évidence qu'elle se sorte ce sujet de l'esprit pour profiter de son séjour. Hélas, elle en était incapable, à moins d'avoir en tête un autre sujet pour la distraire. Voilà pourquoi elle l'avait cajolé pour le convaincre de rendre visite au mystérieux duc de Montrose.

Elle s'arrêta devant l'étagère pour examiner ses livres. Le duc avait une collection de titres sur l'histoire, l'astronomie et la philosophie. Aucune pièce de théâtre, ni recueil de sonnets, encore moins de romans. Un homme sérieux, donc. Daisy rapportait souvent d'Angleterre des romans pour Catriona – des histoires de chevalerie et d'aventures au-delà des mers. Le duc ne lisait-il donc rien par plaisir ? Pensait-il que la réflexion s'opposait au divertissement ?

— Assieds-toi, ma chérie. Ton agitation me met les nerfs à vif.

— Je ne peux pas m'asseoir et attendre sans bouger comme un paroissien à la messe, se plaignit-elle.

Au même instant, la porte s'entrouvrit et une chevelure d'un roux flamboyant apparut, surmontant deux grands yeux bruns. Lentement, la porte s'ouvrit en grand.

Oncle Knox se releva aussitôt, croisa ses mains dans son dos et se pencha en avant pour saluer la jeune créature :

— Bonjour.

L'enfant avança d'un pas.

— Je suis Miss Eula Guinne. Qui êtes-vous ?

— Bonjour, mademoiselle Guinne. Je suis Lord Norwood. Et voici ma nièce, Miss Mackenzie.

Catriona fit une petite révérence. La fillette la regarda avec attention, arrêtant son regard sur sa robe brodée d'oiseaux et de fleurs.

— Êtes-vous venus voir Montrose ? s'enquit-elle.

Comme oncle Knox échangeait un regard circonspect avec Catriona, elle précisa :

— C'est le duc. Il vit ici, lui aussi.

— En effet, nous sommes venus lui rendre visite, confirma Catriona.

— Êtes-vous ses amis ?

— Pas encore, expliqua oncle Knox. Mais nous avons l'intention de changer cela.

La petite fille entra enfin complètement dans la pièce, non sans garder le dos contre le mur.

— Il n'a aucun ami, fit-elle remarquer, le regard suspicieux.

Oncle Knox masqua son rire derrière un toussotement.

— Nous l'avons entendu dire…

La fillette s'écarta du mur pour venir vers Catriona sans la quitter de son regard curieux.

— Vous êtes très belle.

— Merci beaucoup, mademoiselle Eula. Vous êtes également très jolie. Vivez-vous ici, avec sa Grâce ?

— J'ai ma propre suite.

— Merveilleux. Elle doit être très grande, n'est-ce pas ?

— En effet, j'ai deux grandes pièces, l'une pour s'asseoir, l'autre pour dormir. C'est ainsi que cela doit être pour les dames convenables.

Tout en parlant, elle avait pris dans ses mains la figurine qu'examinait oncle Knox un peu plus tôt.

— Je vois, commenta Catriona en masquant un sourire amusé.

— Eula.

La voix masculine était douce, quoique ferme, mais Eula fut si surprise qu'elle lâcha la porcelaine qui tomba heureusement sur l'épais tapis sans dommage. Catriona se baissa pour la ramasser et adressa un petit clin d'œil à l'enfant avant de poser l'objet sur la table. Puis elle tourna la tête vers le duc.

Il avait revêtu un habit plus adapté à son rang, mais il n'y avait toujours aucune trace d'un jabot ou même d'un col décent. Il n'avait pas davantage peigné ses cheveux noirs.

— Tu es supposée te consacrer à tes études en ce moment même.

— Mais nous avons des visiteurs !

— Plus précisément, c'est *moi* qui reçois des visiteurs. *Toi*, tu dois étudier. De ce pas.

— Très bien, très bien, marmonna la fillette en s'éloignant avec une lenteur délibérée vers la porte, sans manquer de s'arrêter pour regarder le motif d'un coussin. Quand elle atteignit enfin la porte, elle jeta un regard en arrière.

— *Feasgar math*, lui dit Catriona.

Les beaux yeux bruns s'élargirent de surprise.

— Bon après-midi, traduisit-elle.

Eula lui sourit de plaisir. Elle agita sa main en guise d'adieu et contourna le duc. Comme elle passait près de lui, il posa une main affectueuse sur son épaule. De toute évidence, il tenait à cette enfant, en conséquence il ne pouvait être entièrement mauvais.

Le duc referma la porte du salon avant de tourner un regard interrogateur vers eux.

— C'est très aimable à vous de nous recevoir, votre Grâce, dit oncle Knox. J'aurais dû envoyer un courrier au préalable…

— En effet, dit-il un peu sèchement.

Catriona se demanda s'il était toujours fâché de leur méprise ou s'il était simplement d'un naturel peu plaisant.

— Sur ce point, nous sommes d'accord. Pour notre défense, nous venons tout juste d'arriver à Dungotty.

Cette fois, le duc ne dit rien.

— Le domaine est à nous, désormais, expliqua Knox. Toujours rien.

— Un investissement exceptionnel, en vérité.

Catriona toussota discrètement pour ramener son oncle sur le sujet de leur visite.

— Oui… Bien… Je suis donc venu passer l'été ici, votre Grâce, et le motif de notre visite est que je souhaite vous inviter à dîner à Dungotty à la date qui vous conviendra. J'ai également convié mes voisins, les MacLaren. Les connaissez-vous ?

Le duc fixa oncle Knox un long moment avant de dire :

— Oui.

— Splendide ! Nous allons passer une excellente soirée. J'ai fait venir un cuisinier de France et je peux vous assurer que je ne surestime pas ses talents culinaires. Vous ne serez pas déçu, votre Grâce.

Le duc croisa les bras et attendit, comme s'il anticipait que Knox n'en avait pas encore fini. Son regard se posa soudain sur elle.

— Bien sûr, vous n'avez pas à répondre immédiatement. Vous avez besoin de temps pour consulter votre agenda, j'imagine que vous devez être fort occupé. Si cela vous convient, nous aimerions organiser ce dîner jeudi, aussi, si vous étiez assez aimable pour nous confirmer votre venue au plus tard mercredi, nous vous en serions infiniment reconnaissants.

Catriona observait avec curiosité l'expression tendue du duc. Étrange réaction face à une simple invitation à dîner. Oncle Knox, peu coutumier d'un tel mutisme chez ses interlocuteurs, lui adressa un regard désemparé. Elle vint aussitôt à sa rescousse en lui prenant le bras.

— Nous aurions été ravis de rester boire le thé, votre Grâce, malheureusement, nous avons encore beaucoup de visites à faire aujourd'hui.

— Je ne vous ai pas proposé de thé, fit-il remarquer, plus comme s'il s'agissait d'un simple fait logique et non d'une impolitesse.

— Non ? Dans ce cas, je vous demande pardon, répliqua-t-elle d'une voix suave. J'ai supposé que vous alliez le faire, puisque c'est là le minimum de courtoisie attendue face à des visiteurs.

Oncle Knox serra sa main entre ses doigts en suppliant :

— Oh ! non, non, non, Cat.

Néanmoins, le duc ne sembla pas le moins du monde insulté par sa remarque, puisqu'il abonda tranquillement dans son sens.

— Je vous l'accorde.

Il s'écarta sur le côté et ouvrit la porte, une invitation non déguisée à sortir. Catriona fit une profonde révérence.

— Merci. Nous attendons votre réponse favorable d'ici mercredi en dépit du déplaisir évident que vous a causé notre invitation.

— Oh ! Seigneur, gémit oncle Knox à voix basse. Votre Grâce, ajouta-t-il plus haut.

Puis, la main fermement serrée autour de son bras, il escorta Catriona à l'extérieur.

Comme elle refusa obstinément de jeter un seul regard en arrière, elle ne put savoir si le duc les regarda partir. Dans le hall, Stuart apparut et leur indiqua poliment la sortie avant de les conduire. Un valet leur ouvrit la porte d'entrée et ils étaient à peine sortis que la porte se referma, si vite que Catriona se retourna pour vérifier que sa jupe n'avait pas été prise dans la porte.

— Eh bien, je n'ai jamais rencontré personne d'aussi grossier ! s'exclama oncle Knox en rajustant ses manchettes.

— Il est absolument diabolique, n'est-ce pas ? dit-elle avec une terreur feinte en rejoignant leur cabriolet. Je suis plus déterminée que jamais à découvrir s'il est un meurtrier en plus d'être un rustre !

— Je ne saurais trop t'inciter à la prudence, ma chérie, car s'il est bel et bien un meurtrier, il pourrait très bien décider de t'éliminer !

— C'est vrai. Toutefois, il se peut aussi bien qu'il n'en soit pas un.

Elle conclut ses propos par un clin d'œil à son oncle.

— Quoi qu'il en soit, j'ai fait mon possible pour te plaire, mon enfant. Tu aurais dû entendre le cri d'horreur de Mrs Templeton lorsque j'ai dit que je comptais l'inviter à dîner. À croire qu'elle était assassinée dans l'instant ! Si tu veux mon avis, tu ne devrais plus t'inquiéter de lui. Montrose a une réputation exécrable. On prétend qu'il serait en bonne posture pour une place à la Chambre des lords, mais je ne peux l'imaginer à présent que j'ai été témoin de ses manières déplorables, sans compter son penchant pour se débarrasser des épouses indisciplinées… À moins que ce soit précisément ces traits de caractère qui le recommandent pour le poste… Qui sait ?

— Ainsi, tu y crois ! Tu penses vraiment qu'il a commis un crime !

Il tapota sa main.

— Je ne me suis pas encore fait une opinion définitive, nuança-t-il. Néanmoins, après l'entretien de ce jour, je penche plutôt pour l'affirmative. J'espère vraiment qu'il acceptera notre invitation afin que nous puissions glaner des informations.

Catriona rit de bon cœur de l'expression gourmande d'oncle Knox tandis qu'ils remontaient dans la voiture. Elle prit les rênes que lui tendait un palefrenier et mit l'attelage au pas. Elle avait très envie de tourner la tête pour observer une fois encore la vaste demeure ducale, mais contint sa curiosité. Son instinct lui soufflait en effet qu'on les observait.

Le duc était-il justement en train d'examiner sa silhouette pour déterminer où exactement il comptait planter son poignard ? À moins que ce fût le fantôme de la duchesse qui l'observât…

Catriona comprit dès qu'elle fit leur connaissance pourquoi son oncle semblait tant apprécier ses voisins qu'il connaissait pourtant à peine. L'influent laird MacLaren avait la même constitution solide que son oncle, le même âge et il possédait un rire communicatif qu'il employait fréquemment.

— Vous allez être stupéfaits par ma collection de cigares américains, annonça-t-il tandis que lui et sa femme les conduisaient vers le salon de réception.

— Ah, du tabac américain ! Je n'ai pas encore eu le plaisir de goûter un cigarillo de cette qualité, répondit oncle Knox en s'installant près du foyer chaleureux.

— Depuis quand connais-tu l'existence des cigares américains ? s'enquit Catriona, surprise.

— Ma chérie, mes connaissances dépassent largement les frontières de l'Angleterre, tu devrais le savoir !

Il ponctua son explication d'un large geste de la main. MacLaren éclata de son grand rire.

— Alors il faut absolument que je vous montre mes produits ! Il n'y a pas de meilleur tabac que celui-ci !

Sur ce, il entraîna oncle Knox à sa suite. Mrs MacLaren commanda donc du thé pour elles deux. Tout comme son époux, elle était visiblement d'un naturel jovial. D'ailleurs la décoration pimpante de son salon le prouvait.

— Combien de temps aurons-nous le plaisir de vous voir à Dungotty, très chère ? demanda-t-elle en servant une tasse de thé à Catriona.

— Pas très longtemps, je le crains. Deux ou trois semaines tout au plus. J'ai beaucoup à faire de retour chez moi.

Hélas, Mrs MacLaren ne saisit pas l'occasion de lui demander quelles affaires pressantes l'attendaient, alors que Catriona désirait désespérément parler de Kishorn à quelqu'un.

— Vous ne restez pas pour l'été ? Quel dommage ! Dungotty est charmant à cette période de l'année avec toutes ces pivoines. Les Hays, les précédents occupants du manoir, étaient extrêmement fiers de leur jardin.

Catriona n'en doutait pas. Ils avaient dû être très fiers jusqu'à ce qu'on les mette à la porte de chez eux sans sommation.

— Il est effectivement splendide. Au fait, mon oncle n'a pas eu le temps de vous informer tout à l'heure que nous avions également invité le duc de Montrose au dîner, jeudi soir.

La surprise de Mrs MacLaren était évidente.

— Vraiment ? s'exclama-t-elle en reposant sa délicate tasse de porcelaine comme si elle ne pouvait pas à la fois absorber cette information et avaler son thé. Il a accepté ? C'est… surprenant. Il quitte très rarement Blackthorn.

— Ah ? Peut-être, mais il n'en reste pas moins qu'il est voisin de Dungotty. Ce serait impoli de ne pas étendre l'invitation, ne croyez-vous pas ? J'ai entendu ce qui se dit sur lui…

Son interlocutrice sembla désarçonnée par sa franchise.

— Oui… Oui, il a fait l'objet des pires rumeurs. Je ne pense pas qu'il reste une seule âme dans ces collines qui n'ait pas entendu ce qu'on dit sur lui.

— Croyez-vous à ces rumeurs ?

— En vérité, je ne sais que croire.

— Il semble peu probable qu'une duchesse s'évanouisse ainsi dans la nature, n'est-ce pas ?

— Particulièrement une aussi jolie jeune personne. Une vraie beauté. Elle était pleine de vie et d'amour, et plus jeune que le duc. Vraiment très jeune, en fait. Et lui qui était sans cesse tellement… taciturne, toujours soucieux.

— Soucieux ?

Elle l'avait sans conteste trouvé grossier, ténébreux aussi. Mais pas particulièrement soucieux.

— Il est très distant, précisa Mrs MacLaren. J'imagine que c'est ce qui est attendu d'un duc.

Catriona ne partageait pas cette opinion, cependant, elle le garda pour elle.

— À quoi ressemblait la duchesse ?

Son hôtesse sembla ravie de parler de la duchesse.

— Eh bien, elle avait de magnifiques cheveux roux et des yeux verts splendides. Une véritable beauté. Il devait le penser, lui aussi, puisqu'il avait fait faire son portrait pour l'exposer dans le grand salon, à Blackthorn.

— À votre avis, pourquoi pense-t-on qu'il a pu la tuer, dans ce cas ?

Il paraissait tout de même étrange que la première hypothèse soit le meurtre alors qu'il n'était pas compliqué pour un mari, a fortiori s'il était duc, d'éloigner sa femme en l'envoyant à l'étranger ou dans un couvent. Une femme ainsi répudiée avait trouvé refuge à Kishorn voilà un ou deux ans.

— Eh bien, je ne connais pas les mécanismes d'un esprit déviant. Ce que je sais, en revanche, c'est que la passion peut être dangereuse. Cependant, je refuse de dire du mal du duc. Après tout, il n'a été inculpé d'aucun crime. Spéculer ne ferait qu'assombrir davantage sa réputation, or il est avéré qu'il a fait beaucoup de bien autour de lui, notamment à l'égard de ses gens. Il faut reconnaître toutefois qu'il ne s'est pas fait d'amis. Et puis…

La voix de Mrs MacLaren mourut et Catriona dut la relancer :

— Et puis… ?

— Eh bien, il est de notoriété publique que le malheur s'était installé à Blackthorn. Même avant la disparition de Lady Montrose…

— Quelle sorte de malheur ?

— Je n'en sais pas plus, conclut Mrs MacLaren en reprenant une gorgée de thé. En tout cas, elle était charmante et dévouée. Et lui… Eh bien, on le voyait rarement. Toujours froid et distant. Ce serait vraiment curieux de le voir en société.

— Pourtant, je l'ai aperçu dans la salle commune de l'auberge de l'Épée rouge, le jour de mon arrivée.

— Vraiment ? Peut-être a-t-il changé ses habitudes,

alors. Dieu sait qu'il en avait grand besoin. Mais assez
parlé du duc ! s'exclama-t-elle en reposant sa tasse. Est-ce
vrai que votre oncle a invité des *Russes* à Dungotty ?

Catriona confirma et tandis que son interlocutrice
racontait sa rencontre avec des Russes quelques années
auparavant, elle laissa son esprit vagabonder. Ce dernier
la ramena à l'image de deux yeux sombres et d'un visage
aussi beau que sévère, puis au portrait d'une magnifique
femme rousse. Était-elle réellement morte ? Disparue ?

Elle espérait vraiment que le duc accepterait l'invitation. Cela faisait des siècles qu'une histoire ne l'avait
pas autant divertie et passionnée.

Chapitre 5

— Vraiment ? demanda Hamlin.

— Oui, assura Eula.

Elle était assise sur une chaise face à lui et arrangeait son jabot d'un air concentré. Amusé, il lui tapota le bout du nez du doigt.

— En fait, je parlais à Mr Bain.

— Croyez-moi, votre Grâce, j'en suis absolument certain, intervint une voix dans son dos.

Dans le miroir, Hamlin observa son secrétaire, Nichol Bain. Il se tenait dans l'encadrement de la porte, les bras croisés sur la poitrine, et observait les soins d'Eula.

Ce jeune homme aux cheveux auburn et aux yeux verts avait l'ambition de la jeunesse. Aussi se moquait-il éperdument des rumeurs qui couraient sur Hamlin. Tout ce qui lui importait était de se montrer efficace et zélé dans son poste afin de s'élever dans la société. Jusqu'où exactement ? Secrétaire du roi ? Hamlin ne pouvait que faire des suppositions.

Bain était entré à son service par l'intermédiaire du duc de Perth, le plus cher ami de son défunt père. Comme Hamlin était lui-même jeune lorsqu'il avait dû endosser les responsabilités du duché, Perth l'avait pris sous son aile. Et douze ans plus tard, il considérait Perth comme son plus proche conseiller. C'est ainsi qu'il avait pris Bain à son service, sur la recommandation de Perth, malgré des lettres de créance que Hamlin jugeait extrêmement vagues.

L'expression de Bain demeura impassible tandis qu'il lui rendait calmement son regard. Il était impossible de percer cet homme à jour. Il affichait constamment un visage neutre et gardait son opinion pour lui à moins qu'on lui pose une question directe. C'est ce qui s'était produit lorsque Hamlin lui avait demandé son avis sur l'invitation à dîner de Lord Norwood, un instant plus tôt. « Oui, vous devez y aller », avait-il dit d'un ton définitif, sans ajouter de précisions.

Hamlin posa un regard critique sur son reflet, détaillant son costume. Il n'avait pas jugé utile de chercher un nouveau valet depuis que l'ancien avait quitté son poste. Il avait pourtant été aimable et civil avec le domestique, ce qui n'avait pas empêché ce dernier de croire les bruits qui couraient sur son maître. Par bonheur, il était tout à fait capable de se vêtir seul.

L'ensemble était tout à fait acceptable. Son gilet était de soie gris argent, son manteau et ses chausses noirs. Hélas, les tentatives d'Eula pour nouer son jabot de soie ne rencontraient pas un franc succès.

— Je pense que c'est une perte de temps, maugréa-t-il. Rien de bon ne pourra sortir de ce dîner.

— Bien au contraire, votre Grâce. Il est bien connu que le comte de Caithness est sous l'influence de MacLaren. Or, le vote de Caithness pourrait être décisif. Plus vous êtes en bons termes avec l'entourage

du comte, plus vous aurez de chances d'accéder à la Chambre des lords.

Hamlin émit un grognement. S'il parvenait à s'assurer un siège à la Chambre des lords, ce serait un véritable miracle. Seuls seize sièges étaient alloués aux pairs écossais. Dernièrement, quatre places s'étaient libérées et son nom avait été prononcé, en raison de son titre ducal. Seulement, ce qui n'aurait dû être qu'une simple formalité semblait aujourd'hui relever de l'impossible. Les gens n'avaient aucune envie d'être représentés par un homme que la rumeur prenait pour un assassin.

— Vous voyez ce dîner comme une occasion de me rapprocher de MacLaren, je le vois comme une source de nouveaux scandales pour les colporteurs de ragots.

— Que veut dire « colporteur de ragots » ? demanda Eula.

— Cela veut dire que des fouineurs assisteront également à ce dîner.

Elle haussa les épaules et sauta à bas de la chaise.

— Est-ce que la dame sera là, elle aussi ?

— Quelle dame ? demanda-t-il en se concentrant sur le désordre qu'elle avait mis dans son jabot.

— La jolie dame aux cheveux dorés.

Et aux yeux gris-bleu, compléta-t-il en silence. Il pouvait encore revoir ses yeux briller d'amusement. Il était prêt à parier qu'elle avait un esprit espiègle. Désormais, quand par hasard une femme le regardait, son expression traduisait plutôt une curiosité horrifiée et une peur évidente. Miss Mackenzie l'avait regardé comme si elle voulait à la fois le provoquer en duel et l'inviter à danser.

En toute honnêteté, il ne savait pas comment réagir

face à ses manières directes. Avait-on déjà essayé de dompter son caractère impétueux ? Elle n'était pas une débutante, mais une jeune femme assurée et mature, sans doute d'à peine quelques années de moins que lui. Comment se faisait-il qu'une femme aussi séduisante ne soit toujours pas mariée ?

— Je pense qu'elle sera là, oui, dit-il finalement.

— Je l'aime bien.

Évidemment ! Eula était elle aussi une petite friponne, et sans figure féminine pour la guider, elle se transformait en véritable coquette.

— Où est ta gouvernante, *lass* ? Il est grand temps d'aller au lit.

— Déjà ? gémit-elle.

— Déjà.

Il se pencha pour l'embrasser sur la tête.

— Vous avez très belle allure, Montrose, dit-elle après un examen détaillé de sa silhouette.

— Votre Grâce..., la corrigea-t-il.

— Votre Grâce... Montrose, rétorqua-t-elle avec un mince sourire.

Dans le reflet du miroir, Hamlin aperçut le sourire amusé de Bain.

— Au lit maintenant ! Je viendrai te voir demain matin, d'accord ?

— Bonne nuit, chantonna-t-elle en s'enfuyant, non sans frapper Bain au ventre au passage.

Dès qu'elle fut sortie, Hamlin défit son jabot et recommença à le nouer.

— Vous restez donc persuadé qu'en dépit de tout ce qui s'est passé, j'ai encore une chance d'obtenir un siège ?

— Pas persuadé, votre Grâce. Simplement, si

quelqu'un peut changer d'avis sur votre compte, c'est bien MacLaren. Ainsi, il garderait par votre intermédiaire un siège près de lui. Cela pourrait le faire renoncer à ses principes.

Donc il était un choix dénué de principes… Merveilleux ! Hamlin tourna et retourna l'idée dans son esprit tout en nouant son jabot. Non qu'il soit particulièrement choqué par le fait que MacLaren puisse le soutenir pour des raisons amorales – un siège à la Chambre des lords apportait beaucoup de pouvoir à l'Écosse. Néanmoins, il n'était pas du tout certain que MacLaren n'ait pas un autre poulain à soutenir.

Quoi qu'il en soit, il n'était plus question de reculer. Sur les conseils de Bain, il avait répondu positivement à l'invitation la veille et il irait à ce satané dîner. À défaut d'autre chose, il était un homme de parole.

Son majordome apparut soudain aux côtés de Bain.

— Dois-je faire préparer votre monture, votre Grâce ?

La nuit était splendide, la pleine lune lumineuse et le chemin qui séparait Blackthorn de Dungotty plaisant en cette saison. Cependant, avant que Hamlin ait pu répondre par l'affirmative, Bain leva un doigt :

— Puis-je me permettre, votre Grâce ?

— Allez-y.

— Arriver à cheval à un souper de cette importance pourrait laisser entendre que vous avez subi un revers de fortune. Je vous suggère plutôt la voiture.

Un revers de fortune ? Est-ce ce qui se disait à son propos ? Hamlin poussa un soupir irrité en songeant qu'il avait un jour été au sommet de cette société qui n'avait pas perdu un instant pour lui tourner le dos. Avant qu'il se marie, les invitations qui parvenaient à

Blackthorn Hall venaient de toute l'Écosse et même d'Angleterre. En effet, la perspective d'épouser un futur duc, en particulier doté d'un nom aussi respectable que Montrose, faisait venir les jeunes filles de très loin. Hamlin n'avait pas développé d'attachement solide pour aucune d'entre elles, aussi avait-il sans difficulté accepté d'épouser la femme que son père choisirait pour porter ses héritiers.

Après son mariage avec Glenna, ils avaient organisé nombre de dîners et de bals. Puis, son père était mort et il avait pris sa place. Malgré leurs différends, Glenna et lui continuaient de se montrer en société. Il avait fait ouvrir une école et donné des fonds à une troupe théâtrale. Il siégeait à des conseils et faisait des parties de chasse avant de se joindre à d'autres gentlemans dans des clubs privés pour se plaindre des mauvaises décisions du gouvernement.

S'il avait accompli les charges qui lui revenaient avec la même distance que son père, ce n'était pas parce qu'il était d'un caractère froid et distant – contrairement à son père –, mais parce qu'il ne voulait pas que qui que ce soit découvre les problèmes qu'il rencontrait avec Glenna. Tenir tout le monde à distance était le seul moyen de se préserver.

Personne n'en avait donc rien su, jusqu'au désastre qui avait ruiné sa vie, le laissant désemparé et mis au ban. Ce qui était arrivé à Blackthorn Hall était une disgrâce.

Si Hamlin avait accepté de prendre Bain à son service, c'était en raison de la première chose que lui avait dite le jeune homme en le rencontrant : « Je suis le seul homme qui puisse parvenir à réparer votre réputation. »

D'ordinaire, Hamlin se serait offensé d'une telle

affirmation. Toutefois, sa réputation était bel et bien en grand danger et la franchise de Bain lui avait plu. Il aurait tort, donc, de ne pas suivre ses conseils, d'autant plus que cette invitation était la première qu'il recevait depuis des mois.

— Très bien, Stuart, fais comme il le dit. Le cocher et les valets auraient bien mieux à faire que d'attendre toute la soirée, mais j'imagine que c'est leur lot.

La voiture au blason des Montrose s'arrêta dans l'allée circulaire et deux valets sautèrent au bas du véhicule pour ouvrir la portière. La porte d'entrée lui fut ouverte avant qu'il l'ait atteinte. Un homme en livrée coiffé d'une perruque poudrée quelque peu extravagante le salua bien bas en lui souhaitant la bienvenue. Hamlin le remercia en lui donnant son chapeau.

Il s'avança dans le hall d'entrée et examina l'endroit avec curiosité. Il y avait eu quelques travaux entrepris depuis la dernière fois qu'il était venu, ce qui devait dater d'une dizaine d'années. Un sol de marbre remplaçait l'ancien parquet et un lustre de cristal illuminait le hall de plusieurs dizaines de bougies. Les escaliers qui menaient au premier étage étaient garnis de riches tapis tissés et la rampe polie scintillait.

Hamlin retira son manteau et le tendit à un autre valet qui s'approchait. Seigneur ! Combien de valets de pied fallait-il à un comte anglais pour sa résidence d'été ? Il semblait y en avoir bien plus qu'à Blackthorn qui était pourtant deux fois plus grand.

Un rire s'éleva soudain, en provenance d'une pièce du rez-de-chaussée, aussitôt suivi d'autres éclats de rire. Hamlin se raidit. Il semblait y avoir bien plus de monde que les quatre personnes auxquelles il s'attendait, Norwood, sa nièce et les MacLaren.

— Par ici, votre Grâce, si vous permettez, dit le valet en avançant en direction des rires, le long d'un couloir qui menait à une double porte.

Il plaça les deux mains sur les poignées et ouvrit les battants d'un geste théâtral avant de faire un pas dans la pièce. Debout juste derrière lui, Hamlin ne put manquer le mouvement unanime de toutes les têtes qui se tournaient vers eux. Maudit soit ce satané Norwood ! Il y avait une véritable foule rassemblée dans la pièce !

Le valet salua avant d'annoncer avec grandiloquence :

— Sa Grâce, le duc de Montrose…

Prenant sur lui, Hamlin fit un pas en avant, mais le domestique n'en avait hélas pas fini.

— … Comte de Kincardine.

Hamlin levait le pied quand l'homme ajouta :

— … Laird de Graham.

Bon. Il n'avait plus de titres à son actif, c'était donc bien la fin. Pour autant, Hamlin leva un sourcil à l'attention du valet pour s'assurer qu'il en avait bien fini. L'homme s'abîma dans une révérence avant de reculer.

Il put enfin s'avancer et observa les visages qui le contemplaient. Il fit un bref salut de la tête et, d'un même mouvement, toutes les dames firent la révérence et les messieurs ployèrent la nuque.

— Bienvenue, bienvenue, votre Grâce !

Norwood s'extirpa de la foule, un bras tendu vers lui, l'autre tenant un verre de porto. Hamlin nota la finesse de son costume, presque aussi ouvragé que celui du valet. Apparemment, ils partageaient le même tailleur…

— Nous sommes si heureux que vous ayez pu venir.

Puis-je vous présenter à mes autres invités ? Mr et Mrs MacLaren, que vous connaissez déjà, j'en suis sûr.

— Votre Grâce, dit cette dernière dont la perruque poudrée surélevée faillit cogner contre son torse lorsqu'elle s'inclina devant lui.

— Montrose, c'est un plaisir de vous revoir, le salua MacLaren en lui serrant la main.

Après l'avoir un instant observé, MacLaren échangea un bref regard avec Norwood. Voilà précisément pourquoi Hamlin n'avait pas voulu se rendre à cette réception. Il n'en pouvait plus de ces regards appuyés, lourds de sous-entendus et de questions…

— Et voici ma chère amie, la comtesse Orlov, ainsi que son cousin, Mr Vasily Orlov, continua Norwood en lui présentant une femme d'âge moyen aux cheveux noirs et aux joues rouges, et un homme au costume compliqué qui portait plusieurs médailles sur la poitrine.

Ce fut ensuite le tour d'une famille anglaise, les Wilke-Smythe, dont il ne comprit pas bien la relation avec Norwood. Puis vint Lord Furness, un vieil ami du comte. Enfin, Mrs Templeton, une femme dotée d'attributs féminins imposants qu'elle ventilait vigoureusement à l'aide de son éventail.

— Et bien sûr, ma chère nièce, Miss Mackenzie, qui a déjà eu le grand plaisir de faire votre connaissance.

Dans son souvenir, la nièce en question lui avait clairement fait comprendre que cela n'avait rien eu de plaisant… Miss Mackenzie se leva avec grâce de l'accoudoir sur lequel elle était perchée.

— C'était en effet un grand plaisir, votre Grâce, dit-elle en ponctuant sa phrase d'un léger sourire qui lui donna la sensation qu'elle se moquait gentiment.

Elle portait une robe de soie argentée chatoyante, dont le décolleté était si plongeant que, debout devant elle, Hamlin avait une vue enchanteresse sur ses seins délicieusement ronds. Ses yeux, à la teinte gris-bleu si particulière, brillaient d'un mélange de curiosité et d'espièglerie. Ses cheveux dorés avaient été artistiquement relevés au-dessus de sa tête et maintenus à l'aide de deux superbes peignes représentant des oiseaux bleus. Le regard de Hamlin s'attarda malgré lui sur une longue boucle libre qui caressait sensuellement sa clavicule.

Il inclina la tête.

— Mademoiselle Mackenzie.

Elle s'abaissa dans une révérence tout en lui tendant sa main. Il la prit un peu à contrecœur et effleura la jointure de ses doigts du bout des lèvres. Il lui parut vaguement étonnant qu'une femme avec des manières aussi audacieuses puisse avoir des mains aussi élégantes et parfumées.

— Eh bien, toutes les présentations sont faites, à présent, se réjouit Norwood. Voulez-vous un whisky, votre Grâce ? J'imagine qu'un robuste Écossais comme vous doit apprécier ce breuvage de temps à autre. Mes réserves viennent de ma sœur, Lady Mackenzie de Balhaire. Elle m'a assuré qu'il avait été distillé avec le plus grand soin.

— Non, je vous remercie.

Il préférait garder l'esprit clair ce soir. Il en allait de sa carrière politique.

— Doutez-vous de la qualité de notre whisky, votre Grâce ? s'enquit Miss Mackenzie. Je l'ai apporté jusqu'ici depuis nos réserves secrètes, à Balhaire.

— Je n'ai pas d'opinion sur la qualité de ce whisky,

je vous l'assure. Simplement, je n'apprécie pas particulièrement cela.

C'était un mensonge. Il aurait été plus vrai de dire
que c'était le whisky qui ne l'appréciait pas. En vérité,
sa pire dispute avec Glenna avait éclaté après une soirée
passée à boire du whisky. Après cette nuit-là, Hamlin
avait drastiquement réduit sa consommation d'alcool. Il
n'aurait pourtant jamais imaginé être le genre d'homme
à subir les ravages de la boisson, seulement, un mariage
malheureux pouvait apparemment créer une telle
tendance chez n'importe quel homme.

La jeune femme lui sourit.

— Entendez-vous cela, mon oncle ? Qui l'aurait
cru ? Deux Écossais qui n'apprécient pas le whisky.

— Comment ? Toi aussi ? Je t'ai vu savourer bien
plus qu'un fond de whisky, ma chérie ! rétorqua le comte
en éclatant de rire.

Elle haussa délicatement les épaules sans cesser de
sourire, mutine.

— Prendrez-vous du vin, votre Grâce ?

— Oui, merci.

— Rumpel ! Où es-tu, Rumpel ? appela Norwood
en partant à la recherche d'un valet.

Sa nièce adopta une tactique nettement plus efficace.
Elle marcha jusqu'à un meuble et en sortit un verre
qu'elle remplit de vin. Puis elle revint vers lui. Il prit le
verre sans cesser de l'observer.

— Merci.

— Je vous en prie, votre Grâce. J'ai toujours trouvé
qu'un peu de vin m'aidait à me sentir plus à l'aise lorsque
je me trouve dans un environnement peu familier.

Son sourire était vraiment charmant. Il se concentra

néanmoins sur ce qu'elle venait de dire. Le croyait-elle mal à l'aise ? Elle se tenait devant lui, immobile, sans parler. De toute évidence, elle ne comptait pas s'éloigner et personne d'autre qu'elle ne semblait vouloir l'approcher – ce qui n'avait rien de surprenant, il était un paria depuis bientôt un an et connaissait le rôle.

— Serez-vous surpris si je vous disais que je n'ai pas cru que vous accepteriez cette invitation ? demanda-t-elle soudain.

Il prit le temps de réfléchir avant de répondre d'un laconique :

— Non.

— Je ne le croyais pas, en effet, mais je suis heureuse que vous soyez là.

— Pourquoi ?

Elle cligna des paupières, visiblement surprise. Un rire doux passa ses lèvres et elle se pencha vers lui pour murmurer :

— Parce que, votre Grâce, vous êtes un homme très intéressant.

Cette fois, ce fut lui qui ne put retenir un mouvement de surprise. Est-ce qu'elle faisait ouvertement référence aux rumeurs qui couraient sur son compte ? Son audace était véritablement sans limite.

— Vous ne devriez pas prêter attention aux histoires que l'on raconte en ville, mademoiselle Mackenzie.

— Quelles histoires ? Quelle ville ? répliqua-t-elle avec un sourire narquois.

— Me voilà ! s'exclama Norwood qui venait de les rejoindre, suivi du fameux Rumpel qui portait un plateau chargé d'un verre de vin.

— Oh ! dit-il en découvrant qu'il était déjà servi. Tu

peux remporter cela, Rumpel. Je vois que ma nièce vous a servi. Est-ce que la chère enfant vous a heurté avec son franc-parler, votre Grâce ? L'as-tu fait, ma chérie ?

Norwood sourit en regardant la jeune femme avec adoration. Il l'avait probablement gâtée à outrance, ce qui expliquait son impudence. Miss Mackenzie avait probablement été autorisée à se comporter comme il lui plaisait depuis toujours.

— Que veux-tu dire, mon oncle ?

— Seulement que tu es passionnée par de nombreux sujets, ma chérie, et que tu exposes tes opinions avec grand enthousiasme si on t'en donne l'occasion.

Miss Mackenzie ne s'offensa pas le moins du monde. Bien au contraire, elle se mit à rire.

— Comment oses-tu dire une telle chose de moi, mon oncle ? N'est-ce pas toi qui as causé le départ en masse de tes convives, hier soir, en donnant ton avis sur le dernier sermon du révérend ?

— C'était tout à fait autre chose ! s'indigna Norwood. C'était une question essentielle de théologie qui a été complètement dénaturée !

— Milord, le dîner est servi, annonça Rumpel à point nommé.

— Haha, très bien ! Mes amis, si vous voulez bien vous diriger vers la salle à manger. Le souper est un moment de partage et de divertissement, à Dungotty, et non une affaire d'État comme j'ai entendu dire que c'était le cas chez Marie-Thérèse d'Autriche. Il n'y a donc pas d'ordre de préséance. Ne sommes-nous pas tous égaux ? La comtesse Orlov a eu la gentillesse de m'aider à dresser le plan de table, aussi, vous trouverez un carton avec votre nom devant votre siège. Catriona, ma chère, peux-tu accompagner notre cher duc ?

Après cette annonce, il se détourna et offrit son bras à la jeune Miss Wilke-Smythe. Quant à Miss Mackenzie, elle leva sa main à mi-hauteur.

— Vous avez entendu mon oncle – c'est moi qui dois escorter notre estimé visiteur. Il semblerait que nous ne soyons pas tous égaux, finalement, puisque cet estimé visiteur mérite une escorte.

Hamlin hésita un instant, décontenancé par l'impudence de la jeune femme, qui lui faisait de plus en plus penser à Eula. Un sourire en coin, elle ajouta :

— S'il vous plaît, ne donnez pas à mon oncle une raison de me gronder.

Incapable de décider si cette charmante impertinente l'agaçait ou le ravissait, Hamlin plaça le bras sous sa main avant de suivre Norwood dans la salle à manger.

La pièce était décorée à la feuille d'or et ornée de portraits. La vaisselle était luxueuse – porcelaine précieuse, cristal brillant et ustensiles d'argent. Les candélabres étaient tellement polis qu'on pouvait s'y mirer comme dans une glace. Des arrangements floraux de pivoines ornaient le centre de la table. En prenant place, Hamlin découvrit qu'il fallait se pencher de droite ou de gauche pour parvenir à voir les autres convives à travers les fleurs.

Il était apparemment assis entre Miss Wilke-Smythe à sa droite, et Mrs MacLaren à sa gauche. Il ne savait pas encore qui avait pris place face à lui à cause des fleurs. À un bout de la table siégeait leur hôte, Norwood, tandis que Miss Mackenzie avait été placée à l'autre bout, entre Mr Orlov à sa droite et Lord Furness à sa gauche.

Le souper débuta par un velouté de carottes, suivi d'un rôti de bœuf accompagné de pommes de terre et de pommes cuites particulièrement savoureux. Le comte n'avait visiblement pas exagéré les talents de son cuisinier.

Au cours du repas, Mrs MacLaren lui demanda comment se portaient ses récoltes. Oui, ses céréales poussaient vaillamment malgré la sécheresse de cet été. Oui, son bétail se portait fort bien. Quand il tourna la tête vers sa droite, Miss Wilke-Smythe lui parla du beau temps et de son impatience d'assister à un bal pour supporter la longueur de cet été à Dungotty.

— L'Angleterre me manque tant, soupira-t-elle. Je suis invitée à tous les bals de la saison là-bas. Certaines nuits, je faisais attendre le cocher pour pouvoir aller directement d'un bal à l'autre.

À l'entendre, il y avait des douzaines de bal chaque semaine à Londres. Peut-être était-ce le cas... Après tout, il ne s'était pas rendu en Angleterre depuis des années.

— Hélas, aucun bal n'est prévu à Dungotty, se plaignit-elle avec une moue.

Hamlin supposa qu'il devait se lamenter avec elle, et sans doute également proposer d'en accueillir un, ou inciter Norwood à en organiser un. Seulement, il se moquait éperdument de savoir si cent bals ou aucun serait organisé cet été. Il ne répondit donc rien, ce qui sembla profondément déplaire à Miss Wilke-Smythe car elle se détourna brusquement.

— Cher Lord Norwood, pourquoi donc n'y a-t-il aucun bal prévu à Dungotty cet été ? lança-t-elle.

— Pardon ? répondit le comte, interrompu dans sa conversation avec la comtesse Orlov. Un bal, ma chère ? Hélas, il n'y a pas assez de monde dans tous les Trossachs pour faire un bal convenable.

Cette réponse déplut encore davantage à la demoiselle qui laissa échapper un lourd soupir de désespoir. Elle ne s'estima cependant pas vaincue car elle tourna son attention vers Miss Mackenzie.

— N'êtes-vous pas d'accord, mademoiselle Mackenzie, nous aurions grand besoin d'un bal à Dungotty pour animer l'été ?

La jeune femme, qui était engagée dans une discussion animée avec Mr Orlov, releva la tête, ses yeux dansèrent autour de la table pour déterminer quelle information essentielle elle avait manquée. Hamlin ne put s'empêcher de noter que ses joues avaient pris une jolie teinte rosée à force de rire.

— Je vous demande pardon ?

— Je disais seulement que Dungotty est un endroit tellement charmant, mais qu'il y a bien peu de distractions. Comment allons-nous survivre tout l'été sans aucun bal ?

— Oh ! mais très bien, je pense, répondit joyeusement l'intéressée. Nous survivons depuis toujours sans eux, n'est-ce pas, madame MacLaren ? Personnellement, je compte survivre à l'été en rentrant chez moi. Croyez-moi, un voyage à Balhaire est suffisamment divertissant pour douze étés au moins !

Son annonce acheva la pauvre Miss Wilke-Smythe.

— Quoi ? Vous songez à nous quitter ? Mais… mais quand ? Combien de temps nous tiendrez-vous compagnie à Dungotty ?

Son éclat de voix avait attiré l'attention de tous autour

de la table et chacun se tourna vers Miss Mackenzie dans l'attente de sa réponse.

— Dans deux semaines, annonça-t-elle en souriant légèrement avant de revenir à son voisin russe, dans l'intention évidente de reprendre leur conversation.

Miss Wilke-Smythe ne lui en laissa pas l'occasion.

— Pourquoi devez-vous partir, voyons ?

— Oui, pourquoi, très chère ? renchérit Mr Orlov dont les doigts se posèrent tout près de la main de Miss Mackenzie. Vous n'avez quand même pas l'intention de nous priver de votre charmante compagnie ? J'en serais profondément blessé !

La jeune femme se contenta de rire.

— Vous serez peut-être blessé un après-midi, Sir, mais je ne doute pas un instant que vous trouviez une autre compagnie tout aussi agréable.

— Oh ! ne vous inquiétez pas, intervint Norwood avec nonchalance. Cat va rester avec nous, elle a passé bien trop de temps dans les Highlands.

— Trop de temps dans les Highlands ? Comme si c'était seulement possible ! protesta-t-elle en riant. Tu sais parfaitement que je dois m'occuper de l'abbaye, mon oncle. J'ai bel et bien l'intention de partir d'ici dans deux semaines.

— Une abbaye ! s'exclama Mrs Templeton d'un ton quelque peu méprisant. Je ne vous aurais pas crue nonne.

Miss Mackenzie ne s'offensa pas de cette pique, au contraire, elle sembla beaucoup s'amuser de la remarque.

— Seigneur, madame Templeton, on ne m'avait encore jamais accusée d'être une nonne ! Et je ne le suis certes pas. En revanche, je dois veiller sur mes pupilles qui sont hébergées à Kishorn Abbaye.

— Vous êtes bien trop jeune pour avoir des pupilles à votre charge, dit Miss Wilke-Smythe.

— Elle l'est, en effet. Pourtant, elle dit bien la vérité, assura Norwood. Ma nièce et sa tante bien-aimée, qui nous a hélas quittés dernièrement, offrent un toit à des femmes et des enfants, depuis plusieurs années à présent.

Un refuge pour femmes et enfants ? Des pupilles ? Hamlin sentit sa curiosité redoubler à l'égard de Miss Mackenzie.

Elle regarda les visages qui la fixaient.

— Pourquoi me dévisagez-vous de la sorte ? Je suis certaine que vous avez tous déjà participé à des œuvres de charité !

— Cela va bien au-delà de la simple charité, ma chérie, fit remarquer Norwood.

— Qui sont ces femmes et ces enfants ? demanda Mrs Templeton.

— Des femmes qui n'ont plus d'autre endroit où aller. Elles se sont donc installées dans des chambres réhabilitées dans une abbaye que ma famille possède.

— Pourquoi n'ont-elles nulle part où aller ? s'enquit Miss Wilke-Smythe avec toute la naïveté de son jeune âge.

— Eh bien… Il n'y a pas de réponse simple à cette question.

Pour la première fois depuis qu'il l'avait rencontrée, la pétulante Miss Mackenzie semblait à court de mots et lança un regard vers son oncle, en quête d'un peu d'aide.

— Elles… Elles ne sont plus acceptées dans la société ni dans leurs familles… pour des raisons variées, poursuivit-elle avec embarras.

— Seigneur…, intervint Lord Furness, voulez-vous dire…

— C'est exactement ce que je veux dire, milord, confirma-t-elle en hâte avant qu'il n'aille plus loin. Ces femmes ont été bannies, de même que leurs enfants.

Sa déclaration fut suivie d'un long silence. Mrs Wilke-Smythe lança un regard choqué à son mari, mais celui-ci regardait Miss Mackenzie.

En vérité, Hamlin se sentait… émerveillé. La charité dont elle parlait était en général réservée aux membres du clergé. Les dames du statut de Miss Mackenzie pouvaient certes broder des coussins ou faire l'aumône, mais elles ne s'impliquaient pas de la sorte et n'entraient pas en contact direct avec les réprouvés de la société. Quant à les héberger…

Décidément, il devenait de plus en plus évident que Miss Mackenzie n'était pas seulement une jeune dame choyée.

— Que feriez-vous à ce propos, Montrose ? lança soudainement MacLaren. C'est tout à fait le genre de problématique que vous pourriez avoir à traiter à la Chambre des lords, non ? Les inégalités sociales, l'absence de morale…

— Elles ne manquent pas de morale, intervint Miss Mackenzie dont la voix s'était nettement refroidie. Du moins, si elles se sont comportées sans morale, c'est parce qu'on le leur a imposé.

MacLaren ignora son intervention, les yeux rivés sur Hamlin.

— Eh bien ? Que diriez-vous à quelqu'un qui se passionne comme Miss Mackenzie pour les dépravés ?

— Elles ne sont pas dépravées ! s'exclama-t-elle un ton plus haut.

— Oui, votre Grâce, qu'en pensez-vous ? renchérit la comtesse.

L'une des raisons pour lesquelles Hamlin visait un siège à la Chambre des lords était sa volonté de faire avancer l'Écosse, loin des rébellions du passé, notamment en rectifiant les injustices sociales. Le changement était nécessaire. Il leva les yeux vers Miss Mackenzie et croisa son regard limpide. Elle se moquait de ce qu'il en pensait, comprit-il soudain. Elle se moquait des jugements des autres convives. Cette force de caractère aussi était diablement intrigante.

— Comment pourrait-on juger négativement les intentions charitables d'autrui ? dit-il enfin.

— On le peut très bien, si autrui se fourvoie, fit remarquer MacLaren posément.

Le regard de Miss Mackenzie s'étrécit légèrement avant qu'elle le détourne.

— Pour l'amour du ciel, Rumpel, enlevez-moi cette forêt de fleurs, voulez-vous ? Je ne vois pas Cat d'ici, s'exclama soudain Norwood.

Le domestique s'exécuta aussitôt et retira les pivoines offensantes.

— Catriona est une philanthrope, reprit-il en les dévisageant un à un.

Le visage de Miss Mackenzie avait pris une teinte rose plus soutenue.

— Il ne s'agit pas de philanthropie, dit-elle lentement. Ma famille est certes généreuse, mais cela n'a rien à voir. Je ne comprends pas comment qui que ce soit pourrait leur refuser de l'aide. Ces femmes ont connu des revirements malheureux dans leurs vies sans qu'elles en soient le moins du monde responsables. Comment nier que la vie soit cruelle à l'égard des femmes ?

— Oh ! ma chère, s'apitoya Mrs MacLaren, la vie s'est-elle montrée cruelle avec vous ?

— Avec moi ? Non, pas du tout ! J'ai au contraire mené une existence privilégiée ! Je veux parler de femmes nées dans des circonstances moins fortunées. Des femmes sans fortune familiale pour les soutenir. Je n'ai jamais eu besoin de rien tandis qu'elles ont désespérément besoin d'amour, d'affection et d'un foyer. Elles ont besoin de nourriture pour leurs enfants et de chaussures à leur mettre aux pieds. Certaines sont venues avec de la paille dans leurs sabots pour empêcher l'humidité de pénétrer leurs peaux. Pouvez-vous seulement imaginer ce que cela peut être ?

Hamlin était subjugué. Elle abordait des sujets absolument inconvenants pour un souper, cependant, sa réponse était pleine de bon sens. Les convives réunis autour de cette table avaient de toute évidence grand besoin de comprendre à quel point les inégalités de ce monde pouvaient être cruelles.

— Je ne sais pas ce que cela fait de marcher en sabots, mais je sais que la vie s'est montrée cruelle avec moi, lança avec amertume Mrs Templeton.

Norwood lui tapota la main avant qu'elle n'avale son vin. Elle semblait avoir oublié qu'elle portait une robe de soie et des bijoux clinquants. Cette femme n'avait aucune idée de ce qu'était la cruauté de la vie.

— Quelle est cette folie ? s'écria Lord Furness à l'adresse de Norwood. Comment se fait-il que votre famille ait permis à l'une des vôtres de… de fraterniser avec de telles femmes ?

— Je vous demande pardon, Sir, mais mon oncle n'a nul besoin de parler en mon nom, répondit calmement Miss Mackenzie.

Cependant, Hamlin nota que le rouge de ses joues s'était encore accru et que ses jointures avaient blanchi.

— Griselda Mackenzie, Dieu ait son âme, a transformé une abbaye en ruines en un refuge pour les âmes abandonnées. Je ne connais pas tout des circonstances qui ont amené ces femmes à Kishorn, je sais seulement que ma chère tante n'y accordait aucune importance – peu lui importait qu'elles aient perdu père, mari et frère et n'aient plus personne ou bien qu'elles aient fui des situations où les hommes utilisaient leurs corps pour leur plaisir.

Mrs Wilke-Smythe émit un hoquet de stupeur horrifiée et les yeux de sa fille s'écarquillèrent.

— Aucune d'elles n'avait d'endroit où aller avant que tante Zelda ne fasse revivre l'abbaye pour elles, conclut Miss Mackenzie.

— C'est… C'est… inconvenant, souffla Mrs Wilke-Smythe faiblement.

— Pas plus que de laisser ces pauvres femmes mourir dans le froid et sans espoir.

— Que faites-vous, exactement ? demanda Miss Wilke-Smythe qui semblait captivée par cette nouvelle facette de Miss Mackenzie. Voulez-vous dire que vous passez du temps avec elles ?

Miss Mackenzie desserra ses doigts de la table pour toucher une boucle sur sa nuque.

— Eh bien, oui. Je m'occupe d'elles, je vérifie qu'elles aient tout ce dont elles ont besoin.

— Les actions de ma nièce doivent être louées, affirma

Norwood. Franchement, il me semble inconcevable qu'on veuille jeter ces femmes et ces enfants hors de la sécurité d'une vieille abbaye alors qu'ils ne peuvent survivre par eux-mêmes.

Cependant, il était clair que peu de convives autour de la table – à l'exception peut-être de Vasily Orlov – partageaient ce point de vue.

— Qui parle de les chasser ? s'enquit MacLaren.

— Des lairds des Highlands et la Couronne d'Angleterre, répondit Miss Mackenzie. Ils ne trouvent aucune pitié dans leurs cœurs et considèrent ces pauvres femmes à peine mieux que du bétail.

— Comment pouvez-vous présumer du cœur de ces gens ? intervint sèchement Lord Furness.

— C'est très simple, ceux qui veulent mettre mes pensionnaires à la porte veulent récupérer les terres pour leurs troupeaux. Pour mettre la main dessus, ils ont fait appel à la Couronne qui a déclaré que les terres nous étaient confisquées.

— Sur quels fondements ? questionna MacLaren avec plus de curiosité que d'agressivité.

— Je vais vous le dire, lança Norwood avec grandiloquence. Ma nièce ne vous dirait pas toute l'histoire, je le sais. Sa tante, dont je peux personnellement attester qu'elle était aussi belle que courageuse, a prêté assistance à la rébellion jacobite en cachant les rebelles quand ils tentaient de fuir les forces anglaises.

Il y eut plusieurs hoquets horrifiés autour de la table.

— De la trahison ! s'exclama MacLaren.

— Mon oncle, peut-être ne devrions-nous pas…

— Peut-être ont-ils le droit de connaître la vérité, ma chérie.

Tandis qu'il assistait à tous ces échanges, la curiosité de Hamlin pour cette abbaye ne cessait d'augmenter. Il n'avait pas été du côté des Jacobites et était loyal au roi. Néanmoins, comme la plupart des Écossais, il n'était pas particulièrement friand des Anglais et de leurs manières arrogantes.

— La tante de cette femme était traître à la Couronne et au roi ! s'emporta Furness en pointant un doigt accusateur sur Miss Mackenzie.

— Furness, pour l'amour du ciel, Griselda Mackenzie a seulement fait preuve de bienveillance, rétorqua impatiemment Norwood. Quand la rébellion a été écrasée et que ces hommes ont fui une mort certaine, elle les a aidés à fuir au loin, vivants, plutôt que de les laisser se faire massacrer. Vous pouvez y voir un péché, pour ma part, je ne vois là que noblesse d'âme.

Personne ne tenta d'argumenter face à la défense passionnée de Norwood. Pourtant, Hamlin ne trouvait pas la réponse aussi évidente : était-il réellement noble de venir en aide à des traîtres, même si ceux-ci étaient des voisins ?

— Dois-je vous en dire davantage ? s'enquit Norwood en s'avançant sur la table.

— Non, oncle Knox, supplia Miss Mackenzie.

Seulement, Norwood – qui avait visiblement bu plus que de raison – avait captivé son auditoire, même les domestiques semblaient pendus à ses lèvres, et il ne laisserait pas passer une telle attention.

— Notre chère Catriona l'a aidée.

— *Airson gràdh Dhè.* Par pitié, mon oncle, n'en dis pas plus !

— Catriona est une jeune femme audacieuse et

courageuse. Son propre père lui avait expressément interdit de s'associer à des Jacobites connus, et cependant, mon adorable nièce n'a pas supporté de laisser ces jeunes hommes mourir. Elle en a conduit bon nombre à Kishorn elle-même.

Norwood se laissa retomber contre le dossier de sa chaise en regardant les expressions choquées autour de lui. Quant à Miss Mackenzie, elle semblait vouloir disparaître sous la table.

— Quel est le problème, ma chérie ? Tu n'as pas honte, quand même ?

— Bien sûr que non ! Simplement, tu plonges tes convives dans la détresse, mon oncle.

— Ils n'ont aucune raison de se sentir en détresse ! proclama-t-il. Je veux que chacun ici sache que j'ai l'intention de t'aider. Quelle sorte d'hommes serions-nous si nous punissions la compassion sincère d'une femme ? N'est-ce pas précisément ce que nous attendons du beau sexe ? Le Lord Avocat a beau affirmer que le châtiment pour avoir hébergé des traîtres dix ans plus tôt est la confiscation, je n'ai pas dit mon dernier mot.

Miss Mackenzie lui adressa un faible sourire avant de baisser la tête.

— Et vous, Montrose ? Qu'avez-vous à dire à ce sujet ? le défia MacLaren. Faut-il leur confisquer cette propriété ?

— Je n'ai pas pour habitude d'émettre des jugements quand je ne suis pas en possession de tous les faits, Sir, et je ne le ferai pas plus aujourd'hui.

L'ombre d'un sourire apparut sur le visage de MacLaren. Approbation ou jugement ? Il n'aurait su le dire. S'il cherchait une raison de lui refuser son vote, eh bien, qu'il en soit ainsi. Hamlin ne condamnerait pas les bonnes intentions de Miss Mackenzie.

— Je vous demande pardon, Lord Norwood, mais qu'est-ce que ces femmes ont à voir avec les rebelles ? demanda Miss Wilke-Smythe.

— Eh bien, il est logique qu'une fois les rebelles partis, les femmes et les enfants qui n'avaient plus leur protection aient suivi, ne trouvez-vous pas ? Puis sont venues d'autres encore, qui n'avaient plus de quoi nourrir leurs enfants. Zelda et Catriona ont embrassé une noble mission en leur venant en aide.

— Permettez-moi de ne pas vous rejoindre sur ce point, attaqua Lord Furness. Je trouve leur comportement téméraire et bien malavisé. Précisément le genre de folies qui arrivent lorsqu'on laisse les femmes prendre leurs propres décisions sans supervision maritale.

Miss Mackenzie réagit aux propos misogynes de Furness en posant sur lui un regard brillant de colère. Hamlin n'était pas surpris par l'étroitesse d'esprit du vieux Lord – il doutait que l'Anglais ait risqué le moindre cheveu de sa perruque pour quelque cause que ce soit.

Miss Mackenzie avala une bonne partie de son verre de vin et détourna le regard des convives comme si elle aurait préféré être n'importe où ailleurs plutôt qu'ici. Un sentiment qu'il ne comprenait que trop bien.

L'acide Mrs Templeton saisit justement l'occasion pour lâcher du bout des lèvres :

— Je n'imagine pas un instant que Miss Wilke-Smythe soit surprise en compagnie de rebelles. Elle est bien trop accomplie et connaît les devoirs qui incombent à une jeune lady.

— C'est bien regrettable, car elle m'a l'air d'être le

genre de jeune fille qui serait bien divertie par une telle aventure ! s'exclama joyeusement Norwood sans remarquer les mines choquées des parents de la débutante. Mais il est vrai qu'elle est très accomplie. D'ailleurs, Chasity, nous ferez-vous le plaisir d'une chanson sur le pianoforte ?

— Oui, vous devez chanter, reprit Miss Mackenzie en se levant de table si soudainement que les gentlemans furent pris de court. Nous devrions nous retirer, mesdames, et laissez ces gentlemans à leurs portos et leurs jugements sur nous. Ne nous laissez pas trop longtemps seules, messieurs, qui sait ce dont nous serions capables.

Après cette sortie provocatrice, tous la contemplèrent avec une stupéfaction muette, à l'exception de Norwood qui sourit largement.

— Voilà, voilà… Que vous disais-je justement hier, Furness ? Ma nièce a un tempérament vif.

Si l'interrogé répondit, personne ne l'entendit car les dames sortaient de la pièce sous la direction de Miss Mackenzie. Depuis le couloir, Hamlin entendit son rire s'élever. Ce n'était pas son tempérament qui était vif, mais bien plutôt son esprit. Elle ne laissait pas les idiots la désemparer plus d'un instant.

Hamlin ne pouvait s'empêcher d'éprouver une admiration grandissante pour la force de caractère de cette jeune femme.

Chapitre 6

Catriona suspectait depuis le départ Lord Furness d'être un rabat-joie aux idées étriquées. Ce soir, il avait confirmé son intuition. À présent qu'elle avait pris toute la mesure du vieil imbécile, elle ne perdrait plus un instant à s'énerver après lui. Voilà une autre chose qu'elle avait apprise de Zelda – ne pas perdre un seul précieux moment pour ce genre de personnes.

En compagnie des autres dames, elle entra dans le petit salon. Elle se laissa tomber sur un siège sans cérémonie. De leur côté, la mère et la fille Wilke-Smythe s'écartèrent vers le fond de la pièce en faisant mine de s'intéresser aux partitions de musique, sans aucun doute pour se lamenter de ce que la réputation impeccable de Chasity soit ainsi ternie par la seule présence de Catriona dans la même pièce. Elle savait très bien comment les Anglais voyaient les choses, après tout, sa propre mère était anglaise.

Mrs Templeton examina quelques livres sur l'étagère. Elle n'avait pas fait mine de cacher son déplaisir de voir Catriona depuis le premier instant, sans doute parce que sa présence distrayait oncle Knox de sa petite personne.

Mrs MacLaren s'était assise près du foyer et avait pris un tisonnier pour raviver les braises.

La comtesse Orlov fut la seule qui osa l'approcher. Elle vint gracieusement prendre place près d'elle.

— Quelle audace vous avez, mademoiselle Mackenzie ! Je n'aurais pas cru que vous puissiez prendre de tels risques.

Catriona lui jeta un regard de côté, sur ses gardes.

— Je suis véritablement impressionnée, reprit la comtesse. Avez-vous eu peur ?

— Peur ?

— Des rebelles. Étaient-ils effrayants ?

— Oh ! non. Je n'ai jamais eu peur. J'étais bien trop excitée par l'aventure pour cela.

C'était un mensonge, bien sûr. Elle avait été terrifiée. Elle avait défié sa famille et risqué sa propre vie. En fait, elle s'était laissé entraîner par la loyauté indéfectible qu'elle éprouvait pour tante Zelda. Sa réponse intrépide sembla néanmoins plaire à la comtesse qui se pencha vers elle pour murmurer :

— Alors vous avez *apprécié* l'aventure ?

Catriona rougit légèrement.

— C'était il y a très longtemps, vous savez ?

— Étaient-ils très beaux ? Les rebelles ?

Diah ! Qu'allait-elle s'imaginer ? Ces hommes étaient aussi terrifiés qu'elle, sinon plus ! Ils fuyaient pour sauver leur vie !

— Les circonstances ne nous permettaient guère de nous observer longuement, n'est-ce pas ?

— Oh. J'imagine que non, admit la comtesse en se renfonçant sur le canapé, visiblement déçue. Il n'en reste pas moins que j'admire ce que vous avez accompli.

Je ressens une pitié sincère à l'égard de ces pauvres femmes que vous aidez. J'ai un jour dû renvoyer une servante que mon époux avait engrossée. Je ne sais pas ce qu'elle a pu devenir.

Catriona tourna le visage vers elle, choquée par cette remarque insensible qu'elle avait énoncée sans marquer la moindre émotion. Combien de ces femmes étaient arrivées à Kishorn après avoir été ainsi rejetées par un lord ou une lady peu scrupuleux ?

— Je peux seulement espérer qu'elle a réussi à rejoindre Kishorn Abbaye, dit doucement Catriona.

La comtesse esquissa un mince sourire.

— Je crains hélas qu'elle n'ait pas survécu à l'hiver russe.

Sur ces mots, elle se leva et s'éloigna.

Si Catriona avait pu fuir cette pièce sans froisser son oncle, elle l'aurait fait. Elle ne voulait plus avoir quoi que ce soit à faire avec ces gens. Elle se leva et avança nerveusement dans la pièce, faisant glisser ses doigts sur les meubles. Elle ne s'arrêta que lorsque Miss Wilke-Smythe lança à brûle-pourpoint :

— Je n'y tiens plus ! Qu'avez-vous pensé du duc ?

Cinq têtes se tournèrent d'un même mouvement dans sa direction.

— Chasity ! Tu viens seulement de faire sa connaissance, la reprit sa mère. Aucune d'entre nous ne le connaît suffisamment pour émettre un jugement.

Catriona aurait pourtant parié tout ce qu'elle avait que chacune avait déjà un jugement clair en tête.

— Eh bien, je l'apprécie plutôt, dit Chasity. Et je le trouve fort bel homme.

— Il est bien plus âgé que vous, ma chère, fit remarquer

la comtesse Orlov en jouant avec une boucle d'oreille.
Je dois reconnaître que je le trouve également séduisant.
Néanmoins, il doit approcher les quarante ans. A-t-il
un héritier ? S'il n'en a pas, il doit être désespéré de
prendre une nouvelle épouse.

— Comtesse Orlov ! lança sèchement Mrs Wilke-
Smythe.

— Pour ma part, je ne crois pas qu'il ait tué sa
femme, annonça lentement Catriona.

— Moi si ! intervint Mrs Templeton. Cela se voit à
ses yeux. Ils sont tellement sombres !

Catriona se retint de lever les yeux au ciel. Comme si
le duc pouvait avoir le moindre contrôle sur la couleur
de ses yeux…

— Et puis, il est très froid et distant dans ses manières,
ajouta Mrs Templeton. Il a à peine dit un mot.

Visiblement, elle estimait le connaître assez pour
porter un jugement définitif sur lui.

— Cela lui était assez difficile, rappela Mrs Wilke-
Smythe. C'est Miss Mackenzie qui a occupé la majeure
partie de la conversation.

— Plus précisément, c'est votre curiosité à mon
égard qui a alimenté les discussions.

Mrs Wilke-Smythe pinça les lèvres mais ne la
contredit pas.

— J'ai l'intention de découvrir la vérité à propos du
duc, annonça Catriona. Cela me semble fou que l'épouse
d'un duc disparaisse sans que rien ne soit réellement
fait pour la retrouver. Que doit penser sa famille ? Ne
la recherchent-ils pas ?

— Ses parents sont morts dans un tragique incendie
et Lady Montrose n'avait personne d'autre que le duc,

il me semble, expliqua posément Mrs MacLaren. Et puis, quand bien même elle aurait eu une famille, qu'y avait-il de plus à faire ? Qui oserait interroger un duc ? Il peut dire ce qu'il veut pour justifier l'absence de sa femme, aucun homme en Écosse n'osera le défier. Comment avez-vous l'intention de découvrir la vérité, mademoiselle Mackenzie, sans vous mettre en danger ? Et en l'espace de deux semaines, qui plus est, puisque vous affirmez ne pas rester plus longtemps à Dungotty ?

Toutes ces questions étaient parfaitement sensées.

— Je ne sais pas comment. Seulement, j'ai beaucoup de temps libre d'ici mon départ et si je n'essaie pas d'en savoir plus, je mourrai de curiosité. La rumeur est particulièrement scandaleuse et pour ma part, je ne le pense pas capable un seul instant d'un geste meurtrier. Pour autant, une duchesse ne disparaît pas ainsi de la surface du monde, n'est-ce pas ? Alors, s'il l'a bel et bien tuée, il mérite d'affronter les conséquences de son acte.

— Êtes-vous donc une sommité en ce qui concerne les traîtres et les meurtriers ? persifla Mrs Templeton. Est-ce là l'un de vos autres talents ?

— Seulement en ce qui concerne les traîtres, mais j'ai effectivement l'intention d'élargir mon autorité aux meurtriers, rétorqua-t-elle, amusée.

— Vous n'avez décidément pas froid aux yeux, répondit froidement Mrs Templeton. Votre oncle s'est montré excessivement indulgent avec vos manières et vos idées fantasques. Quand je pense qu'on vous a laissé arpenter la campagne comme un pèlerin !

À cette image, Catriona éclata de rire. S'imaginer avec une robe de chanvre et un bâton pour traverser les

Highlands était savoureux. Son rire ne fit qu'exaspérer davantage Mrs Templeton.

— Quel âge avez-vous, mademoiselle Mackenzie ? Je trouve étonnant qu'une femme de votre âge ne soit pas encore mariée. Si vous étiez ma fille, je vous aurais trouvé un époux voilà bien longtemps.

Sa remarque insultante fut accueillie dans un silence stupéfait, à l'exception de Catriona qui répliqua joyeusement :

— *Diah*, madame Templeton, il semble que je vous mette fort en colère sans même essayer !

En dépit de sa nonchalance, Catriona n'en était pas moins surprise que Mrs Templeton ait émis un tel jugement si ouvertement. Bien sûr, la question de son célibat la suivait où qu'elle aille. Pourquoi la fille d'un laird puissant et d'une riche héritière anglaise n'était-elle toujours pas mariée ? Peu importait ce qu'elle avait accompli de valeur en trente-trois ans de célibat, le monde s'en contrefichait. On attendait d'elle qu'elle se marie, mette au monde un héritier et recouse les chemises de son époux. Elle devrait lui témoigner obéissance, soutien et, bien évidemment, se soumettre à ses désirs. Elle ne devait pas vivre ses propres aventures, ni avoir ses propres désirs, rêves, idées ou opinions. Non, de telles folies pour une femme étaient tout bonnement scandaleuses ! Ne pas se plier aux attentes de la société la rendait méprisable aux yeux de bon nombre de ses contemporains.

Tante Zelda se moquait de telles attentes. Pourtant, même elle se lamentait souvent de n'être pas considérée à sa juste valeur parce qu'elle n'avait pas pris d'époux.

— En effet, vous me mettez en colère, admit

Mrs Templeton, parce que vous semblez trouver parfaitement normal de vous dérober à vos obligations.

Quelle amère ironie ! Son adversaire semblait croire qu'elle refusait le mariage, alors qu'en vérité, Catriona *voulait* se marier. Elle voulait avoir un époux à aimer, une famille à élever. Elle voulait trouver le même bonheur que ses frères et sa sœur dans une union harmonieuse. Seulement, le destin avait décidé de ne pas lui accorder ce bonheur marital et à présent, il était trop tard.

Heureusement, Zelda avait enseigné à Catriona à dépasser les attentes de chacun, à ne pas limiter ses joies à la vie qu'on avait voulue pour elle. « La vie n'a pas tourné comme tu t'y attendais, peu importe, *lass*. C'est toujours ta vie et elle peut t'apporter autant de joie que tu le mérites. Le monde t'appartient autant qu'à tout un chacun. Et, crois-moi, *mo chridhe*, tu es fortunée d'avoir une famille qui te laisse vivre comme tu l'entends. Il y a bien peu de femmes qui ont cette chance, le sais-tu ? Alors tu dois choisir le bon chemin, d'accord ? Ne commets pas les mêmes erreurs que moi. »

Catriona lui avait demandé de quelles erreurs elle voulait parler, mais Zelda s'était contentée de secouer la tête. « J'en ai commis bien trop. Depuis longtemps oubliées. »

Avec cette réponse sibylline, Catriona avait donc choisi son propre chemin, elle avait suivi sa tante et connu des expériences exceptionnelles. Elle était reconnaissante à Zelda de lui avoir révélé la richesse de cette existence. Ainsi, elle avait beau s'inquiéter des responsabilités que sa tante lui avait laissées en mourant, elle n'en était pas moins heureuse que ces responsabilités lui reviennent à elle plutôt qu'à ses frères. Protéger des femmes et des enfants démunis était une mission autrement plus noble que le mariage, même si elle ne comblait pas ses désirs profonds.

— Peut-être que le duc vous conviendrait fort bien comme époux, mademoiselle Mackenzie, puisque vous semblez tellement convaincue qu'il ne ferait pas de mal à une mouche ! Après tout, il n'a pas de femme, n'est-ce pas ?

— Madame Templeton ! la reprit Mrs MacLaren.

Catriona rit de bon cœur. Mrs Templeton n'en avait apparemment pas conscience, mais elle était tout aussi audacieuse qu'elle !

— Peut-être, en effet ! lança-t-elle gaiement.

La conversation fut heureusement interrompue par l'irruption joviale d'oncle Knox, de fort bonne humeur grâce à l'alcool qu'il avait ingurgité au cours du dîner. Les autres gentlemans le suivaient. Le duc fermait la marche. Il s'adossa au mur, les mains dans le dos. Il ne dit pas un mot et étudia la pièce de son regard sombre.

Quand ses iris noirs rencontrèrent ceux de Catriona, un étrange frisson la parcourut. Ce n'était pas de la peur, non, mais quelque chose d'autre qu'elle n'avait encore jamais ressenti. Peut-être une réponse instinctive à la suggestion de Mrs Templeton d'épouser ses magnifiques yeux noirs ? Ou bien un mouvement de répulsion ? Ou encore tout autre chose ? Quoi que ce soit, la sensation était intense, déstabilisante et étrangement enivrante.

Elle détourna enfin le regard pour le poser sur Miss et Mrs Wilke-Smythe qui s'étaient installées au pianoforte, non sans se demander si le duc avait un jour regardé sa femme de la même façon. L'avait-il transpercée de

son regard ténébreux en refermant ses doigts autour
de sa gorge ?

— Chasity, nous aurons donc la joie de vous entendre ?
s'enquit oncle Knox.

— Avec grand plaisir, répondit la jeune fille.

Chasity s'éclaircit élégamment la gorge et se mit à
chanter, accompagnée de sa mère au pianoforte. Elle
chantait assez bien, grâce à sa voix aussi légère et pure
qu'elle l'était.

Catriona se déplaça dans la pièce pour pouvoir
observer plus discrètement le duc. Elle jeta un regard
de côté. L'expression du duc était indéchiffrable, mais
pas un instant il ne détourna le regard de la chanteuse.

Après quelques applaudissements polis, la jeune fille
décida d'entonner une nouvelle chanson. Catriona fit de
son mieux pour avoir l'air charmée tout en observant
le duc à la dérobée.

Pas une fois il ne regarda dans sa direction.

Quand le deuxième chant se termina, la comtesse
Orlov suggéra quelque chose de son pays. Elle s'installa
à son tour au pianoforte et échangea quelques mots
en russe avec son cousin, qui sembla contredire la
suggestion de la comtesse. Au milieu de cette dispute
familiale, Montrose avança jusqu'à elle et, sans jamais
quitter du regard les deux Russes, il souffla tout bas :

— J'imagine que vous n'êtes pas femme à vous
accomplir dans le chant et la musique.

Surprise de son arrivée et de la franchise de sa question, Catriona répondit :

— Hélas, non. Mes talents sont plutôt… masculins.

Il lui jeta un regard rapide.

— Masculins ? Eh bien, dites-m'en plus. Que

faites-vous, mis à part secourir les veuves et les femmes de mauvaise vie ?

Catriona lui adressa un sourire amusé.

— Les mêmes choses qu'un duc, j'imagine.

Il tourna lentement les yeux vers elle et la détailla des pieds à la tête, un regard lent, paresseux, presque… sensuel.

— Des talents aussi élevés ?

— Qui a dit que les talents d'un duc étaient particulièrement élevés ? répliqua-t-elle avec un sourire narquois.

Sur ce, elle s'écarta du mur et alla s'asseoir. La comtesse chantait avec tant de souffle que les flammes des chandeliers vacillaient.

Catriona jeta un regard prudent derrière elle et remarqua que le duc n'était plus dans la pièce. Tout comme Mr MacLaren. Quel homme étrange, vraiment… Qu'avait-il fait de la dame de Blackthorn Hall ?

Elle ne savait toujours pas comment elle allait découvrir la vérité. Peut-être devait-elle tout simplement poser la question au duc : *Qu'avez-vous fait de votre femme, votre Grâce ?*

Une chaleur étrange se répandit dans sa poitrine quand elle imagina ses yeux s'assombrir davantage si elle trouvait le courage de lui poser la question.

Chapitre 7

Pour obtenir l'appui de MacLaren auprès du puissant Caithness, Hamlin devait s'engager à soutenir le fait que la banque d'Écosse reste sous le contrôle exclusif de l'Écosse. MacLaren le lui avait succinctement mais clairement expliqué quelques nuits plus tôt, alors qu'il s'apprêtait à quitter Dungotty. « Le comte ne supportera pas que la Couronne donne la préférence aux banques anglaises. Pas ici, pas en Écosse. » Il avait lancé cette remarque avec tant d'amertume que Hamlin continuait de se demander quelle grave mésaventure, lui ou Caithness avait pu rencontrer avec une banque anglaise.

La conversation s'était ainsi poursuivie :

« Après tout, le cours de notre monnaie se régule parfaitement bien sans l'intervention du Parlement, n'est-ce pas ? Aussi, je suis personnellement enclin à apporter mon soutien à un candidat qui promettra de conserver à l'Écosse autant d'indépendance que possible. »

Tout en parlant, il avait soupesé Hamlin d'un regard perçant, comme s'il cherchait un signe qu'il ne devait pas se fier à lui. MacLaren ne verrait rien sur son expression… Au cours des années d'un mariage tumultueux, Hamlin avait développé un talent certain pour masquer ses pensées et ses émotions. Il avait donc soutenu sans broncher le regard de son interlocuteur.

« Mon objectif est de conserver l'Écosse aux Écossais et de laisser derrière nous les querelles stériles du passé. Je n'ai pas l'intention d'alourdir le joug de l'Angleterre sur notre pays, si c'est là ce qui vous inquiète. »

MacLaren avait esquissé un lent sourire.

« Parfait, dans ce cas. Il se pourrait bien que vous obteniez le vote de Caithness, après tout. Je lui parlerai. »

Hamlin termina de relater son échange avec MacLaren à Bain qui se tenait debout de l'autre côté de son bureau de bois massif décoré de motifs de prunellier, en l'honneur des Blackthorn. Un cadeau de la famille de Glenna à l'occasion de leur mariage. Il avait sincèrement apprécié les parents de sa femme et avait été consterné d'apprendre leur mort ainsi que celle de leur femme de chambre dans un incendie qui s'était déclaré au petit matin dans leur demeure. Une bougie mal éteinte était la coupable.

Ce bureau était un rappel constant de leur fin tragique, toutefois, il ne voulait pas s'en débarrasser, cela lui aurait paru trop irrespectueux. Une fois, il avait demandé son opinion à Glenna sur le sujet. Elle avait posé un regard absent sur le bureau, puis sur lui et avait simplement déclaré qu'elle se moquait de ce qu'il en faisait.

Était-ce le chagrin qui l'avait rendue aussi dure et égoïste ? Non, elle était déjà comme cela avant le décès des siens. Hamlin savait que la souffrance ne s'exprimait pas de la même manière chez tout le monde. Certains avaient tendance à se construire une armure pour s'en protéger. D'autres la laissaient les tenir à la gorge jusqu'à ce qu'ils ne parviennent presque plus à respirer.

Il appartenait plutôt à ce second groupe. Aussi avait-il gardé le meuble.

Son bureau était sa pièce favorite. Il l'avait remplie de livres et de cartes, de moelleux tapis rapportés des Flandres la paraient de jolies couleurs et des portes-fenêtres immenses donnaient une vue superbe sur les jardins.

Justement, Bain était en train de regarder par la fenêtre tandis qu'il finissait de lui raconter le dîner à Dungotty et les propos de MacLaren.

— Il vous a donc confirmé son soutien, c'est bien cela ?

— Il n'a rien dit de plus que ce que je vous ai rapporté : qu'il allait en discuter avec le comte.

Bain tapota d'un air rêveur sur le carreau.

— Cela mérite enquête…

— Pardon ?

— Il faudrait en savoir plus sur le genre d'affaires financières que MacLaren souhaite voir préserver par les banques écossaises. Si vous n'avez pas encore son vote ferme et définitif, il serait avisé d'en apprendre un peu plus pour le persuader.

Il se tourna vers Hamlin et le contempla de ses yeux gris insondables. La proposition de Bain avait beau être douteuse, Hamlin en comprenait la nécessité.

— La Banque d'Écosse a autrefois été réputée soutenir le mouvement des Jacobites, non ?

— En effet, votre Grâce, répondit son secrétaire avec un fin sourire.

Hamlin pianota un moment sur son bureau tout en réfléchissant.

— À quel point cela peut-il être difficile d'en apprendre davantage sur les affaires de MacLaren ?

— Pas très difficile, votre Grâce. Je connais quelqu'un. Un banquier. Écossais, bien entendu.

Hamlin rit.

— Quelle chance pour moi, n'est-ce pas ?

Il se leva et avança vers la fenêtre pour rejoindre Bain. Son regard s'attarda sur un rosier rouge fleuri. Cette image en appela une autre, plus ancienne. Il se remémora un autre jour, doux et sec comme celui-ci, où il se promenait dans le jardin avec Glenna. Elle pleurait. Encore une fois. Il lui semblait qu'elle n'avait jamais fait autre chose que gémir et se plaindre de lui, ses lamentations augmentant de semaine en semaine. Il était incapable de se souvenir de ce qui lui avait déplu cette fois-là.

— Une réunion du club des Gentlemans de la Science doit se tenir jeudi prochain. Parmi eux, on trouve des noms aussi illustres que les ducs d'Argyll et de Lennox. Ainsi que Caithness.

Les ducs qu'il avait mentionnés éliraient eux aussi leur candidat au poste vacant.

— Quel sera le sujet de cette réunion ?

— Les ponts, votre Grâce.

— Les ponts.

— Un nouvel ouvrage doit être construit au sud du Loch Ard pour faciliter les trajets.

— Je vois. Donc, à présent, je dois être un partisan résolu des ponts, c'est cela ?

— Cela nous aiderait, en effet.

— Quoi d'autre ?

— Mr Palmer m'a informé qu'il compte démissionner de son poste à la fin du mois.

Hamlin tourna brusquement la tête vers Bain.

— Mon garde-chasse ?

Bain acquiesça.

— Pourquoi ?

— Eh bien, sa sensibilité religieuse le travaille…

— Sensibilité religieuse ? N'est-ce pas plutôt qu'il trouve répréhensible d'être mon employé ? Seigneur ! Cela va faire un an et ils continuent tous de trembler à la seule vue de leur employeur.

Bain haussa les épaules avant de détailler :

— D'après ce que j'ai compris, un révérend de Kippen est venu lors de la foire de la paroisse et a prêché sur le bien et le mal dans notre monde. Il a conseillé à tous de s'écarter du diable quoi qu'il en coûte. Dans le même temps, Mayfield House était en quête d'un nouveau garde forestier, et voilà comment Mr Palmer a trouvé une situation plus en accord avec sa sensibilité religieuse.

— Cette nouvelle me prend par surprise. Pendant un jour ou deux, j'avais presque oublié que j'étais le diable incarné, le sombre duc de Montrose. Mayfield House ne le paiera jamais aussi bien que je payais cet imbécile, grommela Hamlin.

— Non, en effet.

— Bon, très bien, trouvez un autre garde-chasse. Ainsi qu'une femme de chambre pour Eula.

— Je vous demande pardon, votre Grâce ?

— Elle a besoin d'être correctement vêtue et coiffée, non ?

— Oui, ce que vous faites déjà.

— Pas du tout. Il lui faut quelqu'un qui s'y connaisse en cheveux et… et en robes, je suppose. Et en particularités féminines.

Bain sembla en pleine confusion et Hamlin leva les

yeux au ciel, amusé. Ce n'était pourtant pas comme si son secrétaire ignorait tout du beau sexe. Il l'avait souvent vu revenir discrètement au petit matin à Blackthorn après des escapades nocturnes.

— Je vous demande pardon, votre Grâce, mais je ne suis pas versé dans les qualités requises chez une suivante.

— Je viens de vous les dire. Elle doit savoir coiffer, et…

Il poursuivit d'un geste vague de la main. Après un long regard échangé, Hamlin abandonna et conclut :

— Demandez conseil à Mrs MacLaren.

— Très bien, dit Bain sans masquer son soulagement, je le ferai. Regardez, voilà justement Miss Eula, ajouta-t-il en faisant un signe de tête vers la fenêtre.

Sur le chemin qui menait au jardin, Eula apparut. Elle menait son poney par la longe. Aubin, le cuisinier français qui était également fort bon cavalier et n'avait aucun scrupule à recevoir ses gages d'un hypothétique meurtrier, conduisait sa monture juste derrière elle.

— Autre chose ? s'enquit Hamlin en regardant sa pupille.

— Non, votre Grâce.

Hamlin sortit donc par la porte-fenêtre sur la terrasse. Il descendit les quelques marches qui menaient à l'allée et intercepta Eula et son professeur d'équitation.

— Pourquoi n'es-tu pas sur le dos de ta monture ?

— Je ne veux plus le monter. Il est trop petit, répliqua-t-elle d'un ton buté.

— Il a la taille parfaite pour toi, assura Hamlin en caressant l'encolure du poney.

— Pas du tout. J'ai vu la dame aujourd'hui et sa jument est aussi grande que le cheval d'Aubin.

— La dame ? Quelle dame ?

— Miss Mackenzie.

Bien sûr ! Qui d'autre aurait l'audace de s'approcher aussi près de Blackthorn Hall que l'intrépide Miss Mackenzie ?

— Où l'as-tu vue ?

Au lieu de répondre à sa question, Eula leva sur lui un regard émerveillé.

— Elle portait des *chausses* d'homme !

— Vraiment ?

— Je crois qu'on les appelle « pantalon » intervint Aubin. Elle le portait sous sa robe, en lieu et place d'un jupon.

Hamlin tenta de se représenter la chose. Était-ce un vêtement acceptable ? Sans doute pas car l'image des jambes fines de Miss Mackenzie moulées dans des chausses ne le laissa pas indifférent.

— Elle les porte toujours pour chevaucher, expliqua patiemment Eula. Elle dit qu'une dame ne peut pas monter correctement si elle est assise sur une seule fesse…

— Pardon ? s'exclama Hamlin.

— Elle dit que si une dame veut être une cavalière accomplie, elle doit chevaucher à califourchon et non en amazone.

Son trouble s'accrut encore.

— Elle a dit cela, bien sûr…, répéta Hamlin en croisant les bras sur sa poitrine.

— Elle est excellente cavalière, Montrose, vous devriez la voir !

— Votre Grâce, corrigea-t-il.

— Votre Grâce, répéta-t-elle docilement. Je voudrais chevaucher comme elle. Puis-je ?

— Hors de question. Où cette rencontre a-t-elle eu lieu ? demanda-t-il à Aubin.

— Près de la rivière, votre Grâce. Miss Eula et moi-même nous étions arrêtés pour désaltérer nos chevaux quand elle est arrivée en galopant à travers la prairie. Elle allait si vite que j'ai cru qu'elle était poursuivie. De fait, elle est vraiment très bonne cavalière. Je ne peux donner tort à Miss Guinne sur ce point.

— Peut-être, mais ce ne sont pas là les manières que nous avons à Blackthorn Hall, n'est-ce pas ? Allons, Eula, viens avec moi.

Il lui prit gentiment les rênes des mains et les tendit à Aubin. Puis il posa la main dans le dos de la fillette et l'entraîna vers la terrasse.

— Elle portait les cheveux détachés, ils étaient de la même longueur que la queue du cheval d'Aubin, jusque-là, poursuivit Eula en plaçant sa main au bas de ses reins. Elle a dit que les dames doivent apprendre à monter, à tirer et à pêcher parce qu'il n'y a pas toujours des hommes pour le faire à leur place, ou même parce qu'une dame ne veut pas toujours qu'un homme fasse ces choses-là pour elle.

Pour l'amour du ciel ! Avaient-elles donc pris le thé ensemble toute la matinée ?

— Décidément, cette dame semble pleine d'opinions.

— S'il vous plaît, pourrais-je monter à califourchon ?

— Non, Eula, ce n'est pas du tout convenable pour une dame !

— C'est pourtant ainsi que Miss Mackenzie monte !

Certes, mais elle était une lady tout à fait différente... Il se rappelait encore son affirmation hallucinante : ses exploits étaient masculins, les mêmes que ceux d'un duc !

— Ce que fait cette lady est son affaire, pas la tienne.

— C'est injuste, se plaignit Eula. Elle est belle et gentille. Pourquoi ne puis-je pas faire comme elle ? Ne la trouvez-vous pas jolie ? J'aime son rire, et elle rit beaucoup.

— Oui, j'ai remarqué.

Hamlin se retrouva soudain confronté à l'image d'Eula dans quelques années, portant un pantalon et menant des rebelles dans une cachette des Highlands, le rire aux lèvres.

— Pour l'heure, tu dois mettre de côté cette envie de monter à cheval comme un voleur de grand chemin et aller prendre ton bain, d'accord ?

— D'accord, soupira-t-elle.

Tandis qu'elle rejoignait Mrs Weaver, il resta debout devant la porte-fenêtre à contempler les jardins de Blackthorn Hall. Il ne voulait pas penser à Miss Mackenzie dans ses chausses d'hommes moulantes. En fait, il avait pris l'habitude, depuis des années, de supprimer aussitôt toute pensée ayant trait à des femmes. À leur beauté. À leur sensualité.

Après la catastrophe qu'avait été son mariage, Hamlin s'était persuadé qu'il ne connaîtrait jamais plus le bonheur. Peu importait qu'il soit duc, il était avant tout un homme blessé, un réprouvé de la société et il ne connaîtrait plus jamais la tendre intimité à laquelle il aspirait. Alors autant ne pas y penser.

Pourtant, il ne parvenait pas à se sortir de l'esprit ses longs cheveux d'or et ses yeux gris-bleu qui scintillaient comme si le monde n'existait que pour son seul amusement. Elle semblait être une voyageuse curieuse dans l'existence, découvrant, goûtant, savourant tout.

Au passage, elle mettait dans la tête des jeunes filles des idées tout à fait inconvenantes. Comme de monter à califourchon.

D'ailleurs, elle mettait les mêmes idées dans la tête des hommes. Quand il l'imaginait chevaucher avec cette énergie qui n'appartenait qu'à elle... son corps réagissait malgré lui.

Brusquement, Hamlin ressentit le besoin de cogner dans quelque chose. Il allait devoir enfoncer des clous pendant au moins une heure pour se débarrasser de la vigueur qui s'était emparée de lui.

Il se dirigea à grands pas vers l'écurie. Il trouverait sûrement quelque chose à frapper à grands coups de marteau là-bas.

Deux jours plus tard, Hamlin arriva dans le petit village d'Aberfoyle pour rencontrer son avocat. La rencontre serait de courte durée, son avocat, comme tant d'autres, lui ayant tourné le dos depuis le commencement des rumeurs. Néanmoins, il ne méprisait pas suffisamment son client pour négliger de recevoir sa compensation pour avoir géré les affaires ducales. Si Hamlin avait eu le choix, il aurait été heureux de changer d'avocat. Malheureusement, dans ce coin reculé d'Écosse, Mr Peterson était le seul homme de loi décent à des miles à la ronde.

Quand il quitta son bureau un moment plus tard, il rejoignit les écuries sans regarder autour de lui. À quoi bon, de toute façon ? Cela faisait des mois que tout le monde faisait mine de ne pas le reconnaître – y compris ceux qu'il avait crus ses amis. Mieux valait prétendre ne pas voir l'ignoble duc que de se rabaisser en le saluant.

Tout le monde ici avait adoré Glenna. Elle avait toujours eu un talent incroyable pour s'attirer les bonnes grâces de tous. Elle offrait la charité aux démunis, des babioles aux domestiques et des objets de valeur à ses amis. Aujourd'hui, tous le pensaient responsable de la disparition de leur ange gardien. Bien sûr, personne n'oserait l'accuser frontalement, par crainte de son pouvoir qui était effectivement considérable. Comme il était duc, toute accusation de meurtre devait être déposée devant le Parlement. Or, jamais les autres lords n'iraient jusque-là. Un tel scandale risquait trop de rejaillir sur eux.

Hamlin se moquait bien d'être accusé, le pire était qu'ils le croient tous capable de meurtre.

Comme il pressait le pas en gardant les yeux rivés au sol, il fut stupéfait d'entendre son nom. Il s'arrêta et se retourna pour découvrir Miss Mackenzie qui se hâtait dans sa direction, son réticule sautant joyeusement sur sa hanche.

Hamlin jeta un œil autour de lui, s'attendant à voir apparaître toute la compagnie de Dungotty – une bande d'Anglais qui se fichaient bien des rumeurs et seraient heureux de pouvoir se vanter d'avoir un « ami » titré en rentrant chez eux. Mais il ne vit que Miss Mackenzie. Elle le rejoignit, les joues rosies par sa course et l'air printanier. Des mèches folles s'échappaient joliment de son chapeau. Et ses yeux étaient toujours aussi brillants de vitalité et de joie. Pourquoi donc semblait-elle toujours tellement heureuse ? Comment pouvait-on être heureux à ce point, d'ailleurs ?

— *Madainn mhath !* lança-t-elle, essoufflée. Je vous ai salué en gaélique.

— C'est ce que j'avais supposé.

Elle entrecroisa ses mains devant elle et lui sourit en silence, attendant sans doute qu'il la salue à son tour. Ce qu'il ne fit pas, car il était méfiant à l'égard de ses intentions. La demoiselle n'en fut pas déstabilisée pour autant.

— Qu'est-ce qui vous amène au village par cette belle matinée ? s'enquit-elle.

Savait-elle qu'il n'était guère convenable de s'enquérir des affaires personnelles d'un gentleman ? Sans doute s'en moquait-elle, tout simplement… Hamlin se surprit à jeter un regard curieux sur sa jupe. Portait-elle un jupon, aujourd'hui ? Ou bien son fameux pantalon ? Sa curiosité était si intense qu'il sentit son cœur battre plus vite dans sa poitrine.

— Où est votre pupille ? Est-elle venue avec vous ? poursuivit-elle comme il ne répondait pas.

Il avait beau ne pas lui faire confiance, il se sentait étrangement attiré par cette jeune femme.

— Peut-être ai-je été mal informé, mais il me semble qu'il n'est pas correct pour une connaissance de passage de s'enquérir de sujets aussi personnels, fit-il remarquer.

— Une connaissance de passage ? Avez-vous déjà oublié que nous avons partagé un dîner ? Cela fait pratiquement de nous de vieux amis. Oui, j'ose dire que nous sommes amis. Et vous feriez bien de souscrire à cet avis, car, comme je l'ai entendu de la bouche de votre pupille, vous n'en avez pas beaucoup.

— C'est ce qu'elle a dit, n'est-ce pas ?

— Sans aucun doute, sourit-elle. Toutes mes excuses si je vous ai offensé, votre Grâce, simplement, j'ai rencontré Miss Guinne plus tôt cette semaine et j'ai songé à m'enquérir d'elle. C'est une jeune fille adorable.

— Elle l'est, en effet.

Tandis qu'ils parlaient, il fixait sur Miss Mackenzie un regard d'une telle intensité qu'il ne savait plus exactement de qui il était en train de parler.

— D'ailleurs, elle a également mentionné les… petits conseils que vous lui avez donnés…, reprit-il.

— Quels conseils ? Qu'elle devrait aspirer à une vie qui ait du sens ? C'est loin d'être un « petit » conseil, ne croyez-vous pas ? Je crois plutôt que vous voulez parler de mon conseil concernant la bonne façon de monter à cheval. Je n'avais pas tort sur ce sujet. Comment quiconque pourrait rationnellement croire qu'une femme puisse diriger une bête de la taille d'un cheval en étant perchée en équilibre précaire sur son dos ? Je ne le pourrais pas, personnellement. Avez-vous essayé ?

— Bien sûr que non.

— Bien sûr que non, répéta-t-elle en prenant une voix grave et des sourcils froncés pour l'imiter.

— Je vous amuse…

— Vous m'amusez beaucoup, en effet, admit-elle avec un sourire jovial. Et vous m'intriguez également. Je trouve vraiment curieux qu'un duc n'ait aucun ami. On pourrait plutôt penser que votre titre et votre immense domaine vous apporteraient de nombreux amis fidèles.

Son sourire s'élargit et Hamlin prit conscience que son cœur s'emballait à nouveau. Or, il n'avait nulle raison de le faire en présence de cette femme.

— Vous n'êtes pas d'une humeur très communicative, je vois. Très bien, dans ce cas, je vous laisse à vos occupations mystérieuses, lança-t-elle en posant deux doigts au bord de son chapeau en guise de salut. Je sais que je n'aurai pas à attendre longtemps car la raison de cette visite sera connue et discutée dans toutes les Trossachs d'ici la fin de la journée. J'ai découvert que je n'étais pas la seule à être intriguée par votre personne.

Une lueur d'amusement narquoise traversa son regard et, bien malgré lui, Hamlin sentit ses lèvres s'entrouvrirent comme pour un sourire.

— Ne vous ai-je pas mise en garde contre le danger qu'il y a à se fier aux rumeurs ?

— Les rumeurs ? Voyons, votre Grâce, je n'écoute *jamais* les rumeurs ! Je voulais seulement dire que vous êtes un duc très important…

— Ce n'est pas du tout ce que vous vouliez dire, mademoiselle Mackenzie. Dites-moi, qu'est-ce qui *vous* amène ici ?

— Eh bien, je suis ravie de vous le dire, assura-t-elle en se penchant vers lui comme si elle s'apprêtait à partager un secret. Si vous regardez autour de vous, vous trouverez quelque part Miss Chasity Wilke-Smythe. J'ai laissé la petite peureuse près de la boutique de chapeaux car elle ne voulait pas vous approcher sans invitation ni chaperon.

Hamlin se força donc à détourner les yeux de la bouche attrayante de Miss Mackenzie pour regarder par-dessus son épaule. Il repéra instantanément la jeune Miss Wilke-Smythe qui serrait nerveusement son réticule en les observant.

— Elle a donc été correctement éduquée, fit-il remarquer.

— En effet, elle a reçu une éducation parfaite. Tout comme moi, d'ailleurs. Mais les années passant, j'ai trouvé de moins en moins d'utilité aux règles qu'on m'avait inculquées. À présent, voulez-vous entendre ma véritable confession ? ajouta-t-elle en se penchant plus près encore. Je suis venue à Aberfoyle pour échapper à l'ennui de Dungotty.

Elle avait à peine prononcé cette phrase qu'elle posa sa main gantée sur sa bouche. Ses yeux rieurs démentaient sa contrition.

— Je viens de Balhaire. Connaissez-vous ? C'est une large forteresse dans les Highlands. Ma famille la gouverne depuis des siècles. Il y a beaucoup à faire là-bas, quel que soit le jour ou la saison.

— Comme cacher des rebelles ?

Elle rit.

— *Mi Diah !* Vous ne croyez tout de même pas que nous cachons des rebelles chaque jour, votre Grâce ! D'ordinaire, nous ne nous adonnons à cette activité que le vendredi. Parfois aussi le samedi, même si nous préférons en général boire notre infâme whisky, entamer nos danses bruyantes et comploter contre le trône.

Elle conclut son explication d'un clin d'œil et une fois de plus, Hamlin découvrit avec stupeur que son sourire éclatant provoquait l'ombre d'un sourire sur son propre visage. Il croisa les mains dans son dos et inclina la tête.

— Puisque nous sommes mercredi, je peux donc être rassuré sur le fait que je ne rencontrerai aucun rebelle sur le chemin de retour à Blackthorn Hall.

— Vous êtes effectivement tranquille. Bonne journée à vous, votre Grâce. Et s'il vous plaît, transmettez mes amitiés à Miss Eula, voulez-vous ?

— Je n'y manquerai pas, répondit-il en la saluant.

Il s'éloigna mais le son léger de son rire continua de le poursuivre un long moment. Quand il atteignit les écuries, il jeta un regard en arrière. Miss Mackenzie avait rejoint Miss Wilke-Smythe et leurs têtes étaient penchées l'une vers l'autre, sans aucun doute pour échanger des potins. Que disait-elle de lui ? Mieux valait ne pas le savoir.

Tandis qu'il reprenait le chemin de Blackthorn, il se surprit à rire tout seul. Des rebelles le vendredi, vraiment !

Le temps qu'il arrive au domaine, son immense sourire avait réussi à percer ses barrières et lui-même souriait largement.

Chapitre 8

Catriona appréciait plutôt la compagnie de Chasity, cependant, l'habitude que la jeune fille avait d'annoncer à la ronde le moindre mot qu'elle venait de lui confier commençait à la fatiguer. De retour à Dungotty, Chasity ouvrit en grand les portes du salon vert et lança d'un ton dramatique aux femmes réunies :

— Miss Mackenzie a intercepté le duc de Montrose, dans la *rue*, à Aberfoyle ! Dans la rue ! Et elle lui a demandé ce qu'il faisait là !

— Et avez-vous obtenu une réponse satisfaisante, ou bien s'est-il contenté de vous adresser son regard sombre ? s'enquit paresseusement la comtesse Orlov depuis son fauteuil.

Catriona jeta son chapeau sur un siège avant de déclarer :

— Il a parlé. Sans me dire pour autant la raison de sa présence au village et en me rappelant qu'il était impoli de demander.

Mrs Wilke-Smythe reposa sa broderie d'un geste brusque avec un petit hoquet de stupeur. Chasity gloussa de plaisir.

Ce qui n'était pas du tout le cas un moment plus

tôt au village, quand Catriona lui avait annoncé qu'elle avait l'intention de parler au duc. En vérité, elle avait été tellement affolée que sa peau s'était couverte de taches rouges. Puis, quand Catriona était revenue, Chasity l'avait littéralement harcelée pour entendre chaque mot qui avait été échangé.

— Vous n'avez quand même pas osé lui demander pourquoi il était venu au village ! s'exclama Mrs Wilke-Smythe avec horreur.

— Oh ! mais si, je vous l'assure ! J'ai bien vu que tout le monde évitait de croiser son regard, aussi, je voulais lui souhaiter une bonne journée. Hélas, il faut faire une infinité de remarques sur le temps qu'il fait avant de pouvoir avoir une conversation digne de ce nom ! Cela m'a toujours exaspérée.

Chasity rougit légèrement, comme si elle prenait soudain conscience qu'elle faisait effectivement beaucoup de remarques sur le temps.

— Vous êtes incorrigible, Catriona, souffla-t-elle avec une admiration évidente. Je n'ai jamais rencontré femme aussi audacieuse que vous.

— Dieu merci, souffla sa mère.

Catriona alla se servir un verre d'eau fraîche. Elle revit en pensée l'instant où, alors qu'elle avait rejoint Chasity, elle avait regardé en arrière, vers le duc. Il avait été si rapide qu'il sortait déjà du village sur son étalon. Il avait tourné un instant la tête et Catriona aurait pu jurer qu'il avait regardé vers elle. Oui, elle avait senti l'intensité de son regard, même à cette distance.

— Peut-être était-il au village pour trouver une femme de chambre, suggéra Mrs Templeton en se levant de sa chaise devant le secrétaire.

— Pourquoi cela ?

— Norwood et moi-même nous sommes rendus chez les MacLaren, hier, et Mrs MacLaren nous a appris que le secrétaire du duc était venu s'enquérir auprès d'elle d'une jeune femme de confiance pour ce rôle. Je suis sûre que la prochaine Lady de Blackthorn aura besoin des services d'une femme de chambre.

— Mais quelle lady ? demanda Chasity en se laissant tomber dans le fauteuil à côté de sa mère.

— Eh bien, on ne peut que l'imaginer… N'est-ce pas, mademoiselle Mackenzie ?

Catriona l'ignora tandis que Mrs Wilke-Smythe reprenait son ouvrage avec un claquement de langue méprisant :

— Personne ne lui enverra sa fille ou sa sœur, pas avec ce qui court sur son compte.

— Je suis bien d'accord, renchérit la comtesse. Il y a quelque chose d'inquiétant autour de cette demeure.

— C'est pour sa pupille, intervint Catriona.

Elle eut soudain toute l'attention des autres.

— Sa quoi ?

— Sa pupille. La fillette qui vit avec lui.

— Comment savez-vous cela ? demanda Mrs Templeton.

— Mon oncle et moi-même avons fait sa connaissance.

— Si j'étais vous, mademoiselle Mackenzie, je garderais une distance de sécurité avec Blackthorn Hall. Rien de bon ne peut sortir de cette demeure.

— Alors je ne dois plus songer à l'épouser ? s'amusa Catriona.

Mrs Templeton marmonna quelque chose tout bas. À vrai dire, elle n'avait sans doute pas tort, seulement,

Catriona était bien trop intriguée par le duc pour écouter la prudence.

— Si son crime est de se mettre en quête d'une femme de chambre, je ne vois pas trop où est le danger.

Mrs Templeton lui jeta un regard sévère par-dessus la monture de ses lunettes.

— Dans ce cas, aidez ce pauvre gentleman à trouver une femme de chambre pour cette mystérieuse pupille, jeta-t-elle froidement.

— Qui a dit qu'elle était mystérieuse ? Elle est très agréable, en vérité. Quelqu'un sait-il où est mon oncle ?

— Il est dans son bureau et ne souhaite pas être dérangé, répondit Mrs Wilke-Smythe.

Catriona ignora la mise en garde aussi bien que les marmonnements de Mrs Templeton alors qu'elle quittait la pièce.

Elle trouva effectivement oncle Knox dans son bureau, installé dans son fauteuil favori qu'il avait fait venir d'Angleterre. Non seulement il ne lui interdit pas l'accès, mais il lui fit au contraire signe d'entrer dans la pièce. Il portait ses lunettes sur le bout de son nez et avait étendu ses longues jambes sur l'ottomane devant lui. Il était en train de lire la lettre de Zelda – Catriona reconnut aussitôt l'écriture familière. Il la replia et la rangea dans sa poche alors qu'elle s'approchait de lui.

Oncle Knox se frotta le visage de la main avant de lui adresser un sourire un peu contraint. Le voyant ainsi bouleversé, Catriona vint s'agenouiller près de lui et posa une main sur son genou.

— Que s'est-il passé entre toi et tante Zelda ?

— C'était il y a longtemps, ma chérie, sourit-il tristement.

Sa tante ne lui avait jamais ouvertement parlé d'oncle Knox, néanmoins Catriona savait que quelque chose s'était passé entre eux. Tante Zelda demandait toujours de ses nouvelles malgré les années et depuis son arrivée, elle avait vu oncle Knox lire et relire la lettre de Zelda à de nombreuses reprises.

— As-tu trouvé de quoi t'amuser au village ?

— Pas vraiment, non, soupira-t-elle en se laissant tomber dans un fauteuil. J'ai vu Montrose.

— Vraiment ?

— Oui, je lui ai même parlé. Je lui ai demandé ce qui l'amenait.

Oncle Knox leva un sourcil amusé.

— Et a-t-il partagé cette information avec toi ?

— Non, il m'a grondée de l'avoir demandée.

Cette fois, le sourire de son oncle s'élargit.

— Je pense qu'il n'y a personne qui l'irrite autant que toi, ma chérie.

En vérité, son commentaire lui faisait plaisir.

— Sais-tu où je pourrais trouver une femme de chambre à la recherche d'un emploi ?

— Tu as donc changé d'avis ! Tu m'avais pourtant assuré que tu n'en aurais pas besoin pour ton court séjour.

— Non, non, ce n'est pas pour moi. C'est pour la pupille de Montrose.

— Ah. Mrs Templeton était impatiente de diffuser cette information, n'est-ce pas ?

— Très impatiente ! Quoi qu'il en soit, j'aimerais pouvoir lui en proposer une.

Oncle Knox pencha la tête de côté, curieux.

— Pourquoi cela ?

Catriona haussa les épaules. Elle ne le savait pas

elle-même, si ce n'est qu'elle avait besoin d'une excuse pour le revoir.

— Je suis déterminée à découvrir ce qui est arrivé à sa femme. Or, j'aurais peut-être enfin mes entrées à Blackthorn Hall si je lui présente une femme de chambre pour Miss Guinne.

— Je vois… Et veux-tu l'aider ou bien l'enfoncer ?

Catriona fit de son mieux pour éviter le regard perspicace de son oncle.

— Cela, je ne le sais pas encore. Je ne sais pas ce que je pense de lui. Ni des Trossachs. Ni de Dungotty. Ni d'aucun de tes invités ! Je ne sais plus rien, en vérité, sinon que je dois trouver un moyen de passer le temps avant mon retour, sous peine de devenir folle.

— Allons, allons, ma chérie, ne te fâche pas, l'apaisa oncle Knox.

— Je ne suis pas fâchée, je suis… je suis…

Qu'était-elle exactement ? Lasse, tellement lasse. Pleine d'ennui ? Léthargique ? Cependant, la léthargie n'expliquait pas pourquoi elle était devenue à ce point obsédée par ce duc, ni pourquoi elle se comportait avec lui sans vergogne.

— Ils me prennent tous pour une folle, n'est-ce pas ? soupira-t-elle.

Le sourire attendri de son oncle lui réchauffa légèrement le cœur.

— Tu *es* un peu folle, ma chérie. Et c'est ce qui fait de toi une jeune femme pleine de vie et tellement intéressante. Il faut bien être un peu folle pour accomplir le travail que tu fais à Kishorn. Sois fière de toi, Cat. Puise du réconfort dans le fait de savoir que tu aides ceux qui sont moins fortunés que toi et ne laisse pas une bande d'Anglais privilégiés abîmer ton bel esprit. Crois-moi, avec une pincée de sel, ils ne feront qu'une bouchée de toi si tu les laisses faire.

Catriona lui sourit d'un air contrit.

— Je pense que tu devrais rester l'été à Dungotty.

— Rester ? Alors que Mrs Templeton est déterminée à me voir partir ? Non, mon oncle, la voiture reviendra bientôt me chercher. Je ne peux pas rester. On a besoin de moi à Kishorn.

Soudain, Catriona se rappela une phrase que lui avait dite Zelda : « Tu dois être forte pour les autres, *m'eudail*. Les femmes et les enfants de l'abbaye auront besoin de toi plus que jamais. Rhona est une merveilleuse abbesse, mais elle n'a pas ses entrées dans le monde comme toi. Elle aura besoin de toi. ». La voix de sa tante était voilée de douleur, pourtant elle avait saisi sa main avec une force peu commune. « Comment pourrais-je continuer sans toi ? », s'était inquiétée Catriona, des larmes dans la voix. « Oh ! très bien, ma chérie. Le monde ne va pas s'arrêter de tourner quand je serai partie. Ne pleure pas sur moi, d'accord ? Continue plutôt… pour moi. »

Oncle Knox dut deviner où sa mémoire s'était égarée car il dit doucement :

— Une lettre de ta mère m'a informé que tout va bien à Kishorn et que Mrs MacFarlane peut tout à fait se passer de toi un mois ou deux.

Catriona leva les yeux au ciel.

— *Mamma* est déterminée à m'éloigner de Kishorn.

— Elle est déterminée à ne pas te laisser perdre de vue ton avenir. Tu as donné à ces pauvres âmes un refuge, tu ne dois pas pour autant leur consacrer ta vie.

— C'est pourtant ce qu'a fait tante Zelda.

— Et tu n'es pas Zelda, ma chérie. Tu as vécu une longue épreuve, entre la maladie de ta pauvre tante et le fait de veiller sur ses protégées.

C'était on ne peut plus vrai. Sa tante avait beau lui manquer chaque jour, sa mort avait également été un soulagement. La souffrance s'était enfin terminée, pour elles deux.

— Tu devrais prendre un été au calme, loin de Kishorn, reprit oncle Knox. Tu dois prendre le temps de renouer avec tes propres désirs. Raison pour laquelle j'ai envoyé un courrier en demandant de ne pas renvoyer la voiture comme prévu.

Catriona se redressa d'un seul coup.

— *Quoi ?*

— Écoute-moi, ma chérie. Tu es jeune et tu as la vie devant toi. Or, à moins de prononcer tes vœux religieux, tu n'as aucune raison de passer chaque instant dans une abbaye. Ils survivront sans toi. Ta mère est d'accord avec moi. Tout comme ton père, tes frères et belles-sœurs et ta sœur.

Incroyable ! Ils avaient à nouveau conspiré dans son dos ! Catriona ne pouvait s'empêcher de voir les femmes qui arrivaient à l'abbaye, à pieds ou dans des charrettes de fortune, les vêtements rapiécés et les chaussures si usées qu'elles tenaient à peine à leurs pieds. Elle songeait à la façon dont les yeux de ces errantes s'écarquillaient en découvrant l'abbaye, qui était un décor opulent en comparaison de leur misère. Elle repensait aux maigres possessions qu'elles apportaient – un petit portrait d'un être cher, une vieille théière, quelques pièces.

Mais à ces images se superposait désormais celle du duc, avec ses yeux sombres et perçants. Lui et sa mystérieuse épouse disparue avaient capté son attention comme cela ne lui était plus arrivé depuis très longtemps.

— Je veux rester à Dungotty, confessa-t-elle dans un souffle. Seulement, j'ai peur de ce qui pourrait arriver en mon absence. Les Anglais veulent reprendre Kishorn.

— Oui, je le sais. C'est entre autres pourquoi tu es bien plus utile ici que là-bas. Je ne peux pas plaider aussi efficacement en faveur de Kishorn sans ton aide. Robert Dundas est un ami. Il est Lord Avocat et il arrivera à Édimbourg à la fin du mois. Il vient chaque été pour veiller aux affaires de la Couronne. Nous devrions aller à sa rencontre. Je vais organiser une visite pour régler cette injustice, d'accord ?

Catriona émit un petit rire. Sa mère avait eu raison, une fois de plus : oncle Knox connaissait décidément tout le monde. Le Lord Avocat était la référence pour toutes les questions légales, en Angleterre comme en Écosse.

Son oncle aussi avait raison. Les femmes et les enfants seraient toujours à Kishorn d'ici la fin de l'été et Rhona veillerait sur eux. Pendant ce temps, elle se consacrerait à plaider leur cas aux côtés d'oncle Knox. Un mois ou deux, tout au plus. Ce n'était pas comme si elle les abandonnait…

Elle repensa à l'énigme que représentait le duc. Oui, elle pourrait profiter d'un petit moment loin de ses responsabilités…

Son regard revint se poser sur son oncle.

— Je n'assisterai à aucun bal, mon oncle ! prévint-elle. Promets-moi que, peu importent les supplications de Chasity, tu n'en organiseras pas.

Son oncle éclata de rire.

— Tu as ma parole ! Pas de bal !

— Et promets-moi que tu m'aideras à trouver une femme de chambre.

Il poussa un soupir sans cacher la pointe d'exaspération dans son regard.

— Pourquoi diable faut-il que toutes les femmes que j'aime jouent avec le feu ?

— Tu t'ennuierais trop, sans cela. M'aideras-tu ?

— Si cela t'amuse, ma chérie, bien sûr que oui. Dieu sait que je n'ai jamais su te refuser la moindre chose.

Chapitre 9

À la suite d'une longue réunion avec les Gentlemans de la Science à Glasgow – au cours de laquelle il fut forcé d'apprendre tous les types de complications liées à la construction d'un pont –, Hamlin parvint à Blackthorn Hall couvert de la poussière du voyage, la gorge sèche. Il voulait simplement un bon repas, un bain et son lit.

Cependant, quand il pénétra dans le grand hall, quelque chose d'inhabituel attira son regard. Une petite valise noire était posée sur le marbre blanc, surmontée d'un manteau de femme usé et d'une paire de gants.

Aussitôt, une vague de panique s'empara de lui. À la vue de ces vêtements féminins, il imagina le pire. Et la voix de femme qui s'éleva à quelque distance l'empêcha presque de reprendre son souffle.

Elle était revenue. Par un phénomène inconcevable, elle était de retour.

Il entendit un son et se tourna dans cette direction. Stuart referma très doucement la porte qui menait au salon vert et se hâta dans sa direction. Au fur et à mesure que son majordome approchait, Hamlin sentit la tension le quitter. Stuart ne semblait pas alarmé, ce qui aurait été le cas si le cauchemar auquel il venait de songer s'était produit.

— Qu'est-ce que c'est ? demanda sèchement Hamlin en faisant un geste en direction des affaires.

— Une femme de chambre est arrivée, votre Grâce, expliqua Stuart en prenant son chapeau.

— Pardon ? Mais… d'où ?

— De Dungotty, votre Grâce.

Hamlin regarda fixement son majordome. Puis soudain, il avança à grands pas vers le salon vert, le corps traversé par l'irritation et ce qui ressemblait étrangement à de l'anticipation.

Lorsqu'il entra dans la pièce, il vit d'abord Eula. Elle parlait à une femme qui faisait à peine quelques centimètres de plus qu'elle et avait un visage ingrat – un nez plat et large et des yeux bien trop écartés pour son visage. Elle portait en outre une robe marron qui était reprise à au moins deux endroits.

Puis il vit Miss Mackenzie. Comme à son habitude, elle semblait tout à fait contente d'elle-même et souriait à Eula et la femme d'un air approbateur. À l'instant où elle remarqua la présence de Hamlin, elle s'abîma dans une profonde révérence. Aussitôt imitée par la femme en robe brune.

Eula, quant à elle, se mit à sautiller sur place d'excitation.

— C'est une *femme de chambre* !

— Bonjour, madame, la salua-t-il.

Puis il tourna son attention vers la pétulante Miss Mackenzie.

— Puis-je vous dire un mot, mademoiselle Mackenzie ?

— Bien sûr, répondit-elle gaiement.

Elle glissa vers lui avec une telle grâce qu'on eût dit une vision onirique. Hamlin la contempla, émerveillé. Par quel miracle cette femme ne tremblait-elle pas devant lui ? Il ne pouvait plus mettre un pied dehors sans que les gens le fuient. Et pourtant, cette femme venue des Highlands ne partageait pas leur terreur. Bien au contraire, elle semblait le défier à chacune de leurs rencontres.

C'était à le rendre fou... et c'était incroyablement rafraîchissant.

— Votre Grâce ? demanda-t-elle comme il ne faisait pas mine de prendre la parole, trop troublé par elle.

— Eh bien, qu'est-ce que tout cela ? demanda-t-il d'un ton bourru.

— Cela ? répéta-t-elle en jetant un regard par-dessus son épaule vers Eula et la femme de chambre. Eh bien, il semble que j'avais raison, votre Grâce. Vos affaires ont largement dépassé les frontières des Trossachs. Aussi, quand j'ai entendu parler de votre besoin, j'ai eu l'idée de vous aider.

— Que c'est noble à vous, madame. Hélas, votre aide n'était pas requise.

Décidément, il rappelait sans cesse à cette femme qu'il n'était pas de bon goût de s'ingérer dans les affaires des autres sans y avoir été invitée.

— Oh ! oui, je le sais, admit-elle sans la moindre contrition. Simplement, parfois, je ne peux pas m'en empêcher.

Son sourire s'élargit et en réponse, le souffle de Hamlin s'accéléra.

— Est-ce là l'une de vos pupilles ?

Elle émit un petit hoquet de délice.

— Est-ce que ce n'aurait pas été tout simplement merveilleux, si ç'avait été le cas ?

Elle s'écarta d'un pas et, se tournant vers la femme, déclara :

— Permettez-moi de vous présenter Miss Jean Burns, qui vient de Glasgow. Elle a en sa possession deux lettres de recommandation, n'est-ce pas, mademoiselle Burns ?

— Oui, répondit cette dernière d'une voix douce.

— Elle était dernièrement au service de Mrs Culpepper de Glasgow.

Hamlin en resta un instant sans voix. Qu'est-ce qui n'allait pas chez Miss Mackenzie ? Comment pouvait-elle venir ainsi chez lui en amenant cette femme ?

— Vous êtes décidément bien présomptueuse, dit-il à voix basse.

— Hum, répondit-elle en faisant mine de réfléchir. Peut-être pourrait-on plutôt me considérer comme utile ?

— Je maintiens *présomptueuse*.

— Disons plutôt de bon voisinage. Je ne saurais me conduire autrement, car c'est ainsi que cela se passe dans les Highlands. Nous aidons ceux qui en ont besoin tout naturellement.

— Voulez-vous dire que je ne peux pas me débrouiller seul ?

— Bien sûr que non ! répondit-elle sans la moindre conviction.

L'audace de cette jeune femme était décidément renversante. Il regarda à nouveau la petite souris brune qui lui était présentée comme femme de chambre.

— Vous avez déjà été au service d'une dame ?

— Oui, milord, pendant près de quatorze ans.

Son accent de Glasgow était extrêmement prononcé.

— Pourquoi avez-vous quitté ce poste ?

La petite souris cligna des paupières.

— Elle est morte, milord. Elle s'est étouffée avec un os de poulet, la pauvre âme.

— Il préfère « votre Grâce », l'informa Eula. Et il n'aime pas du tout être appelé « Montrose ». Seuls les gentlemans peuvent l'appeler ainsi. Je vous apprendrai toutes les choses qu'il n'aime pas, ne vous inquiétez pas.

Seigneur ! Il était déjà assez difficile d'avoir une femme présomptueuse dans la pièce, voilà qu'il devait en affronter deux !

— Merci, Eula, dit-il sèchement. Peut-être pourrions-nous discuter de la façon correcte de s'adresser à un duc une autre fois ?

— Puis-je lui montrer mes appartements ? s'écria la fillette, tout excitée.

Hamlin ouvrit la bouche pour parler, malheureusement Eula avait déjà rejoint la porte.

— S'il vous plaît ? supplia-t-elle.

Hamlin savait déjà qu'il avait perdu.

— Oui, vas-y. Mais je n'ai pas encore pris ma décision.

Inutile d'ajouter quoi que ce soit d'autre, Eula ne lui prêtait plus la moindre attention. Elle avait saisi la main de la femme de chambre et l'entraînait à sa suite en pépiant avec animation.

Miss Mackenzie s'apprêtait à les suivre lorsque Hamlin l'interrompit en posant une main ferme sur son épaule.

— Pas vous.

— Dois-je attendre dans le hall, dans ce cas ?

— Non.

Il la contourna pour aller fermer la porte du salon avant de se tourner vers elle, les bras croisés sur sa poitrine.

— Puis-je savoir ce que vous fabriquez ?

Une légère rougeur apparut sur ses joues, néanmoins elle se contenta de déclarer :

— Je vous l'ai dit, je pensais vous aider.

Il avança vers elle, menaçant, jusqu'à ce qu'il la surplombe de toute sa taille, l'obligeant à lever le visage pour affronter son regard.

— Je ne veux pas de votre aide, mademoiselle Mackenzie. Si je l'avais voulue, je vous l'aurais demandée.

— C'est ce que vous avez affirmé. Néanmoins, cela ne me gêne pas du tout de vous l'apporter sans que vous ayez rien demandé.

Seigneur, elle était incorrigible ! Il se rapprocha encore pourtant son sourire impertinent ne faiblit pas. Il ne l'intimidait pas le moins du monde.

— Peut-être devriez-vous cependant demander de l'aide plus souvent, suggéra-t-elle. Vous pourriez trouver bien utile d'avoir une amie comme moi, surtout si l'on considère votre déplorable réputation.

Partagé entre la stupéfaction et l'exaspération, il la contempla un instant.

— Vous a-t-on déjà dit que vous étiez d'une impudence rare ?

Elle émit un rire léger.

— Bien sûr.

Incroyable ! Ni sa présence, ni ses mots durs, ni son titre, ni même son évidente désapprobation ne la faisaient plier. Hamlin était de plus en plus intrigué. Elle continuait de sourire, comme si elle le trouvait bien plus amusant que menaçant. En vérité, elle était tout à fait remarquable. Et exceptionnelle. De fait, il ne connaissait personne comme elle.

— Miss Burns a de chaudes recommandations, reprit-elle en arrêtant son regard sur ses lèvres. Elle a besoin d'un poste puisque sa précédente maîtresse s'est étouffée avec un os de poulet. Pouvez-vous imaginer façon plus atroce de retrouver le Créateur ?

— Je peux, répondit-il à voix basse.

Ses cils frémirent joliment et le rouge de ses joues descendit vers son cou et sa gorge. Elle était donc troublée. Pour autant, elle ne recula pas, ni ne détourna le regard.

— Elle n'a personne d'autre sur cette terre. Elle sera loyale envers Eula.

Hamlin serra les mâchoires. Il savait qu'il avait perdu cette bataille. Miss Mackenzie avait effectivement résolu un problème pour lui, et pour cette Miss Burns. Il n'appréciait guère la façon dont elle s'y était prise, mais le peu de lucidité qui lui restait lui soufflait qu'il n'aurait pas plus apprécié qu'elle s'en occupe d'une façon différente.

— Elle est compétente, donc ?

— Très compétente.

Hamlin poussa un soupir. La chaleur qui montait entre eux devenait de plus en plus intolérable à chaque instant, aussi s'écarta-t-il légèrement. Il marcha jusqu'au comptoir, servit deux verres de whisky et lui en tendit un.

Elle regarda un instant le verre, puis lui et s'approcha enfin.

— Je croyais que vous n'aimiez pas le whisky, fit-elle remarquer.

— J'ai menti. Et vous ?

Elle lui adressa ce petit sourire en coin qui lui donnait l'impression qu'elle pouvait lire dans ses pensées.

— Moi aussi, répondit-elle avant de trinquer légèrement et d'avaler une gorgée.

Hamlin avala son whisky d'une seule gorgée.

— Décidément, mademoiselle Mackenzie, je ne vous comprends pas. Vous êtes bien trop effrontée pour votre propre bien.

— En effet.

— Que voulez-vous de moi, alors ? demanda-t-il en se versant un second verre.

— Ce que je veux ? Rien du tout. Je me contente d'occuper mon temps de la meilleure façon possible, voilà tout.

Elle fit lentement le tour de la pièce et s'arrêta un instant devant le portrait de Glenna. Pour une fois, Hamlin y jeta un œil. Il était pendu à ce mur depuis si longtemps que, d'ordinaire, il ne le remarquait même plus.

Il aurait dû le faire retirer depuis longtemps. Seulement, Eula aurait alors demandé où était passé le portrait et où était passée Glenna. Et il préférait autant éviter cette conversation. Elle était encore trop jeune pour comprendre les faiblesses de certaines âmes.

— Comptez-vous la prendre à votre service ? s'enquit Miss Mackenzie.

Hamlin prit brusquement conscience qu'elle s'était déplacée et qu'elle le regardait, lui, alors qu'il fixait le portrait de Glenna. Il ne lui avait pas dit l'entière vérité : il avait passé tant de temps dans cette pièce à noyer son chagrin et sa déception dans le whisky qu'il avait fini par perdre le goût pour cette boisson.

— Ai-je le choix ?

— On a toujours le choix.

— Ce n'est pas mon avis. Je la garderai.

Hamlin s'appuya du coude sur la console et contempla la séduisante Miss Mackenzie. Il pouvait encore voir la teinte légèrement rosée de sa peau.

— Vous ne le regretterez pas, promit-elle.

Il n'en était pas si sûr.

— Très bien, votre Grâce, je ne vous dérangerai pas plus longtemps puisque tout est réglé.

— Rassurez-moi, vous m'avez assez aidé, à présent ?

— Pour aujourd'hui ! dit-elle en riant.

Pour aujourd'hui… Que pouvait-elle avoir en réserve pour les autres jours ?

Il alla jusqu'à la corde de la sonnette et l'actionna. Un instant plus tard, un valet entra.

— Veuillez escorter Miss Mackenzie, je vous prie.

— *Feagear math*, lança-t-elle en faisant une brève révérence.

Et sur un petit signe de la main, elle disparut. Hamlin resta immobile un long moment après son départ. Il avait la sensation que toute la chaleur de la pièce avait disparu avec elle.

Comme il le suspectait – ou plus honnêtement, comme il l'espérait –, ce ne fut pas la dernière fois que Hamlin croisa Miss Mackenzie cette semaine-là. Deux jours après son retour de Glasgow, un messager vint lui apporter une lettre. D'une large écriture fantasque, sur un papier régulièrement taché de pâtés d'encre, Miss Mackenzie lui demandait si elle pouvait venir rendre visite à Eula à la fin de la semaine. Comme la fillette lui avait apparemment dit qu'elle adorait peindre, Miss Mackenzie souhaitait lui présenter un peintre qui pourrait lui apprendre une chose ou deux.

Installé à la table du petit déjeuner face à sa pupille, Hamlin baissa la lettre pour regarder l'enfant.

— As-tu dit à Miss Mackenzie que tu aimais peindre ? Eula acquiesça fiévreusement.

— J'aime mélanger les couleurs. Saviez-vous que le jaune et le bleu font du vert ensemble ?

— Je pensais que ton activité préférée était tes leçons de musique ? Quand donc la peinture a-t-elle remplacé la musique ?

— Je ne me rappelle plus.

— Aucun souvenir, vraiment ?

— Non.

— Non, quoi ? reprit-il pour lui rappeler au moins de veiller à ses manières.

— Non, pas de souvenirs, rétorqua-t-elle en imitant son ton bourru.

Il ne put s'empêcher de sourire et abandonna sa tentative matinale de bonne éducation. Soit il n'était pas très doué pour l'enseignement, soit son élève était particulièrement réfractaire à la matière... Il étudia de nouveau les grandes lettres un peu brusques.

Plus tard dans la matinée, il demanda à Bain ce qu'il pensait du désir de Miss Mackenzie d'inviter un artiste à Blackthorn Hall. La réponse fut immédiate.

— Je n'en pense que du bien.

Que du bien ? Il était évidence à l'entendre que Bain n'avait pas encore eu le bonheur de rencontrer la célèbre Miss Mackenzie, sans quoi il aurait été autrement plus méfiant.

— Elle nous a apporté une femme de chambre. Et il faudrait encore que nous prenions des cours d'art plastique de son professeur ?

Bain le regarda, interloqué. Il ne comprenait visiblement pas son irritation.

— Eh bien, votre Grâce, comme votre attention est appelée ailleurs, je ne vois pas de souci à ce que…

— Oui, oui, marmonna-t-il sans laisser Bain achever. Envoyez une réponse favorable dans ce cas.

Il envoya la lettre glisser sur le bureau, mais elle alla trop loin et tomba au sol. Avec un sourire narquois, Bain la ramassa.

— Bien sûr, votre Grâce.

Miss Mackenzie fit son apparition deux jours plus tard, accompagnée d'un homme dont elle se flatta qu'il était venu depuis Stirling. Il portait un manteau et un gilet en lambeaux, un chapeau qui avait sans doute un jour paru à la mode, ainsi qu'une grande sacoche de cuir dont dépassaient des dizaines de pinceaux. Ses mains étaient tachées de peinture.

Miss Mackenzie ne cessait évidemment pas de sourire, illuminant la pièce de son insupportable bonne humeur.

— Puis-je vous présenter *Monsieur* Kenworth, votre Grâce ?

— Vous êtes français ? demanda Hamlin en entendant le titre prononcé dans cette langue.

— Oh non, votre Grâce, je suis un véritable Écossais, tout comme vous.

— Je plaisantais, indiqua Miss Mackenzie comme s'ils étaient assez proches pour échanger des plaisanteries. Mr Kenworth m'a dit que les meilleurs artistes étaient français, néanmoins, je peux vous assurer qu'il est aussi doué qu'eux.

Elle ponctua cette annonce d'un clin d'œil. Bon sang ! Cette femme lui adressait des clins d'œil ! Seulement, cela s'était passé si vite qu'il n'en était pas tout à fait certain.

Eula était bien entendu captivée par le nouveau venu et à la fin de la séance, elle supplia Hamlin d'acheter des peintures et des toiles à *Monsieur* Kenworth, ainsi que de payer deux cours par semaine au cours de l'été.

— Elle devrait développer ses talents en travaillant les paysages tant que le temps est encore chaud, déclara Kenworth.

Hamlin garda pour lui son opinion sur la peinture des paysages et adressa un bref hochement de tête au peintre. Aucun homme sur terre n'aurait pu refuser quoi que ce soit face au visage illuminé de plaisir de l'enfant.

Tandis que Miss Mackenzie et son artiste se préparaient à prendre congé, celle-ci remarqua les cibles dans un champ proche du jardin, qui était dédié à l'entraînement au tir à l'arc. S'ensuivit une longue discussion sur l'art du tir au cours de laquelle elle ne manqua pas de le gronder pour n'avoir pas enseigné ce talent à Eula. Évidemment, Eula eut brusquement envie d'apprendre à tirer à l'arc.

— Je n'ai pas le temps tout de suite pour cela, *lass*. Et malheureusement, Aubin s'est blessé au coude, tu le sais.

L'homme aux multiples talents avait en effet chuté de sa monture le dimanche précédent, jour de congé. Hamlin soupçonnait qu'il avait dû boire plus que de raison avant de reprendre la route de Blackthorn Hall.

— Aubin ? Apprendre le tir à l'arc avec un Français ! s'exclama Miss Mackenzie.

— Le suspense est trop intense, mademoiselle Mackenzie. Je ne doute pas que vous ayez justement un garçon à nous proposer pour instruire Eula dans ce sport…

— Un garçon ? Et pourquoi donc ? Certes, je vous ai amené Mr Kenworth, parce que je n'ai aucun talent en peinture. En revanche, sachez que mon père et mes frères ont formé et entraîné des soldats highlanders… ainsi que moi-même. Je peux apprendre à Miss Guinne à tirer à l'arc aussi bien qu'un homme, votre Grâce.

Il la fixa un instant, consterné.

— Vous.

— Moi.

— Avec un arc et une flèche ? ajouta-t-il, au cas où elle voulait parler de tout autre chose.

— Y a-t-il une autre manière de tirer à l'arc ? Pourquoi diable avez-vous l'air aussi incrédule ? s'amusa-t-elle. Il se trouve que je suis une excellente archère.

Comme il émit un petit bruit dubitatif, elle enfila ses gants avant de déclarer joyeusement :

— Si vous ne me croyez pas, je vous invite à assister à la leçon, votre Grâce.

— Oh ! oui ! S'il vous plaît, votre Grâce ! supplia Eula.

Il lança un regard sombre à Miss Mackenzie, dont le large sourire moqueur contredisait l'affirmation :

— Je veux seulement aider.

L'image de ce sourire le hanta pour le reste de la journée et jusque tard dans la nuit. Une image qui l'emplissait de rage et de désir tout à la fois. Il ne se rappelait pas avoir un jour été aussi fasciné et intrigué par une femme. Avant son mariage, il avait naturelle-ment ressenti du désir pour sa fiancée, mais après, le ressentiment à l'égard de la femme qu'il avait épousée avait effacé tout le reste.

Aujourd'hui, la convoitise revenait éreinter son corps. Ce qui était absolument nouveau, en revanche, c'était sa curiosité envers la façon dans la jolie tête de Miss Mackenzie fonctionnait, avec cette manière dénuée de peur qu'elle avait d'affronter la vie. Il n'avait jamais ressenti un intérêt aussi fiévreux pour qui que ce soit.

Miss Mackenzie assiégeait ses pensées, ainsi que ses reins et il ne savait tout simplement pas quoi faire pour la sortir de son esprit.

Chapitre 10

Le dimanche matin, Catriona apparut pour le petit déjeuner, vêtue de son costume de cavalière, assorti de hautes bottes pour pouvoir arpenter le champ de tir de Blackthorn Hall. Afin de pouvoir mettre un chapeau, elle s'était contentée de coiffer ses cheveux en une longue queue-de-cheval qui descendait librement dans son dos.

Dans la salle à manger, elle trouva son oncle assis à sa place habituelle. Tous les autres convives étaient présents, à l'exception de Mr et Mrs Wilke-Smythe, ainsi que Vasily Orlov qui était rentré au petit matin d'une escapade nocturne. Catriona le savait parce qu'il était tellement ivre qu'il s'était écrasé contre le mur juste devant sa chambre à 3 h 30 du matin en laissant échapper une litanie d'insultes russes – du moins, elle supposait qu'il s'agissait de jurons.

Oncle Knox leva le regard par-dessus ses lunettes.

— Quel est ton programme, ce matin, ma chérie ?

— Je vais à Blackthorn Hall, annonça-t-elle en se servant un morceau de jambon. Je donne une leçon de tir à l'arc à Miss Guinne.

Elle se pencha par-dessus l'épaule de Chasity pour attraper un biscuit sec sur la table.

— Elle ne pourrait pas avoir de meilleur professeur. Je te revois encore, pas plus haute que trois pommes, tu atteignais déjà des cibles minuscules à plus de trente pas !

Cette nouvelle attira l'attention de Lord Furness.

— Quelle sorte de cible ?

— Une pomme, répondit obligeamment Catriona au vieux barbon. Pourrie, certes, mais une pomme tout de même.

— Je ne le crois pas, répliqua Furness en fixant son oncle.

— Dans ce cas, peut-être devrions-nous poser une pomme pourrie sur votre tête afin qu'elle puisse vous le prouver, s'amusa oncle Knox.

— Je pensais que nous aurions pu chevaucher jusqu'à Crieff, dit Chasity avec une moue boudeuse. Il y a là-bas une modiste et j'ai absolument besoin d'une nouvelle robe pour la petite saison londonienne.

La petite saison, d'après ce que Catriona avait compris, était une suite de bals et d'événements qui réunissaient la haute société au cours de l'automne, au moment de la session du Parlement. Elle aurait donc lieu dans plusieurs mois.

— Une autre fois, d'accord ? J'ai promis de venir à Miss Guinne.

— Il y a donc véritablement une pupille, dit la comtesse Orlov, toujours vêtue de sa robe de nuit et de ses pantoufles, ses longs cheveux noirs coulant sur ses épaules. Qu'avez-vous appris d'autre sur notre mystérieux duc ?

— Étonnamment peu de chose, reconnut sincèrement Catriona.

La comtesse lui adressa un sourire malicieux.

— N'oubliez pas que nous dépendons de vous pour résoudre ce mystère, ma chère.

— J'ai cependant vu le portrait de son épouse disparue. Est-ce que cela pourrait suffire à apaiser votre curiosité ?

— Vraiment ? s'exclama Chasity. À quoi ressemble-t-elle ? Est-elle aussi belle qu'on le dit ?

Elle était très belle, en effet. Tellement, à vrai dire, que Catriona s'était sentie un peu fanée en comparaison de la jeune beauté.

— Fort jolie. Des cheveux roux et de grands yeux verts.

— Où est ce portrait ? demanda encore Chasity.

Il se trouvait dans le grand salon, ce qui ne laissait pas de l'étonner. L'avait-il laissé là parce qu'elle lui manquait ? Son frère Rabbie était comme cela : très dur à l'extérieur, mais doux comme du miel à l'intérieur. Le duc était-il lui aussi sentimental ? Il était évident qu'il tenait beaucoup à sa pupille. Ce qui indiquait un cœur tendre.

Peut-être que tout le monde se trompait lourdement sur ce qui était arrivé à sa femme. Peut-être que c'était elle qui avait volontairement mis un terme à leur mariage.

Seulement, cela n'avait aucun sens. Comment pouvait-on partager son intimité avec un homme beau, riche, sans doute même bon et vouloir s'en débarrasser ? Impensable. Il y avait forcément autre chose.

— Le portrait ? répéta-t-elle en notant que Chasity attendait sa réponse. Il est dans le grand salon, aussi haut qu'une fenêtre. Allons, je dois y aller. Bonne journée à tous !

Et sur un signe de la main, elle s'éloigna vers la porte.

— Sois prudente, Cat, tu veux ? lança oncle Knox.

La dernière fois que tu as chevauché, tu as donné des sueurs froides à ce pauvre Mr Battles. Il a cru que la Faucheuse en personne venait chercher l'un d'entre nous.

Catriona éclata de rire en sortant de la pièce.

À peine arrivée à Blackthorn, elle découvrit Eula qui l'attendait sur les marches du perron. La fillette portait un élégant manteau et des bottines brillantes. Miss Jean Burns attendait avec elle, enveloppée dans sa cape d'un marron passé.

Eula se leva et lui fit un grand signe de la main tandis qu'elle sautait à bas de sa monture.

— *Madainn mhath !* Vous êtes prête, n'est-ce pas ?

— Oui ! s'exclama l'enfant avec enthousiasme.

Catriona jeta un regard vers la porte d'entrée. Elle espérait que Montrose sortirait pour venir la saluer. Mais peut-être n'était-elle plus la bienvenue ici. Après tout, il lui avait assez fait remarquer son impétuosité et son audace.

— Bonjour, mademoiselle Burns. Comment vous trouvez-vous à Blackthorn ?

— C'est une bonne maison, de ce que j'ai vu, milady. Si je puis me permettre, avant de partir, il vous faut attendre Mr Aubin.

Catriona regarda Eula sans comprendre.

— Montrose a dit que c'est lui qui portera nos flèches.

— Et pourquoi cela ? Nous sommes des femmes fortes, n'est-il pas ? Nous pouvons parfaitement porter nous-mêmes nos flèches.

Eula haussa les épaules et Miss Burns secoua la tête.

— Elle n'a pas l'autorisation de rejoindre le champ sans Mr Aubin.

Catriona émit un grognement fort peu féminin.

— Où est-il, dans ce cas ?

— Là-bas, dit Eula en tendant la main en direction d'un homme qui marchait vers elle avec deux carquois sur le dos. Il était plus grand et plus mince que dans son souvenir. Surtout, il portait son très léger fardeau avec bien plus d'orgueil que la tâche le justifiait. Il s'arrêta juste devant elle, s'inclina bas et déclara :

— C'est un plaisir de vous revoir, mademoiselle Mackenzie.

— Et vous aussi, monsieur Aubin. Comment va votre coude ?

— Il est en bonne voie de guérison. Y allons-nous ? Sans attendre, il repartit à longues enjambées assurées. Catriona se tourna vers Eula en plissant le nez.

— Croyez-vous qu'il interférera dans notre leçon ? L'enfant hocha la tête d'un air navré.

— C'est hélas notre lot, se lamenta Catriona. Il y a toujours des gentlemans pour interférer. Ils croient tout savoir mieux que nous simplement parce qu'ils sont nés garçons. N'êtes-vous pas de mon avis, mademoiselle Burns ?

— Si, confirma l'intéressée avec un petit sourire en coin avant de les quitter.

Catriona et Eula suivirent donc Aubin qui les avait déjà largement devancées.

— Que voulez-vous dire, exactement ? Que les gentlemans croient tout savoir mieux que nous ?

— Eh bien, ils sont réputés être le sexe fort, et c'est bien souvent le cas physiquement. Malheureusement, trop souvent, ils en concluent que leur esprit est également plus fort. Comprenez-vous ?

— Pas vraiment.

— Eh bien, c'est nécessairement faux, reprit Catriona. Nos esprits sont tout à fait similaires à la naissance, mâle ou femelle. Et encore… Ma tante m'a un jour dit que, puisque nous étions plus faibles physiquement, nous étions obligées de développer notre intelligence pour obtenir ce que nous voulons. C'est la seule façon pour nous de nous mesurer aux hommes.

Eula plissa le nez, l'air un peu perdu.

— Imaginons que vous vouliez quelque chose très fort.

— Un chat ! J'adorerais avoir un chaton car je n'ai personne avec qui jouer. Un chat qui pourrait venir dans ma chambre.

— Eh bien, vous devriez avoir un chat, si c'est là ce que vous voulez !

— Montrose ne le permettra pas. Il affirme que les animaux ne sont pas faits pour vivre dans une maison, seulement à l'extérieur.

Pour l'amour du ciel ! Blackthorn Hall était à peu près aussi grand qu'un petit village ! Le duc ne remarquerait même pas la présence du chat !

— C'est une affirmation brutale, si vous voulez mon avis ! Si vous voyiez combien de chiens errent dans ma maison, à Balhaire !

— Dans la maison ?

— Même dans nos lits ! murmura Catriona d'un air conspirateur.

Eula poussa un hoquet de surprise.

— Alors, comment pourrions-nous faire pour que vous obteniez ce chat, ma chère ? Vous ne pouvez pas affronter le duc, n'est-ce pas ?

Eula secoua tristement la tête.

— Donc, vous devez vous montrer intelligente. Il vous faut établir un plan d'action qui amène Montrose à croire que l'idée vient de lui. Vous devez être plus intelligente que lui, comprenez-vous ?

— Impossible, soupira Eula. Je ne pense pas que qui que ce soit puisse être plus intelligent que Montrose.

Catriona leva les yeux au ciel, irritée de constater le crédit qu'on prêtait aux hommes simplement parce qu'ils respiraient !

— Je préfère encore me couvrir les oreilles que de vous entendre à nouveau dire une chose pareille. Ne croyez jamais que vous êtes moins intelligente qu'un homme seulement parce que vous êtes femme, *lass*. Promettez-le-moi !

Eula sembla réfléchir à ce qu'elle venait d'entendre avant de hocher gravement la tête.

— Je promets.

Entre-temps, elles avaient atteint le champ de tir où Aubin avait installé des ballots de foin recouverts d'une cible en toile de jute. Sur chaque toile, différentes figures avaient été dessinées : une poule, un cerf et une silhouette humaine.

Catriona fronça les sourcils.

— Qui est-ce censé être ? demanda-t-elle à Aubin.

— Un voleur, dit-il en haussant les épaules avec nonchalance.

Il lui tendit un arc et deux flèches, puis s'assit sur le banc en ramenant son chapeau sur ses yeux comme s'il avait l'intention de faire une petite sieste.

— Que faites-vous ?

— Je ne dois pas vous aider, milady. Ordres du duc.

Catriona ne put retenir un petit sourire amusé. Le duc

ne la croyait pas capable d'apprendre à Eula comment tirer. Eh bien, il se préparait une belle surprise !

— Comment se fait-il que vous sachiez tirer à l'arc ? lui demanda Eula en la voyant resserrer adroitement la corde de l'arc.

— Quand j'étais enfant, mon père organisait des concours de tir entre mes frères, ma sœur et moi. J'étais la plus jeune, mais c'est bien souvent moi qui remportais le trophée. Mon père disait que j'avais un talent naturel à l'arc.

— Un trophée ! Pourrais-je le voir ?

Catriona rit.

— Ce n'était pas un vrai trophée, *lass*. Simplement un vieux pichet en terre que mon père remettait cérémonieusement au vainqueur. De toute façon, il n'existe plus. Un jour, mon frère Rabbie l'a accidentellement fait tomber et il s'est brisé. Mon père a promis qu'il nous donnerait un plus joli trophée, mais nous ne l'avons finalement pas fait.

— Je n'ai jamais eu de trophée. Ni avant que j'arrive à Blackthorn, ni depuis.

— Oh ? Vivez-vous à Blackthorn depuis longtemps ?

— Très longtemps, répondit-elle en roulant des yeux. Ma cousine disait toujours que les jours paraissaient des années ici. Puis-je tirer une flèche ?

Catriona resta un moment surprise par la déclaration d'Eula. Elle aurait voulu l'interroger davantage, cependant la fillette posait un regard impatient sur l'arc.

— Très bien. Alors, regardez comment je tiens l'arc, à cette hauteur-ci. De la sorte, quand je tire le bras vers l'arrière, je peux toujours voir ma cible sans me tordre la tête.

Catriona lui montra ensuite comment placer l'encoche sur la corde, comment tordre la corde et comment viser.

Eula était une élève appliquée qui reproduisait sans difficulté chacun des gestes qu'elle lui montrait. Ses premiers tirs étaient cependant trop courts. Alors Catriona vint se positionner derrière elle pour l'aider à tendre son bras de façon à contrôler la longueur du tir. Finalement, avec son aide, elle atteignit la cible et poussa un petit cri de plaisir.

— Encore ! s'exclama-t-elle, folle de bonheur.

Catriona lui tendit une autre flèche et la positionna correctement avant de retirer sa main pour la laisser tirer seule. Celle-ci manqua la cible de peu.

— Bien sûr, maintenant que vous savez comment tirer, il va falloir vous entraîner pour atteindre la cible.

Peu à peu, Catriona lui laissa de plus en plus d'autonomie. Elles allèrent ensuite récupérer toutes leurs flèches avant de revenir se placer derrière la ligne.

— Voulez-vous essayer toute seule, cette fois ? lui proposa Catriona.

— Avec plaisir.

Le visage concentré, Eula tira une flèche du carquois, puis passa plusieurs minutes à tenter de l'encocher. Mais elle commençait à fatiguer de tous ses efforts et s'impatientait.

— Gardez les bras fermes.

— Vous êtes trop près, se plaignit la fillette.

Catriona s'éloigna donc de quelques pas. L'enfant essaya à nouveau de tendre l'arc, seulement la corde tendue était difficile à maintenir pour ses bras fragiles. Elle se tourna vers Catriona et ouvrait la bouche pour lui dire quelque chose lorsque son regard passa derrière elle. Elle lança triomphalement :

— Regardez ce que j'ai appris ! Regardez !

Le bras d'Eula se tendit et Catriona resta un instant pétrifiée en comprenant que l'enfant la visait par mégarde. Tout se passa si vite qu'elle n'eut pas le temps de réagir avant qu'on la pousse brusquement au sol. Elle entendit le sifflement de la flèche tout près d'elle.

Un silence assourdissant passa. Son cœur battait la chamade. Seigneur Dieu ! La flèche avait manqué l'atteindre mortellement. Ensuite seulement, elle prit conscience du poids qui pesait sur elle. Un bras était passé autour de sa taille et un torse dur était pressé contre son dos.

— Je suis désolée ! hurla soudain Eula. Oh mon Dieu ! Je ne voulais pas !

— Tout… Tout va bien, Aubin, vous pouvez me libérer maintenant, dit Catriona d'une voix faible et tremblante.

Elle avait mal à une épaule et se sentait atrocement faible. Aubin ne la laissa pas se relever seule mais la souleva, si bien qu'elle se retrouva assise dans l'herbe, encore sonnée. Ce n'est qu'à cet instant qu'elle prit conscience que ce n'était pas Aubin qui l'avait sauvée, mais Montrose.

Lui ne tremblait pas. Il la tenait contre lui et plongeait son regard intense dans le sien. Catriona entendit un bourdonnement étrange résonner tout près d'elle et comprit bientôt qu'il ne s'agissait pas d'une abeille, mais du martèlement de son sang dans ses oreilles alors que son cœur s'emballait.

Soudain, Montrose sauta sur ses pieds et débarrassa

ses genoux de la poussière. Il lui offrit sa main et la mit debout avec tant de vigueur qu'elle perdit l'équilibre et se retrouva projetée contre lui, si près qu'elle nota les broderies de son jabot et la lueur plus claire qui donnait du relief à ses yeux noirs.

— Allez-vous bien ? demanda-t-il calmement tandis que son regard la parcourait, sans doute pour trouver la trace d'une flèche plantée dans son corps.

Allait-elle bien ? Elle passa une main tremblante sur son ventre et ses côtes, toutes bien en place.

— Je… Je crois que oui.

Elle remarqua des feuilles qui s'étaient accrochées à sa manche et voulut les retirer de l'autre main, mais il ne l'avait toujours pas lâchée, ses doigts forts enveloppant les siens. Il sembla en prendre conscience au même instant et la libéra. En époussetant sa manche, elle remarqua un rivelet de sang qui coulait de son avant-bras.

— Vous êtes blessée.

— Ce n'est rien, une simple égratignure. Merci. Je crois que je vous dois la vie.

Il secoua la tête.

— Non, c'est moi qui devrais m'excuser de vous avoir ainsi plaquée au sol alors que la flèche est passée fort loin.

Elle fronça les sourcils. Elle était pourtant persuadée que le trait l'avait frôlée. Tout s'était passé si vite, il était bien possible après tout qu'elle se soit méprise en pensant le trait mortel.

— J'imagine que je dois également vous remercier pour votre enseignement expert, ajouta-t-il en levant un sourcil sarcastique.

En comprenant qu'il faisait là une tentative d'humour,

elle ne put retenir un sourire. Eula apparut soudain et se laissa tomber en sanglotant dans les bras du duc.

— Je ne voulais pas ! C'était un accident ! gémit-elle, le visage pressé contre le manteau de son tuteur.

— Bien sûr, *lass*, tenta de l'apaiser Catriona, mais la fillette sanglota de plus belle.

Le duc lui caressa gentiment le dos.

— Allons, allons, du calme. C'était un accident. Personne n'est blessé, mis à part l'orgueil typiquement highlander de Miss Mackenzie. Alors sèche tes larmes.

Il échangea un regard amusé avec elle.

— Nous devrions aller prendre un bon thé et soigner l'éraflure de Miss Mackenzie, d'accord ?

Catriona aurait préféré quelque chose de plus fort que du thé pour calmer ses nerfs à vif, néanmoins, elle acquiesça.

Ils se mirent en chemin vers la maison pendant qu'Aubin restait pour ramasser les flèches et ranger le matériel. Eula continuait de renifler bruyamment et pas un instant Montrose ne cessa de la tenir contre lui. De toute évidence, il n'était pas en colère après la grave maladresse de l'enfant et comprenait sa détresse.

Catriona sentit son cœur s'émouvoir étrangement. Oui, elle était de plus en plus certaine que sous ses abords rugueux, le duc cachait un cœur en or. Quoi qu'il en dise, il venait de lui sauver la vie et prenait encore le temps de réconforter une fillette perturbée.

Il n'avait absolument pas l'âme d'un meurtrier.

La curiosité qu'elle avait jusque-là ressentie était en train de se transformer en estime sincère.

Chapitre 11

Hamlin était mortifié de ce qui était arrivé, et plus encore de la blessure de Miss Mackenzie. La traînée de sang était d'un rouge détestable contre sa peau claire lumineuse. Il donna rapidement ses instructions à Stuart pour qu'il apporte une bassine d'eau, du savon et des bandages pour soigner l'estafilade dès qu'ils entrèrent dans le salon.

— Je n'ai pas besoin d'un bandage, protesta-t-elle, mais il l'ignora.

Dieu merci, il avait été suffisamment près d'elle pour la sauver. Il avait menti plus tôt en affirmant que la flèche ne la menaçait pas. Il avait voulu dédramatiser la situation, surtout pour Eula, alors même qu'il en tremblait intérieurement tant le trait était passé près de Miss Mackenzie. Seigneur ! Il n'aurait jamais dû les laisser y aller seules.

Seulement, il s'était convaincu de garder ses distances en raison du trouble qu'il éprouvait à chaque fois qu'il la voyait. Finalement, son entêtement n'avait pu résister à l'attrait de la rejoindre. Et il en remerciait le ciel de tout son cœur.

Tandis qu'ils attendaient le savon et le bandage, la

jeune femme allait et venait dans la pièce en maintenant le mouchoir de Hamlin contre son bras. Cette
fois encore, elle s'arrêta pour contempler le portrait
de Glenna.

— C'est ma cousine, expliqua Eula.

— Quel est son nom ?

— Cousine Glenna, commença Eula avant de se
tourner vers lui. Enfin, je veux dire, Lady Montrose.
Elle n'est pas à Blackthorn Hall, elle est partie.

Miss Mackenzie resta parfaitement immobile, le regard
fixé sur Glenna. Hamlin se demanda frénétiquement
s'il devait dire quelque chose pour clarifier la situation,
mais rien ne vint. Cela faisait si longtemps qu'il n'en
avait parlé à personne – à l'exception de Bain – qu'il
était partagé entre l'indécision et la honte de devoir
s'expliquer.

Miss Mackenzie s'éclaircit la gorge et se détourna du
portrait, son regard évitant manifestement le sien. Il
pouvait sentir la tension soudaine qui émanait d'elle – il
avait bien souvent ressenti la même chez d'autres dès
que sa femme était mentionnée. Que pensait-elle des
rumeurs sur son compte ? Les croyait-elle ? Pourquoi
continuait-elle de venir à Blackthorn Hall ?

— Parfois, elle me manque, souffla Eula.

— Ma tante Zelda me manque aussi énormément.
Je comprends ce que vous ressentez, mademoiselle Eula.
Pour ma part, j'éloigne le chagrin de l'absence en me
réfugiant dans la chaleur de mes proches. Peut-être vous
manque-t-il un compagnon auprès de qui vous réfugier ?

Hamlin fronça les sourcils. Devait-il prendre cette
remarque personnellement ? Il faisait pourtant de son
mieux pour rendre Eula heureuse. Dieu savait à quel

point il avait tenté de lui procurer des compagnons de jeu. Hélas, plus personne ne voulait venir à Blackthorn Hall, ni laisser ses enfants auprès d'un homme soupçonné d'avoir assassiné sa femme. Il avait également fouillé l'Écosse de fond en comble pour retrouver des membres de sa famille. En vain.

— Il n'y a pas d'autres enfants à Blackthorn Hall, je suis seule.

La porte s'ouvrit sur Stuart et un valet qui apportait la bassine d'eau chaude et le nécessaire de soin.

— Asseyez-vous, mademoiselle Mackenzie, je vous prie, lui dit-il en lui désignant un siège.

— Dois-je faire appeler Mrs Weaver ? demanda Stuart.

— Non merci. Eula et moi-même saurons nous occuper de notre invitée.

Mrs Mackenzie n'en paraissait pas aussi convaincue, cependant. Il lui désigna à nouveau le siège et ajouta :

— S'il vous plaît.

Quand elle passa devant lui, sa jupe frôla ses jambes. Elle s'assit tout au bord du fauteuil, le dos raide, comme si elle se préparait à partir en courant à la première occasion.

Hamlin mit un genou au sol près d'elle et remarqua son souffle court et ses lèvres qui s'entrouvraient légèrement, peut-être d'émotion. Doucement, il écarta ses doigts serrés sur le mouchoir rougi pour examiner la coupure. Elle avait dû atterrir rudement sur une pierre coupante. La plaie n'était pas profonde, mais nécessitait néanmoins un bandage.

— Pouvez-vous tenir votre manche ?

Elle fit ce qu'il demandait tandis qu'il trempait un linge propre dans l'eau savonneuse. Il prit entre ses doigts son coude qui lui parut incroyablement délicat et appliqua le linge sur sa peau.

Elle laissa échapper un faible soupir avant de tourner son attention vers Eula qui s'était assise à côté d'elle et observait les soins de Hamlin avec fascination.

— Peut-être pas un humain, dans ce cas, dit-elle.

— Pardon ? demanda Eula d'un air absent.

— Votre compagnon n'a pas nécessairement besoin d'être une personne.

— Pas une personne ?

Du coin de l'œil, Hamlin vit Miss Mackenzie secouer la tête en souriant.

— Non, pas une personne, répéta-t-elle.

— Voulez-vous dire un cheval, par exemple ? proposa Eula.

— Quelque chose de plus petit serait plus pratique, ne croyez-vous pas ?

Eula prit une expression d'infinie tristesse avant d'admettre :

— J'aimerais tellement avoir un ami.

Hamlin retint un sourire. Ce que la fillette aurait aimé avoir, c'était un chat et il savait encore reconnaître la manipulation quand elle se jouait sous ses yeux, d'autant plus quand l'une des actrices n'était pas particulièrement subtile.

— Peut-être que la lecture serait un passe-temps enrichissant. Les livres font d'excellents compagnons, suggéra-t-il avec le plus grand sérieux.

Il écarta le linge de la peau de la jeune femme et constata, étonné, qu'elle frissonnait alors même que sa peau était chaude sous ses doigts. Elle tourna le visage vers lui quand il reposa doucement le linge. Son regard était étrangement assombri. Se pouvait-il qu'elle ressente le même trouble que lui ?

— Il me fait lire des psaumes, gémit Eula, je n'aime pas les psaumes.

— C'est parce qu'*il* ne veut pas que tu deviennes une païenne, *lass*, grommela Hamlin.

— Peut-être Miss Eula apprécierait-elle davantage un roman ? murmura Miss Mackenzie dont le regard restait rivé au sien. J'ai le titre parfait en tête. Si mon oncle parvient à le trouver chez son libraire, je pourrais même venir vous en faire la lecture ici même.

— Montrose affirme que les romans sont des lectures frivoles.

— Sa Grâce, la reprit Hamlin.

Il étendit le bras de la jeune femme et le posa doucement sur sa propre jambe tout en commençant à enrouler le bandage autour de son coude. Sa peau était incroyablement douce et il sentit le bout de ses doigts frémir à ce contact. Tout le reste de son corps était-il aussi doux et chaud ?

— Je suis navrée de devoir désapprouver, dit-elle en détournant heureusement son regard intense qui contribuait sans nul doute à échauffer ses pensées inconvenantes. Les romans éclairent le monde qui nous entoure d'une façon bien souvent lucide et novatrice.

— Ce que je préférerais, c'est avoir un *ami*, rappela Eula, de la sorte, je n'aurais pas besoin de lire. Ni psaumes ni roman.

— Si, tu devrais toujours t'adonner à la lecture, la reprit Hamlin.

Il venait de terminer le bandage et reposa le bras de Catriona sur l'accoudoir du fauteuil. Elle contempla un instant son œuvre, puis son visage, avant de dire d'une voix légèrement voilée :

— Merci.

Hamlin se redressa lentement, comme pris de vertige.

— Je vais tout de même demander l'aide de mon oncle pour trouver ce livre, dit-elle brusquement en rabaissant sa manche. Vous verrez, ma chère, que lire peut se révéler très divertissant… si sa Grâce l'autorise.

Elle s'était prestement levée et jeta un regard vers lui par-dessus son épaule. La lueur malicieuse était de retour. À croire qu'elle n'avait jamais frémi sous ses doigts, ni posé la main sur sa jambe. Hamlin lui renvoya un regard sombre, pour l'assurer qu'il ne se laisserait pas ainsi défier dans sa propre maison.

— À présent que nous avons soigné Miss Mackenzie, Eula, tu peux lui dire au revoir et rejoindre Miss Burns. Ta leçon de musique commence dans moins d'une heure.

Eula poussa un soupir mais il n'eut qu'à froncer les sourcils pour qu'elle se reprenne. Elle fit la révérence à Miss Mackenzie.

— Merci d'être venue, dit-elle poliment.

— Merci à vous de m'avoir reçue.

— Je… Je suis navrée d'avoir failli vous tirer dessus.

Miss Mackenzie lui répondit d'un sourire si large que Hamlin en ressentit la chaleur jusque dans ses os. Comment diable parvenait-elle à écarter toutes les humeurs maussades par la seule grâce de son sourire ?

— N'y pensez plus, *lass*, je vous en prie.

— Allons, Eula, dit-il.

Sur un dernier signe de la main, l'enfant quitta la pièce. Un valet vint débarrasser la bassine et soudain, Hamlin se retrouva seul avec Miss Mackenzie. Elle s'était approchée d'un plateau d'échecs sur lequel il avait conservé une partie en cours. À une ou deux reprises, il avait joué avec Bain, mais la triste vérité était que, tout comme Eula, il manquait de compagnons. Pour l'heure, il s'était lancé dans une partie contre lui-même. Il venait ici chaque soir, quand Eula était au lit.

Comme sa vie avait changé… Dire qu'il y avait eu une époque où son salon était rempli d'invités pendant des semaines. Il en venait à se fatiguer de toute cette effervescence et espérait enfin passer une soirée tranquille. Seulement, Glenna détestait le calme. Elle avait un besoin viscéral d'être sans cesse entourée de gens.

En conséquence, il aurait dû être content de profiter désormais du calme, mais ce n'était pas le cas. Les relations sociales lui manquaient. Seulement, quand il avait vu que les invitations qu'il envoyait revenaient systématiquement avec un refus, il avait cessé d'en envoyer.

— Connaissez-vous les échecs ? demanda-t-il.

— Bien sûr. Les nuits d'hivers sont longues à Balhaire.

Longues à quel point ? Comment occupait-elle ces soirées là-bas ? Qui voyait-elle ? Qui venait lui rendre visite ? Hamlin fit taire sa curiosité en lançant :

— Avez-vous un quelconque talent à ce jeu ?

Elle se tourna vers lui, les yeux brillants d'une lueur de défi.

— Un peu, oui.

Hamlin sourit. Il ressentait le même plaisir de prédateur qu'en repérant un chevreuil lors d'une chasse. Incapable de s'en empêcher, il effleura son bandage du doigt et remonta lentement jusqu'à son épaule.

— Alors nous devrions nous affronter un de ces jours…

— Oui, souffla-t-elle en se rapprochant de lui tandis que son doigt parcourait à présent sa clavicule délicate.

Ses yeux scintillants l'hypnotisaient et sa bouche était si proche…

Il remonta le long de son cou, traça le contour harmonieux de son oreille sans pouvoir détacher son regard de ses lèvres pleines. Il avait tellement envie de les toucher, elles aussi. Malgré le désir sauvage qui enflammait ses reins, Hamlin ne songeait qu'à passer davantage de temps en sa compagnie pour admirer la lueur changeante de ses yeux, pour sentir la chaleur merveilleuse de son sourire.

Cependant, alors qu'il se perdait dans cette contemplation délicieuse, l'envie de l'embrasser prenait peu à peu le pas sur toute pensée rationnelle. Il avait désespérément besoin d'éprouver la sensation de ses lèvres contre les siennes. De son corps contre le sien.

— Vous êtes extrêmement confiant dans vos qualités de joueur, votre Grâce…

Il vit un coin de sa bouche se soulever légèrement.

— J'ai en effet toute confiance en mon talent, madame, murmura-t-il.

La convoitise enflammait ses veines. Sans même le vouloir, il leva la main pour la poser sur sa nuque. L'éclat d'argent de ses yeux sembla fondre en lave brûlante. Ses lèvres s'entrouvrirent d'instinct sur un faible soupir. Fasciné, Hamlin comprit qu'il allait embrasser cette femme parce qu'elle le voulait, elle aussi. Elle se rapprocha encore, sa poitrine effleurant son torse, et murmura :

— Si vous avez l'intention de le faire, votre Grâce, faites-le, par pitié !

La passion eut raison de lui. Il l'attira vers lui et posa ses lèvres sur les siennes. Il avait la sensation étrange qu'il s'agissait d'un rêve, comme s'il se voyait de l'extérieur. Seigneur ! Elle aurait dû le rejeter, promettre de se plaindre de son comportement à son oncle ! Il méritait sa fureur.

Pourtant, Miss Mackenzie ne fit rien de tel. Bien au contraire, elle l'avait invité à l'embrasser avec son audace habituelle et rien n'aurait pu autant l'exciter que cette invitation. Sous ses lèvres, elle émit un doux gémissement et posa une main sur sa taille, l'autre sur son torse.

Le feu qui embrasait ses sens lui coupait le souffle. Il glissa la langue entre ses lèvres pour caresser la sienne. Elle lui rendit son baiser avec toute la passion d'une femme qui retrouvait un amant perdu. Hamlin ne pouvait plus penser à rien d'autre qu'à elle. Cette sensation de désir incommensurable était grisante… et dangereuse.

Hamlin releva brusquement la tête. Il contempla un instant son beau visage et caressa du pouce sa lèvre gonflée de leur baiser. Puis il s'éloigna à l'autre bout de la pièce, loin de la tentation.

— Je vous demande pardon.

— Pourquoi ?

Pourquoi ? Pour mille raisons ! Et aucune d'entre elles n'était la bonne. Il la dévisagea. Ses joues étaient rosies et elle respirait vite, la main sur la poitrine, comme pour tenter d'apaiser son cœur affolé.

— Je devrais y aller.

Oui, qu'elle y aille, avant qu'il ne passe le point de rédemption. Il lui ouvrit la porte et elle hésita à peine en lançant un regard vers lui au passage. Ses yeux étaient encore brillants de désir. Hamlin sentit son souffle se bloquer dans sa gorge. Elle était tellement extraordinaire qu'elle ne cherchait ni à feindre l'offense ni à masquer son désir.

Depuis la fenêtre, il l'observa descendre rapidement les marches du perron en assurant visiblement à Stuart que tout irait bien. Elle le prouva en sautant sur sa selle avec la légèreté d'une walkyrie et partit dans un galop si intrépide que Hamlin en frémit.

Quand elle eut disparu, il retourna directement à ses appartements pour tenter de soulager ses reins en feu. Il y parvint rapidement, du moins pour la partie physique, car le soulagement ne fut que momentané. La sensation qui l'habitait était différente de tout ce qu'il avait connu. Ce n'était pas seulement un attrait physique, non, c'était bien plus que cela.

Ce soir-là, il dîna en compagnie d'Eula comme si rien ne s'était passé. La fillette semblait épuisée par les événements de la journée. Elle touchait à peine à sa nourriture et il dut lui répéter plusieurs fois de cesser de jouer avec le contenu de son assiette. Lui-même était distrait et avait bien du mal à se concentrer sur le repas.

— T'es-tu bien amusée à cette leçon de tir ?

— J'ai bien aimé le tir à l'arc, répondit-elle sans lever le regard vers lui.

— Aubin pourrait te l'apprendre si c'est le cas.

Eula leva un visage rembruni sur lui. En cela, elle ressemblait beaucoup à Glenna. Il reposa sa fourchette

et prit le temps d'avaler une gorgée de vin avant de
lancer :

— Bon, allons-y, dis-moi ce qui te tracasse ?

Ses yeux s'abaissèrent de nouveau.

— Rien.

— Assieds-toi comme une dame convenable et
dis-moi ce qui se passe.

Elle se redressa avant de soupirer :

— Je n'ai pas d'amis. J'aimerais beaucoup avoir un
véritable ami.

— Je croyais que tu avais de l'estime pour
Miss Mackenzie.

— J'en ai beaucoup ! s'écria-t-elle avec feu. Mais
elle a l'âge de cousine Glenna.

— Je te l'accorde, elle est plus âgée que toi. Toutefois,
les amis peuvent avoir des âges très variés et…

— Elle va partir ! l'interrompit-elle abruptement.
Et je serai à nouveau seule.

Hamlin sentit son cœur se serrer. Eula avait raison –
Miss Mackenzie allait partir. Et elle manquerait à
la fillette comme Glenna lui manquait. Sans doute
plus. Après tout, Miss Mackenzie lui avait accordé en
quelques jours bien plus de temps et d'attention que
Glenna durant les derniers mois qu'elle avait passés à
Blackthorn Hall. Il n'était guère surprenant qu'Eula
soit désemparée et malheureuse.

En vérité, Hamlin était même surpris qu'elle ne soit
pas plus souvent en colère. Elle avait envie d'un peu
de compagnie et elle n'aurait pas dû être forcée à vivre
sans. Bon sang ! À quoi lui servait son titre de duc s'il
n'était même pas capable d'offrir à sa pupille la seule
chose qu'elle demandait ?

Dès le lendemain, il enverrait Bain acheter une paire de chatons. Et le jour suivant, il irait lui-même à Dungotty pour délivrer une invitation au nom de Miss Guinne à toute la compagnie. Il donnerait un dîner à Blackthorn jeudi soir.

Chapitre 12

Catriona ne se rappelait rien de son retour à Dungotty tant elle avait été perdue dans ses pensées. Ce qui avait commencé comme une plaisanterie s'était transformé en quelque chose de bien plus important. Au départ, Montrose lui était apparu comme un défi, une énigme qu'il lui fallait résoudre. Désormais, elle voyait en lui un homme, avec son caractère, son humour et ses faiblesses. Il n'était plus seulement un mystère. Il était devenu un homme dangereusement séduisant.

Désirs et émotions diverses se mêlaient en elle. Elle pouvait encore sentir ses lèvres sur les siennes dès qu'elle fermait les yeux. Elle pouvait encore savourer son goût, même à des kilomètres de Blackthorn Hall. Grisée par ses sensations, elle était incapable de modérer son imagination. Elle l'imaginait nu, au-dessus d'elle, ses yeux sombres comme la nuit plongés dans les siens tandis qu'il entrerait en elle. Ces images lui coupaient le souffle.

Bien sûr, aucune de ces pensées n'était un tant soit peu rationnelle. Elles la laissaient sur sa faim et presque… désespérée. Il était tellement injuste qu'il lui ait donné un baiser aussi bouleversant alors que rien ne pourrait jamais exister entre eux. De toute façon, pourquoi diable lui avait-il donné ce baiser ?

Échevelée et troublée, elle arriva à Dungotty peu avant le crépuscule et se débarrassa de son manteau, de son chapeau et de ses gants pour les poser entre les bras de Rumpel.

— Pardonnez-moi, madame, je n'ai pu m'empêcher de remarquer votre bandage. Dois-je faire appeler un médecin ?

— Pardon ? demanda-t-elle d'un ait absent avant de suivre le regard inquiet du majordome jusqu'à son bras blessé. Oh ! non, merci. Si je peux survivre à un trait de flèche qui m'a presque transpercée, je peux tout de même supporter une misérable éraflure. Pouvez-vous demander qu'on me serve le souper dans ma chambre, Rumpel ? La journée a été longue.

Il salua révérencieusement et Catriona se hâta dans l'escalier. Une fois à l'intérieur de sa chambre, elle ouvrit grand les fenêtres et, les yeux clos, elle inspira longuement l'air du soir qui rafraîchit sa peau fiévreuse. Depuis que Montrose s'était agenouillé près d'elle pour la soigner, son visage et son corps tout entier semblaient en feu. Il avait nettoyé sa blessure avec une telle douceur… Avec un long frisson, elle se détourna de la fenêtre.

Elle ouvrit sa garde-robe d'un mouvement brusque. Il lui fallait mettre quelque chose de plus confortable car elle avait la sensation d'étouffer. Tandis qu'elle fouillait dans son armoire, quelqu'un toqua à la porte.

— Catriona ?

Elle sortit la tête de derrière les portes battantes pour voir Chasity qui avait fait un pas dans la pièce.

— Oui ?

Chasity n'hésita plus et referma la porte derrière elle.

— Dites-moi *tout* !

Catriona n'avait aucune envie de se confier sur le bouleversement qu'elle avait connu à Blackthorn Hall. Elle voulait garder ce secret au fond de son cœur comme un trésor à chérir.

— Eh bien, j'ai failli être atteinte par une flèche.

— Pardon ?

— Miss Guinne m'a accidentellement tiré dessus et a bien failli me percer de part en part !

Chasity poussa un hoquet horrifié.

— Non ! Comment avez-vous pu y échapper ?

— Eh bien, c'est la partie intéressante de l'histoire. Montrose est apparu de nulle part et m'a poussée au sol si vite que je n'ai même pas vu à quelle distance passait la flèche.

Elle leva son bras bandé pour le montrer à Chasity.

— Je l'ai entendue siffler à mon oreille et je me suis fait mal au bras.

Chasity écarquilla les yeux.

— Il vous a *jetée* au sol ?

— Non, pas vraiment, il m'a plutôt entraînée au sol avec lui.

— Je suis absolument abasourdie. J'aurais plutôt pensé que c'est lui qui tenterait de vous tirer dessus ! Ma mère dit que vous êtes naïve si vous pensez pouvoir échapper au même destin que sa femme.

Les yeux au ciel, Catriona porta son choix sur une robe de mousseline fluide, puis disparut derrière le paravent pour l'enfiler. Elle se débarrassa avec bonheur de ses chausses de cavalière.

— Montrose ne s'est jamais comporté autrement

que comme un parfait gentleman en ma présence. Par ailleurs, je ne pense pas qu'il pourrait faire de mal à une mouche.

Chasity émit un petit claquement de langue dubitatif.

— Que faites-vous de sa femme ? Il lui est bien arrivé quelque chose, vous ne le niez pas, tout de même ?

La question était de bonne guerre et, sincèrement, Catriona ne savait pas quoi penser de la disparition de Lady Montrose.

— Miss Guinne l'a brièvement mentionnée, dit-elle en continuant de se changer.

— Vraiment ? Et qu'a-t-elle dit ?

— Que Lady Montrose était sa cousine, qu'elle n'était plus à Blackthorn Hall et qu'elle lui manquait. Cependant, elle n'a pas marqué le moindre signe de peur ou d'angoisse en l'évoquant.

Il n'en demeurait pas moins que cet échange avait soulevé de nouvelles questions dans l'esprit de Catriona. Pourquoi avait-elle dit que les jours paraissaient des semaines à sa cousine quand elle était à Blackthorn Hall ? Et que signifiaient exactement les termes « elle est partie » ? Si elle n'était pas morte, où était-elle ? Et pourquoi avait-elle laissé sa jeune cousine derrière elle ? Eula savait-elle ce qu'il était advenu d'elle ?

Elle était en chemise lorsqu'un nouveau coup retentit à la porte.

— Ce doit être Rumpel qui m'apporte mon souper. Voulez-vous bien le faire entrer, Chasity ?

— Chasity, ma chérie ! Je m'attendais à voir ma nièce ! s'écria oncle Knox.

Chasity avait dû lui montrer où elle se trouvait car

un instant plus tard, sa voix résonna juste derrière le paravent.

— Rumpel a dit que tu étais blessée, ma chérie. Je dois savoir ce qu'il s'est passé.

— Je n'ai pas été *sérieusement* blessée, dit-elle dans un éclat de rire.

— Elle a bien failli être transpercée d'une flèche ! s'exclama Chasity.

— Comment ? Est-il vrai que le duc a essayé de te tuer ? Rumpel avait donc raison ! Par Dieu, ce monstre va regretter le jour où…

— Non ! s'exclama Catriona qui n'arrivait plus à respirer tant elle riait de l'absurdité de cette conversation. Ce n'est pas le duc, mon oncle.

Enfin prête, elle sortit de derrière le paravent et lui présenta son dos pour qu'il l'aide à lacer la robe.

— C'est la petite. Elle a tendu son arc dans la mauvaise direction et le duc est intervenu en me plaquant au sol. Dans la chute, je…

— Pardon ? s'écria la comtesse en pénétrant à son tour dans la chambre dont la porte était restée grande ouverte. Le duc vous a blessée ? Comment ose-t-il s'asseoir à notre table et poser ensuite la main sur vous !

— Je vais de ce pas le provoquer en duel pour défendre votre honneur, madame ! annonça Vasily en entrant à la suite de la comtesse.

Devant tout ce remue-ménage, son oncle eut la présence d'esprit de déclarer brusquement :

— Par tous les saints ! C'est *ma* table dont il s'agit ! Et s'il y a un honneur à laver, ce sera donc à moi de m'en charger. Mais a priori, il y aurait eu une incompréhension…

— Quelle incompréhension ? lança Mrs Templeton en arrivant au milieu de la scène.

— Le duc a tenté de la tuer ! répondit Vasily.

— Non ! cria Catriona pour obtenir l'attention de tout le monde. Le duc ne m'a pas fait le moindre mal ! Si un crime a été commis, il est du fait de notre Rumpel qui invente des histoires, je vous l'affirme ! Si vous voulez tout savoir, le duc m'a sauvée d'un trait de flèche et je me suis coupé le bras en tombant. Voilà tout ce qui s'est passé !

— Votre souper, madame, annonça un valet.

La pièce était tellement bondée qu'il ne pouvait même plus atteindre la table.

— Laissez-le entrer, commanda oncle Knox et le domestique parvint à se frayer un chemin.

Il ressortit, mais personne ne suivit son exemple et Catriona comprit qu'ils ne partiraient pas tant qu'ils n'auraient pas tout entendu.

— Très bien, soupira-t-elle.

Elle leur raconta dans le détail la flèche mal dirigée, la chute, les soins que lui avait prodigués le duc, sans oublier les remarques d'Eula sur sa cousine.

— Voilà toute l'histoire.

— Et qu'a répondu le duc ? demanda la comtesse. A-t-il nié que sa femme n'était plus à Blackthorn Hall ?

— Il n'a pas dit le moindre mot.

— Donc il ne nie pas qu'elle est partie ? insista Mrs Templeton.

— Madame, aussi sûrement que je me tiens devant vous, je vous assure que le duc n'a rien dit.

— Je ne sais plus quoi en penser, dit la comtesse.

J'ai pourtant connu bien des hommes étranges, n'est-ce pas, Vasily ?

— En effet.

— Mais jamais d'aussi complexes à percer à jour. S'il n'a pas tué sa femme, pourquoi ne clame-t-il pas simplement son innocence ? Comment a-t-elle pu disparaître sans que quiconque sache ce qu'il est advenu d'elle ? De toute évidence, il cache quelque chose.

— Je le trouve personnellement de moins en moins compliqué à cerner à chaque rencontre, intervint Catriona, un peu trop sur la défensive à ses propres oreilles.

Elle remarqua le regard entendu que la comtesse et son cousin échangèrent.

— Peut-être que ces… rencontres vous obscurcissent le jugement, fit remarquer Mrs Templeton. Pourquoi vous rendez-vous à Blackthorn Hall seule ? Pourquoi ne pas y aller en compagnie de votre oncle ?

— Ce n'est pas toujours pratique, répliqua Catriona.

Elle commençait à en avoir assez des commentaires de ces gens qui connaissaient bien moins le duc qu'elle. Elle prit sa brosse et se la passa énergiquement dans les cheveux.

— Vous êtes peut-être persuadée qu'il n'est pas un être mauvais, mademoiselle Mackenzie, mais Vasily et moi-même avons entendu dire des choses sur son compte, à Crieff. La dernière fois qu'on a vu sa femme, il y a apparemment eu une grave dispute entre eux. Personne ne l'a plus revue après cette soirée.

— Qui a dit cela ?

— L'aubergiste, Mr Brimble.

— On dit aussi que le duc est un joueur invétéré, ajouta Vasily. Peut-être a-t-il vendu sa femme.

Tous les regards, incrédules, se tournèrent vers le Russe.

— Quoi ? C'est bien possible ! assura-t-il en écartant les bras.

Catriona soupira encore une fois, irritée par cette conversation fondée sur de simples ouï-dire.

— Si cela ne vous ennuie pas, je suis fatiguée et j'aimerais me reposer.

— Bien sûr que tu l'es, ma chérie ! s'exclama oncle Knox. Quand je pense que tu as frôlé la mort…

— Je n'étais pas si proche de la mort, rectifia-t-elle mais personne ne l'écoutait.

— Le duc aurait dû faire attention, dit sévèrement Mrs Templeton.

— Pour la dernière fois, ce n'était pas lui qui tenait l'arc ! C'était sa pupille !

— Peut-être lui a-t-il dit de le faire, suggéra Chasity à voix basse.

Pour l'amour du ciel ! Catriona avait envie de hurler ! S'ils ne quittaient pas bientôt sa chambre, elle allait exploser et dire des choses qu'elle regretterait le lendemain. Elle lança à oncle Knox un regard suppliant.

— Allons, allons. Ma nièce a besoin d'un peu de repos. Il est temps d'y aller.

Il les poussa devant lui comme un troupeau d'oies tandis qu'ils continuaient de caqueter à propos des multiples fautes du duc.

Quand ils furent tous sortis, oncle Knox se tourna vers elle.

— Est-ce que tu vas bien, ma chérie ? Ma sœur ne me pardonnerait jamais s'il arrivait quoi que ce soit à sa fille adorée. Et je ne le pourrais pas plus, tu le sais.

Catriona lui sourit tendrement.

— Je vais bien, je t'assure. Je suis seulement épuisée.

— Y a-t-il quoi que ce soit que je puisse faire pour toi ?

— Non. En fait, si ! Pourrais-tu me trouver un exemplaire de l'ouvrage *La Gouvernante* ?

Il cligna des yeux, visiblement surpris par sa requête.

— De Sarah Fielding, c'est bien cela ? Un livre pour enfants, il me semble.

— Oui, c'est celui-là.

— Un choix intéressant, ma chérie. Comme tu voudras. Repose-toi maintenant.

Sur un dernier sourire, il sortit doucement. Il pensait apparemment que le livre était pour elle et elle ne l'avait pas corrigé. Elle soupçonnait en effet qu'il n'aurait pas tellement apprécié de lui donner une nouvelle occasion de se rendre à Blackthorn Hall. Seulement, elle devait y retourner. Non pas pour découvrir ce qui était arrivé à Lady Montrose, mais parce qu'elle ressentait le besoin affolant de sentir à nouveau les doigts du duc sur sa peau.

Deux jours plus tard, tout le monde s'était réuni dans le salon pour le thé lorsque Rumpel pénétra dans la pièce, la démarche assez similaire à celle d'un sergent qui venait annoncer à son général que la reddition était inéluctable.

— Dieu du Ciel ! Que se passe-t-il, Rumpel ? Vous avez la mine de quelqu'un qui vient de voir le diable ! s'exclama oncle Knox.

— Le duc de Montrose, milord, il est dans le hall.

Le cœur de Catriona cessa un court instant de battre. Oncle Knox posa les pieds si fort sur le sol que sa tasse de thé posée sur la table tinta.

— Dans le hall !

Il se leva tout aussi brusquement.

— Ici ? Sans avoir reçu d'invitation ? couina Mrs Templeton.

— Faites-le entrer ! Faites-le entrer ! ordonna oncle Knox.

Catriona ne savait plus quoi faire de sa tasse de thé. Elle la déposa et se leva mécaniquement en pressant ses mains moites contre ses jupes.

— Asseyez-vous, mademoiselle Mackenzie, murmura la comtesse.

Catriona se rassit.

Un instant plus tard, le pas assuré du duc résonna dans le couloir. Puis il entra dans la pièce à la suite de Rumpel qui annonçait :

— Le duc de Montro…

— Oui, oui, nous savons tous qui il est, merci, Rumpel. Votre Grâce ! Que c'est aimable à vous de venir nous rendre visite. Voulez-vous une tasse de thé ?

Tout en parlant, il serra chaleureusement la main du duc.

— Non, merci.

Ce dernier serra ses mains dans son dos et ses yeux sombres firent le tour de la pièce, s'attardant sur Catriona un bref moment.

— Je viens de la part de Miss Guinne, ma pupille, qui souhaite vous inviter à dîner à Blackthorn Hall jeudi prochain.

Catriona retint son souffle et examina les diverses expressions de surprise et de confusion qui se peignaient sur les visages des autres convives.

— Nous tous ? demanda oncle Knox.

— Je n'en serai pas, déclara sèchement Lord Furness

qui n'avait pas même pris la peine de se lever de son siège pour saluer le nouvel arrivant, je compte rentrer en Angleterre dès mercredi.

Bon débarras ! songea Catriona.

Montrose ignora Furness. Son regard vint se poser sur elle et il dit :

— Oui, tous, si vous le désirez.

Personne ne parla. Oncle Knox jeta un regard interrogateur à ses convives. Montrose baissa le regard et reprit :

— Peut-être avez-vous besoin de temps pour réfléchir à votre organisation. Vous voudrez bien envoyer votre réponse par messager…

— Bien entendu, votre Grâce, s'empressa de répondre oncle Knox. Merci infiniment pour cette invitation.

— Nous en sommes honorés, assura la comtesse Orlov.

Il acquiesça et ses yeux revinrent une fois de plus sur elle. Le cœur serré, elle jeta un regard suppliant vers son oncle pour l'encourager à ajouter quelque chose d'un peu plus chaleureux. Il dut comprendre le message, car il ajouta rapidement :

— Nous vous enverrons notre réponse aujourd'hui même, votre Grâce. Nous sommes nécessairement un peu contraints, entre les départs et les voyages des uns et des autres.

— Bien sûr.

— Êtes-vous certain de ne pas vouloir un peu de thé ?

— Non, non, je dois partir.

Il lança un dernier regard à Catriona, et cette fois, elle était certaine que tout le monde l'avait remarqué. Elle s'en moquait, d'ailleurs, parce que ses yeux noirs avaient le pouvoir de transformer le sang qui coulait dans ses veines en lave incandescente.

— Bonne journée, déclara Montrose avant de se diriger vers la porte.

Les autres lui répondirent. Puis, plus personne ne parla avant d'avoir entendu la porte d'entrée se refermer. Alors Catriona sauta sur ses pieds pour rejoindre la fenêtre afin de le voir partir au galop.

— Eh bien… C'était… inattendu, dit Mrs Templeton. Je vous remercie, Norwood, de ne pas avoir accepté son invitation en notre nom à tous. Je n'ai aucune envie d'aller dîner à Blackthorn Hall.

— Pourquoi pas ? demanda la comtesse Orlov.

— À cause de sa réputation, bien sûr.

— L'invitation émane de Miss Guinne, lui fit remarquer oncle Knox. J'imagine que Chasity et Catriona étant les plus jeunes parmi nous, Miss Guinne souhaitera particulièrement leurs présences.

— Nous n'irons pas, déclara fermement le père de Chasity.

La jeune fille eut un hoquet de surprise.

— Comment ? Mais je veux y aller, papa ! Et Catriona ira, n'est-ce pas ?

— Je… Euh… Oui, j'irai, balbutia-t-elle en sentant ses genoux trembler, comme si elle venait d'avouer tout haut qu'elle avait passionnément embrassé le duc.

— N'avez-vous donc pas passé suffisamment de temps là-bas ? demanda sèchement Mrs Templeton.

— Je vous remercie, madame Templeton, pour l'attention que vous portez à ma nièce, mais c'est une jeune femme adulte, et si elle souhaite se rendre à Blackthorn

Hall, je ne vois aucune raison de la restreindre dans ses mouvements.

Mrs Templeton rougit et se le tint pour dit.

— Viendras-tu également, oncle Knox ?

— Malheureusement, j'avais déjà prévu quelque chose pour jeudi soir.

— S'il te plaît, papa ! supplia de nouveau Chasity. Ce n'est pas le duc qui nous a invités, mais sa pupille. Je suis certaine qu'il ne sera même pas présent.

Elle lança un regard suppliant vers Catriona pour obtenir confirmation, seulement qu'aurait-elle pu dire ou faire ?

— Je trouve abominable qu'il se permette d'inviter qui que ce soit étant donné sa réputation, rétorqua Mr Wilke-Smythe.

Comme il cherchait à son tour l'approbation de sa femme, elle sembla hésiter avant de déclarer :

— Je n'y vois pas de mal, en vérité.

— Pas de mal ? Vous pensez que cet homme est un meurtrier, dois-je vous le rappeler ? Et vous enverriez notre fille sous son toit ?

— Nous y serions avec elle, de même que Miss Mackenzie. Et vous ne devez tout de même pas oublier qu'il est duc.

Lord Furness émit un grognement outragé.

— Madame ! Auriez-vous en tête une union entre votre innocente fille et ce fou furieux, simplement parce qu'il possède un titre prestigieux ?

— Miss Mackenzie le croit innocent, et peut-être que moi aussi. Et nous n'avons guère d'autre perspective pour l'heure.

— *Mamma !* s'exclama Chasity, horrifiée.

Son mari chercha du soutien auprès des autres, mais n'en trouvant aucun, il poussa un lourd soupir et capitula :

— Je vais y réfléchir.

— Papa…

— J'ai dit que j'allais y réfléchir, Chasity ! reprit-il plus sèchement. C'est le mieux que je puisse faire. Je visais plus haut pour toi qu'un duc écossais, meurtrier de surcroît.

Catriona ravala la réplique acerbe qui lui montait aux lèvres.

— Eh bien, personne ne m'a posé la question, mais j'aimerais beaucoup m'y rendre, intervint la comtesse. Vasily ?

— Norwood et moi devons nous rendre dans une maison de jeu, ce jeudi, répondit-il.

— C'est décidé, dans ce cas, s'exclama oncle Knox. Les Wilke-Smythe, la comtesse Orlov et Miss Mackenzie seront ravis de souper avec Miss Eula Guinne. Dois-je rédiger la réponse ?

— Je m'en charge, mon oncle, intervint Catriona.

Elle avait de toute urgence besoin d'une excuse pour quitter la pièce. Se retrouver face au ténébreux duc l'avait mise dans tous ses états. Elle avait besoin d'être seule pour penser à lui. À la façon dont il l'avait regardée. Au fait qu'il avait lui-même parcouru le chemin jusqu'à Dungotty pour délivrer cette invitation plutôt que d'envoyer un messager. Oui, elle avait grand besoin de réfléchir à tout cela en paix.

De fait, elle y pensa tout le reste du jour, bien longtemps après avoir envoyé la réponse.

Quand elle se glissa sous ses draps, ce soir-là, une

amertume lui serrait le ventre. Catriona songeait que Miss Chasity Wilke-Smythe pouvait être présentée à Montrose comme une épouse de choix. Elle n'aimait pas cette idée. Pas du tout.

En fait, c'était bien pire encore – elle prenait ainsi conscience du changement qui s'était opéré dans ses sentiments – : l'idée de le savoir épris d'une femme lui était tout bonnement insupportable.

Chapitre 13

Le jeudi, le ciel s'était couvert de lourds nuages noirs. Tandis qu'il retournait à sa tâche un moment abandonnée de réparer le toit, Hamlin s'inquiéta de l'humidité de l'air. Il fallait apparemment attendre encore davantage de pluie. Mais il avait déjà plu toute la semaine et l'étang comme la fontaine étaient sur le point de déborder.

Lui aussi risquait de déborder s'il ne trouvait pas un moyen de se libérer un peu de sa tension intérieure.

Il avait lu et relu maintes et maintes fois la lettre en provenance de Dungotty. Il avait tout de suite reconnu l'écriture heurtée de Miss Mackenzie et, bien sûr, les taches d'encre caractéristiques. Cela le faisait sourire d'imaginer que la seule chose que cette femme ne parvenait pas à faire était écrire correctement.

À sa Grâce, l'honorable duc de Montrose,

Merci infiniment pour l'invitation à dîner en présence de Miss Eula Guinne jeudi soir. Malheureusement, Lord Norwood et Mr Orlov doivent honorer un engagement antérieur dans une maison de jeu, puisque honorer ses engagements est la seule mesure véritable d'un caractère honorable.

Par ailleurs, si le Seigneur veut bien nous accorder sa Miséricorde, Lord Furness devrait être reparti pour l'Angleterre. Quant à Mrs Templeton, elle sera sans nul doute terrassée par un terrible mal de crâne à l'instant où nous devrons partir.

En revanche, les Wilke-Smythe, la comtesse Orlov et moi-même serons enchantés de nous rendre à ce dîner avec Miss Eula.

Sincèrement vôtre,

CM

Comme à chaque fois, Hamlin gloussa. Aussi incroyable que cela puisse paraître, il avait hâte d'y être. Il avait supervisé tous les détails du dîner au cours duquel seraient servis de la dinde rôtie, des asperges du potager de Blackthorn, du riz d'Inde. Il n'était pas impatient de devoir échanger des banalités avec le couple Wilke-Smythe, pas plus qu'il ne recherchait les attentions de leur fille ou celles de la comtesse.

Tout ce qu'il attendait de cette soirée, c'était de se retrouver un instant seul avec Miss Mackenzie. Il aimait à se répéter que c'était pour lui l'occasion de s'excuser de son comportement de l'autre jour, quand, en vérité, il savait pertinemment qu'il espérait un autre baiser.

Une pluie fine se mit à tomber dans l'après-midi. Hamlin se réfugia donc dans son bureau pour travailler un peu. Puis il prit conscience qu'il n'avait pas encore vu Eula de la journée. Cela dit, elle avait désormais une paire de chatons sous sa garde, ce qui pouvait expliquer pourquoi elle ne s'était pas encore faufilée jusque dans son bureau.

Il partit donc à sa recherche et la découvrit assise

devant sa coiffeuse tandis que Miss Burns lui bouclait les cheveux pour la soirée. Hamlin devait admettre qu'en dépit de son accent parfois incompréhensible, cette femme de chambre s'était révélée très capable. L'apparence et les tenues d'Eula s'étaient nettement améliorées depuis son arrivée.

Sa pupille avait la tête penchée en avant et câlinait le chaton qui avait pris place sur ses genoux. L'autre déboulerait sans doute quand il s'y attendrait le moins pour mordre sa chaussure.

— J'aimerais que tu me rejoignes à 19 heures au salon, Eula.

Elle leva le regard vers lui et Hamlin fut saisi par le rouge qui colorait ses joues et ses yeux brillants de fièvre.

— Pouvez-vous deviner duquel il s'agit ? s'exclama-t-elle en levant le chaton vers lui.

— Non, dit-il en marchant jusqu'à elle pour poser la main sur son front.

Elle était brûlante.

— Celui-ci, c'est Perry. Walter est parti chasser les souris.

— Walter est à peine plus gros qu'une souris lui-même, marmonna-t-il avant de s'adresser à Miss Burns. Elle a de la fièvre.

— Oui, votre Grâce, j'allais vous appeler. Elle n'a pas voulu se mettre au lit.

— Elle ira cependant, et tout de suite, ordonna-t-il.

— Je ne veux pas aller au lit ! Nous avons une soirée prévue !

— Pas toi, *lass*. Tu es brûlante.

— Non ! pleura-t-elle plus fort en échappant aux mains de Miss Burns.

Hamlin la rattrapa sans peine.

— Te sens-tu assez bien pour écouter toute la soirée des discussions d'adulte ?

— Oui, geignit-elle faiblement en reniflant.

— Et tu es prête à prendre le risque d'infecter tes invités avec ta maladie ?

Elle émit un grognement et secoua la tête.

Il écarta tendrement les cheveux de son visage.

— J'emmènerai Miss Mackenzie te voir, d'accord ? Tu pourras ainsi lui montrer tes chatons. En revanche, tu es trop malade pour descendre, tu dois rester au lit.

Preuve s'il en était qu'elle était réellement au plus mal, Eula baissa la tête et acquiesça. Elle n'avait de toute évidence pas la force de se disputer.

— Je voulais tellement faire ce dîner, souffla-t-elle, de grosses larmes dans les yeux.

— Je sais, *lass*, dit-il en embrassant tendrement son front brûlant de fièvre.

Il la porta dans ses bras jusqu'au lit sans qu'elle résiste davantage. De fait, Eula avait changé depuis que Bain lui avait trouvé ces chatons. Quel imbécile il avait été avec ses idées toutes faites sur ce qui devait entrer ou ne pas entrer dans la maison ! S'il avait su qu'une paire de chatons la rendrait aussi heureuse… Il allait devoir remercier Miss Mackenzie pour cela aussi, puisqu'elle avait aidé Eula à défendre sa cause.

Pauvre Eula ! Elle qui se faisait une joie de recevoir des invités. Bien sûr, il savait déjà qu'elle se sentait seule et manquait de divertissement, mais il ne s'attendait cependant pas à ce que la joie lui coupe le souffle quand il lui avait annoncé la réponse de Dungotty.

« Nous n'avons pas eu de dîner depuis des siècles,

s'était-elle écriée en dansant littéralement sur place.
Nous allons pouvoir utiliser la belle porcelaine, n'est-ce
pas ? Cousine Glenna l'utilisait toujours ! »

Il avait promis.

« Et les verres en cristal, Montrose ?

— *Votre Grâce*. Et oui pour le cristal. »

Elle avait poursuivi en lui demandant s'ils prendraient
la vaisselle en argent et si Stuart et un valet feraient
le service. Il avait eu beau l'encourager à en discuter
directement avec Stuart, il semblait qu'elle préférait
en parler avec lui. Dieu ! Qu'il serait soulagé quand ce
dîner et les centaines de préparatifs et de questions qui
l'accompagnaient seraient enfin derrière lui.

Il récupéra les deux chatons et les déposa dans leur
boîte en bois tandis que Miss Burns aidait Eula à mettre
sa chemise de nuit. Quand il sortit de sa chambre,
elle était allongée, occupée à caresser la fourrure des
petites bêtes.

Il alla se préparer pour la soirée, l'humeur assombrie
par l'état de santé d'Eula. Il n'avait organisé ce dîner
que pour elle. Non, pour être honnête, il l'avait aussi fait
pour lui. Seulement, à présent, l'inquiétude le tenaillait
et il se demandait s'il devait faire venir le médecin.

Il envisagea un moment d'annuler le dîner, seulement
il avait trop envie de revoir l'intrépide Miss Mackenzie.
Il voulait s'assurer que la chaleur étrange qui avait
réchauffé sa poitrine n'avait pas été une illusion de
ses sens, qu'elle était réellement aussi belle que dans
son souvenir, qu'il n'avait pas imaginé les étoiles qui
scintillaient dans son regard.

Pour l'aider dans le choix de sa tenue, il envoya un
valet en quête de Bain. Son secrétaire avait un regard

acéré et aurait pu faire un excellent valet de chambre. Bain avait passé toute la journée dehors et il semblait encore un peu ébouriffé par le vent lorsqu'il sortit de sa garde-robe un habit chamois et un jabot blanc.

— Au fait, j'ai appris que MacLaren restait encore réservé concernant son appui de votre candidature auprès de Caithness, l'informa Bain en brossant son habit.

— Pourquoi cela ?

— Il craint que votre passé marital ne porte préjudice à votre candidature.

Hamlin glissa une bague à son doigt sans répondre.

— Cependant, Argyll vous a défendu.

Il leva un regard interrogateur sur Bain qui expliqua :

— Il affirme que les femmes doivent être traitées d'une main ferme et que, si on les laisse suivre leur naturel, il faudra nécessairement les corriger. D'après lui, un peu trop de sévérité est meilleure que pas assez.

Hamlin leva les yeux au ciel. La fin de son mariage n'avait strictement rien à voir avec une quelconque sévérité. Dieu du ciel ! Il n'avait jamais levé la main sur Glenna, ni ne l'avait envisagé un seul instant.

Bain lui tint le manteau pour l'aider à l'enfiler.

— Merci. Qui est avec Argyll, et qui est du côté de MacLaren ?

Bain épousseta une poussière invisible sur son épaule avant de répondre :

— La plupart partagent le point de vue d'Argyll. Il en reste encore un ou deux qui partagent les réserves de MacLaren. Mais il reste du temps…

Il s'écarta pour étudier l'apparence de Hamlin d'un regard critique.

En dépit de ce qu'affirmait Bain, le temps leur était compté. Le vote aurait lieu dans un mois.

Avant de descendre au salon, Hamlin repassa par la chambre d'Eula. Elle avait refusé de manger selon Miss Burns et il la trouva endormie, les deux chatons roulés en boule dans son dos.

Au dehors, la pluie avait redoublé de violence, frappant rudement les immenses fenêtres. Hamlin traversa la salle à manger pour poser un dernier regard sur la table qui avait été dressée. Non qu'il eût quoi que ce fût à corriger. Stuart avait toujours été d'un professionnalisme impeccable. En fait, Hamlin avait eu l'impression que son majordome était tout aussi excité qu'Eula à la perspective de cette réception.

Il alla jusqu'au salon et se servit un brandy. Stuart entra peu après pour raviver le feu.

— Le temps vire à la tempête, votre Grâce.

Il acquiesça et jeta un regard à l'extérieur où les éléments se déchaînaient. Nerveux, il se mit à marcher de long en large à travers la pièce. Peut-être que personne ne viendrait.

Seigneur, l'attente lui semblait interminable. Il avala son verre bien trop vite et tenta de s'absorber dans un livre. L'horloge sonna 19 heures. Les minutes s'écoulèrent. Hamlin s'était persuadé qu'il allait passer une autre soirée solitaire à jouer aux échecs quand on toqua au heurtoir.

Il se dirigea à grands pas vers le hall d'où lui parvenaient le bruit de la pluie battante et une voix féminine.

Quand il y arriva, il ne vit que Miss Mackenzie et, dans son dos, une voiture qui s'éloignait. Elle le salua d'une révérence.

— Je m'excuse de mon retard, les chevaux n'avaient pas très envie d'affronter ce temps.

— Ne vous excusez pas.

— Je dois faire peur à voir, dit-elle joyeusement en retirant son manteau.

Ses yeux pétillaient toujours de joie. En fait, elle était si incroyablement belle que Hamlin dut se concentrer pour s'enquérir des autres.

— Pardonnez-moi… Êtes-vous venue seule ?

Elle tendit son manteau à Stuart qu'elle gratifia de son sourire éclatant.

— En effet. Voulez-vous dire que les autres ne sont pas encore arrivés ? J'étais en visite à Crieff aujourd'hui et nous devions nous retrouver directement ici. Oh ! excusez-moi, je dois récupérer quelque chose dans la poche de mon manteau, dit-elle à Stuart avant d'en sortir un livre orné d'un ruban. Par chance, le libraire de Crieff avait exactement ce que je cherchais ! J'ai apporté ce présent pour Miss Eula.

Hamlin pouvait sentir son sourire prendre racine au fond de son âme. Elle portait une délicieuse robe de soie rose et verte décorée de boutons de roses au corsage. Ses cheveux étaient artistiquement coiffés en un chignon orné de perles qui laissait échapper une cascade de boucles dans son dos et autour de son visage. Elle était si resplendissante qu'il en perdait l'usage de la parole et des bonnes manières. Il ne pouvait penser qu'au glissement progressif de sa robe le long de ses épaules, révélant peu à peu les merveilles de son corps.

— Est-elle descendue ?

Elle pencha la tête de côté pour tenter d'apercevoir Eula dans son dos.

— Non… Non, elle, euh… Elle est souffrante.

— Souffrante ? *Mi Diah !* J'espère que ce n'est rien de sérieux !

— Je ne sais pas, admit-il sombrement. Elle a de la fièvre.

— Puis-je la voir ? S'il vous plaît.

Il acquiesça.

— Cela lui ferait extrêmement plaisir.

Il l'escorta jusqu'à la chambre d'Eula et toqua doucement à la porte. Quand ils entrèrent, Miss Burns était assise dans un fauteuil et s'éclairait d'une bougie pour son travail d'aiguille. Elle se leva aussitôt pour saluer Miss Mackenzie.

— Bonsoir mademoiselle Burns, chuchota-t-elle. Comment va la petite ?

— Elle éternue souvent, répondit Miss Burns.

Miss Mackenzie avança jusqu'au lit d'Eula.

— Gardez vos distances, mademoiselle Mackenzie, la mit-il en garde en posant la main sur le front d'Eula.

Elle ne l'écouta pas et vint s'agenouiller au chevet d'Eula pour lui caresser la joue.

— Mademoiselle Mackenzie, chuchota la petite en ouvrant des yeux fatigués.

— Qu'est-ce que cela ? s'exclama doucement la jeune femme. Vous avez un chaton !

— J'en ai deux ! Mais Walter n'aime pas se montrer. Celui que vous tenez s'appelle Perry.

— Walter est ici, dit-elle en prenant le second chaton qui s'était blotti au pied du lit. Qu'ils sont adorables ! Ils font d'excellents compagnons pour vous !

Eula hocha faiblement la tête et se redressa sur un coude.

— Est-ce pour moi ? demanda-t-elle en regardant le livre.

— Oui, répondit Miss Mackenzie.

Une fois que Hamlin eut repris les chatons, elle lui tendit le présent.

— Je suis allée jusqu'à Crieff pour le trouver, car je sais que vous l'aimerez. Il s'appelle *La Gouvernante ou la Petite Académie des dames*, de Miss Sarah Fielding. Cela se passe dans un pensionnat pour jeunes filles de votre âge.

Avec enthousiasme, Eula s'empara du cadeau et en ôta le ruban.

— Merci beaucoup ! s'exclama-t-elle.

— Peut-être devrions-nous garder le livre jusqu'à demain, Eula, intervint Hamlin. Tu dois te reposer.

Cela le peina de voir la déception envahir le regard de sa pupille.

— Vous avez en effet grand besoin de repos, *lass*, renchérit Miss Mackenzie. Promettez-moi de ne pas commencer à lire avant demain matin, voulez-vous ?

— Hum, marmonna Eula en gardant le livre serré contre son cœur quand elle se renfonça dans ses oreillers.

Elle ferma aussitôt les yeux. Miss Mackenzie caressa doucement sa main avant de se relever.

— Devrais-je faire appeler le médecin, selon vous ?

La jeune femme secoua la tête.

— Elle a simplement subi un coup de froid, rien de plus. Mademoiselle Burns, donnez-lui du thé à la camomille si elle se réveille et qu'elle a mal au ventre. Si elle a faim, un peu de bouillon de poule et des graines de céréales.

La servante hocha la tête.

Hamlin ouvrit la porte et elle se glissa devant lui.

— Faites-moi quérir si son état empire, demanda-t-il à Miss Burns avant de sortir à son tour. Vous avez quelques notions de soins, mademoiselle Mackenzie ? s'enquit-il tandis qu'ils descendaient l'escalier.

— Le peu que j'ai appris en travaillant à l'abbaye. Il y a toujours un enfant malade et les femmes connaissent les remèdes pour les maux courants. Vous vous inquiétez pour elle, n'est-ce pas ? Je crois qu'il n'y a pourtant rien à craindre. Les enfants tombent souvent malades et leur fièvre monte vite. Elle recommencera à courir après ses chatons dans un jour ou deux.

Hamlin hocha la tête en priant pour qu'elle ait raison.

Ils atteignirent le salon et il nota avec stupéfaction qu'il était déjà 20 heures. Toujours aucun signe des autres. Il sonna un valet pour demander qu'on leur serve du vin. Il avait grand besoin de penser à autre chose qu'au cou gracile de son invitée. Il s'écarta prudemment d'elle et se posta devant les fenêtres.

— Le temps est horrible, dit-elle dans son dos. J'espère que le chauffeur n'a pas rencontré de problème.

— Dungotty n'est pas si loin, la rassura-t-il.

En vérité, il lui avait semblé qu'un océan séparait Blackthorn de Dungotty ces derniers jours, un océan qui le tenait à distance de ce qu'il désirait si ardemment.

Miss Mackenzie le rejoignit. Comme elle gardait le regard rivé sur la route, Hamlin se laissa aller à admirer sa silhouette, voluptueuse partout là où il le fallait. Il brûlait tellement de la toucher que ses doigts tremblaient légèrement.

— Ils devraient être arrivés à présent.

Pour sa part, Hamlin espérait qu'ils n'arriveraient pas avant une semaine.

Soudain, un bruyant coup de tonnerre résonna, aussitôt suivi d'une pluie torrentielle. Avec un hoquet de frayeur, Miss Mackenzie s'écarta de la fenêtre. Elle posa ses grands yeux élargis sur lui.

— Je ne crois pas avoir jamais vu une tempête pareille.

— Blackthorn Hall est debout depuis plus d'un siècle. Nous ne risquons pas d'être emportés par les pluies, dit-il d'un ton apaisant.

Elle eut un vague sourire, un peu crispé. Instinctivement, il posa la main sur son bras.

— Ne soyez pas inquiète.

Ses yeux revinrent sur les siens, glissèrent vers sa bouche et elle articula d'un ton voilé :

— Je ne crois pas que je pourrais me sentir plus à mon aise.

Il allait lui répondre que lui aussi se sentait infiniment bien en sa compagnie quand des coups violents à la porte d'entrée l'en empêchèrent. Miss Mackenzie sursauta.

— Enfin ! Les voilà ! s'exclama-t-elle.

Hamlin doutait fort que les Wilke-Smythe puissent faire une entrée aussi peu élégante, mais il n'en dit rien.

— Si vous voulez bien m'excuser, je reviens.

Sa suspicion se révéla fondée – ce n'était pas ses invités, seulement un messager de Lord Norwood qui s'égouttait dans le hall. L'homme tira de son manteau trempé une lettre qu'il lui tendit.

Hamlin la lut et la replia.

— Merci. Donnez un bon repas et une couche à ce pauvre homme, voulez-vous, Stuart ? Il sera notre invité cette nuit.

— Merci infiniment, votre Grâce, déclara le messager qui semblait soulagé de ne pas avoir à faire le trajet du retour sous un tel déluge.

Seigneur ! C'était lui qui avait envie de le remercier ! Il n'aurait pas à subir la présence de la famille anglaise, ni de la comtesse russe. En vérité, une soirée parfaite s'annonçait, intime et chaleureuse, avec la seule femme dont il souhaitait la compagnie.

Miss Mackenzie lui adressa un regard interrogateur quand il revint.

— Eh bien ? Sont-ils enfin arrivés ?

— Non. Cela vient de votre oncle, dit-il en lui présentant la lettre.

Miss Mackenzie lut la missive dans laquelle son oncle écrivait que la rivière était en crue et que les routes étaient inondées, rendant le passage impossible. Personne ne pourrait donc s'aventurer au-dehors et il présentait toutes ses excuses. Il demandait également à Hamlin de bien vouloir héberger sa nièce à Blackthorn Hall car le voyage était désormais bien trop dangereux.

— Seigneur, souffla Miss Mackenzie quand elle eut fini sa lecture. Que vais-je faire ?

— Eh bien, ce que votre oncle dit. Il n'est pas sûr de s'aventurer dehors. Vous êtes bien évidemment la bienvenue sous ce toit.

Elle jeta un regard atterré autour d'elle.

— Mais… il n'y a personne d'autre.

Son trouble était tel qu'il s'inquiéta soudain. Avait-il mal interprété leur baiser ? Il avait cru qu'elle serait tout aussi impatiente que lui de partager un moment seule à seul. Alors toute une soirée… ! Mortifié, il posa néanmoins l'unique question qui importait :

— Auriez-vous peur de moi ?

Il se préparait à lui assurer que les rumeurs étaient fausses et qu'elle n'avait rien à craindre quand son rire le pétrifia sur place.

— Peur de vous ? Non, votre Grâce ! Je me demande si nous allons enfin pouvoir nous lancer dans cette partie d'échecs…

Son sourire éclatant dénoua une tension douloureuse dans la poitrine de Hamlin. Il sourit à son tour.

— Nous en aurons effectivement l'occasion, mademoiselle. Devons-nous d'abord dîner ? Aubin s'est donné beaucoup de peine et j'aimerais autant ne pas froisser sa sensibilité. Il sera déjà suffisamment offusqué de découvrir que le dîner ne comptera finalement que deux invités !

— Avec plaisir, je suis affamée !

Elle rit délicieusement en posant la main sur le bras qu'il lui offrait. L'espace d'un instant, Hamlin l'imagina faire ce geste chaque soir tandis qu'il l'escorterait vers la salle à manger.

Son esprit tournait à toute vitesse pour organiser la soirée au mieux dans ce nouveau contexte. Il avait exactement ce qu'il avait ardemment désiré : cette femme pour lui seul.

Dire que, moins d'une semaine auparavant, il l'avait jugée trop audacieuse ! Ce soir, il ne pouvait imaginer meilleure compagnie et espérait de tout son cœur qu'elle ressente la même chose à son égard.

Quand ils tournèrent dans le couloir, il prit conscience que les deux petites ombres qui la suivaient étaient en

fait les deux chatons qui pourchassaient la traîne de sa
robe. Il n'était pas différent d'eux. Il voulait saisir son
esprit et attiser son intérêt comme eux voulaient saisir
sa robe. Hélas, il craignait que les secrets qui pesaient
sur son âme la fassent fuir et disparaître de sa vie.

Chapitre 14

Le dîner se révéla succulent. Catriona n'avait jamais savouré des mets d'un tel raffinement et elle ne se fit pas prier pour manger de bon appétit ce qu'on lui servait. L'oie rôtie était un régal, les asperges délicieuses et le gâteau servi en dessert, une merveille.

La salle à manger de Blackthorn Hall n'était pas aussi grande que celle de Norwood Park – qui pouvait accueillir près de trente convives –, ce qui la rendait bien plus chaleureuse et accueillante. L'atmosphère était intime et confortable, les crépitements du feu rivalisant avec le bruit de la pluie.

Les sièges des autres convives avaient été retirés et on avait installé leurs couverts à un bout de la table. Au cours du dîner, ils discutèrent avec un naturel stupéfiant de la santé de Miss Eula, des maladies infantiles qu'eux-mêmes avaient subies, des limites de la médecine actuelle. Montrose affirmait qu'il n'avait jamais eu de fièvre.

— C'est impossible !

— Parfaitement possible, je vous l'assure.

— Admettons. Si vous étiez enfant unique, ce n'est pas impossible. Était-ce le cas ?

— Même pas. J'ai un frère cadet, le vicomte Brownglen. Cependant, on le séparait toujours de moi quand il tombait malade du fait de mon statut d'héritier.

— Je comprends mieux. De mon côté, j'ai trois frères et une sœur. À chaque fois que l'un d'entre nous tombait malade, les autres suivaient immanquablement.

Elle lui parla de la longue pièce étroite où on les faisait dormir à l'écart des autres pour ne pas risquer d'infecter tout le château à Balhaire.

— Nous l'utilisons encore pour cet usage ! J'ai de nombreux neveux et nièces.

— Votre enfance semble idyllique.

— Elle l'a été. C'était avant la rébellion, bien sûr. Même si notre fortune s'est amoindrie depuis lors, nous avons toujours été une famille unie. Qu'en est-il de votre enfance, votre Grâce ? A-t-elle été heureuse ?

Il garda les yeux baissés sur son assiette avant de secouer la tête.

— Ma mère est morte quand j'étais encore très jeune. Dans mon souvenir, mon père était sévère et absent la plupart du temps. Nous étions laissés aux bons soins des domestiques et des précepteurs.

— Oh. J'en suis désolée.

De fait, elle ressentait un profond chagrin pour cette enfance sans joie et sans tendresse.

— Je vous remercie. Néanmoins, cela n'a rien d'extraordinaire pour une enfance de duc, d'après mon expérience. Un duc doit produire un nombre correct d'héritiers potentiels avant de les laisser à la charge d'autres, c'est ainsi.

De fait, Catriona savait par sa mère que c'était

effectivement à cela que ressemblait l'éducation des enfants de la noblesse.

— Votre père est-il décédé depuis longtemps ? s'enquit-elle.

— Treize ans.

Il n'en dit pas plus et elle n'insista pas car elle sentit que ces souvenirs n'étaient pas plaisants pour lui. Aussi détourna-t-elle la conversation vers des sujets moins personnels. Quand ils eurent terminé le dessert, Catriona se laissa aller contre le dossier de sa chaise en poussant un soupir repu.

— C'était absolument délicieux, votre Grâce. Je dois faire mes compliments à Aubin dès que l'occasion se présentera. Je n'aurais jamais pensé qu'il soit homme à produire des mets aussi raffinés, je dois l'avouer.

Montrose s'amusa de sa remarque.

— Quand il est arrivé à Blackthorn Hall, la première fois, il a affirmé haut et fort ses talents culinaires. J'ai rétorqué qu'il devrait prouver ses dires s'il voulait que je l'engage. Il a donc cuisiné pendant toute une semaine avant de demander quelle était ma réponse.

Elle lui répondit d'un rire amusé.

Comment pouvait-on seulement soupçonner cet homme de quoi que ce soit ?

— Et maintenant, votre Grâce ? Voulez-vous que je vous prouve mon talent aux échecs ?

Il leva les yeux de son brandy et, malgré la lumière des flammes, ceux de Catriona lui parurent aussi sombres que la nuit la plus profonde. Il la parcourut lentement du regard et elle se sentit frémir.

— Rien ne me ferait plus plaisir, dit-il doucement.

Catriona sentit son pouls s'accélérer. Elle non plus ne

pouvait imaginer plus grand plaisir que ces instants en tête à tête avec lui. En traversant le couloir, elle prit le temps d'admirer les peintures qui décoraient les murs et Montrose se fit un plaisir de lui donner un bref historique de chacun.

Quand ils entrèrent dans le salon, la table d'échecs avait été déplacée directement devant l'âtre qui réchauffait agréablement la pièce. Montrose lui tira sa chaise et, tandis qu'elle prenait place, il effleura son bras. Ce contact provoqua une délicieuse sensation de brûlure.

Puis il vint s'asseoir face à elle et disposa les pièces à leurs places. Un valet se tenait près de la porte, le regard posé au loin. Pourtant, Montrose n'eut qu'à lever le doigt pour que l'homme vienne leur servir du vin.

— Merci, Adam, ce sera tout pour le moment. Dites à Stuart de faire préparer la chambre bleue pour Miss Mackenzie, voulez-vous ?

— Bien, votre Grâce.

Enfin, ils se retrouvèrent seuls.

Un grondement de tonnerre la fit sursauter.

— J'espère que tout va bien à Dungotty, murmura-t-elle.

— Vous voilà bien entichée de ce lieu, fit-il remarquer de sa voix basse et caressante. Il me semble me rappeler que vous étiez déterminée à en partir sous quinze jours plutôt que d'affronter la perspective d'un été ponctué de bals.

Son regard amusé dansait sur elle, la faisant vibrer de plaisir.

— Quelle bonne mémoire vous avez, votre Grâce. Cependant, mon oncle était plus déterminé encore à me garder près de lui. Il a besoin de mon assistance pour empêcher la confiscation de l'abbaye.

— Quelle curieuse abbaye…

Catriona se figea soudain en prenant conscience qu'elle n'avait plus songé une seule fois à l'abbaye ces deux derniers jours.

— Vous n'approuvez pas, c'est cela ? Non que cela me surprenne, en vérité. Les gentlemans de votre rang approuvent rarement ce genre d'initiatives.

Il interrompit son geste un instant pour la regarder.

— Les gentlemans de mon rang ? Eh bien, vous me jugez fort mal, mademoiselle Mackenzie. Il se trouve en l'occurrence que votre dévotion à cette abbaye m'apparaît comme un exploit extraordinaire, preuve d'un courage et d'une compassion rares.

Elle sentit ses yeux s'élargir de surprise. Plaisantait-il ? Comme il ne cillait pas, et conservait une expression dénuée de mépris, elle demanda, toujours incrédule :

— Vraiment ?

— Je ne le dirais pas si je ne le pensais pas.

Catriona sentit sa bouche s'assécher et une sourde pulsation se mit à battre au creux de ses reins. Depuis si longtemps, elle n'entendait que condamnation et reproche pour son implication dans l'abbaye. Et voilà que cet homme que tout le monde pensait dangereux affirmait qu'il s'agissait d'un exploit extraordinaire !

Elle leva sur lui un regard sans fard. Elle avait la sensation que l'air était si dense autour d'elle qu'elle aurait pu l'effriter entre ses doigts. Le souffle court, elle admira, fascinée, la façon dont les flammes éclairaient son beau visage sombre aux traits ciselés.

— Merci…, balbutia-t-elle quand elle reprit enfin

le contrôle de ses émotions. Si seulement votre opinion positive était partagée par d'autres.

— J'imagine qu'en effet, bon nombre de personnes ne souhaitent pas avoir dans leur voisinage le genre de personnes que vous hébergez dans votre abbaye, mademoiselle Mackenzie. Peut-être craignent-ils que l'immoralité qu'ils leur attribuent ne soit contagieuse ? Toutefois, vous devriez croire qu'il y a plus d'hommes bons que vous le pensez. Des hommes qui ne souhaiteraient pas savoir les moins fortunés errer sans abri, en particulier quand il s'agit de femmes et d'enfants sans défense.

— C'est bien là le problème, soupira Catriona. Où iront-elles si elles n'ont plus l'abbaye ? Elles seront forcées de vendre leur corps ou de mourir dans les rues, leurs enfants transformés en voleurs.

— Je comprends. Je vois que vous êtes véritablement passionnée par la cause que vous défendez.

— Je le suis, en effet. Je m'implique avec passion dans tout ce qui éveille mon intérêt, à vrai dire.

Sans même qu'elle en soit consciente, ses yeux glissèrent jusqu'à sa bouche ferme et sensuelle.

Un long silence suivit sa remarque dont elle mesurait à présent le sous-entendu. L'atmosphère semblait chargée d'une tension puissante. Montrose soutint son regard avant de pousser un léger soupir. Elle ne respirait plus. Elle avait la sensation que la tempête ne faisait pas rage à l'extérieur, mais bien entre eux. Jamais elle n'avait ressenti une énergie aussi furieuse, presque frénétique, courir dans ses veines.

— Je suis également d'un tempérament passionné et cette cause me parle, dit-il enfin. C'est la raison pour laquelle je cherche à obtenir un siège à la Chambre des lords.

— Pour aider les femmes et les enfants défavorisés ?

— Pour aider l'Écosse tout entière. Beaucoup sont dans le besoin. Mais cela va encore bien au-delà. Si nous ne prenons pas notre destin en charge, si nous n'affrontons pas l'avenir, nous resterons soumis à l'Angleterre qui nous traite avec mépris.

— C'est vrai, souffla-t-elle, stupéfaite d'entendre ses propres pensées dans la bouche d'un autre.

D'ordinaire, on lui reprochait d'être trop audacieuse, de vouloir trop. Le regard du duc s'assombrit en s'attardant volontairement sur son décolleté.

— Oui, tout comme vous, j'agis par passion, répéta-t-il d'une voix rauque qui la fit frémir.

La tension entre ses reins croissait d'instant en instant, montant peu à peu jusque dans sa poitrine. Son regard était si brûlant que sa peau s'enflammait partout où il posait ses yeux sombres. Elle pouvait sentir une passion sauvage courir dans ses veines, si puissante qu'elle n'était pas certaine de pouvoir lui échapper.

— Est-ce à vous de faire le premier mouvement ?

— C'est à vous de jouer, Catriona, toujours.

Elle prit une inspiration heurtée pour apaiser ses sens. Elle était incroyablement consciente de la présence hypnotique du duc. Elle tendit la main vers son verre de vin pour tenter de se calmer mais fut étonnée de le trouver presque vide. Avait-elle déjà tant bu sans s'en rendre compte ?

Elle se décida enfin et déplaça son premier pion. Ils jouèrent ainsi quelques coups en silence jusqu'à ce qu'un sourire en coin se dessine sur son visage ténébreux.

— La tactique de la reine… Un mouvement dangereux, *lass…*

— En effet, admit-elle en avalant sa dernière gorgée
de vin.

Il rit tout bas avant de déplacer son cavalier pour lui
prendre un pion.

— Savez-vous ce que je trouve curieux ?

Le fait qu'elle s'agitait de plus en plus sur son siège,
peut-être ? Ou bien qu'elle soit à peine capable de savoir
ce qui se passait sur l'échiquier tant elle était troublée
par sa présence ? Elle secoua négativement la tête.

Il lui sourit et elle songea soudain qu'il était le plus
bel homme qu'elle ait jamais vu. Il se transformait
quand il souriait ainsi. De sombre et réservé, il devenait
brusquement chaleureux et accort.

— Je trouve tout à fait étonnant que vous ayez pu
poursuivre vos idéaux. La plupart des femmes de votre
statut seraient mariées depuis longtemps, pourtant, fille
d'un puissant laird, vous êtes libre.

Brutalement, la chaleur délicieuse qui irradiait tout
son corps la quitta. Ainsi, lui aussi… Elle poussa un
soupir de déception.

— Encore cela ? marmonna-t-elle.

— Je vous demande pardon ?

— Comme toute l'Écosse, vous vous demandez
pourquoi je ne suis toujours pas mariée, c'est cela ?
Pauvre Catriona Mackenzie, la laissée-pour-compte,
voilà ce que tout le monde se dit.

— Je n'ai jamais dit une chose pareille.

— Mais vous la pensez, n'est-ce pas ?

— Je suis…

— J'ai essayé, pour l'amour du ciel ! l'interrompit-elle avec fougue. Dieu m'en est témoin, j'ai essayé !

— Je vois, j'ai…

— Non, vous ne voyez rien du tout, votre Grâce, si vous me permettez ! Vous avez eu des hordes de débutantes à vos pieds, désespérées d'attirer votre attention. Vous ne pouvez tout simplement pas savoir ce que j'ai vécu quand j'ai atteint l'âge du mariage. Tout le monde n'arrêtait pas de répéter : « Elle est tout à fait comme sa tante Griselda ! Elle n'écoutera jamais aucun homme, impossible ! » C'est vrai, je suis d'un tempérament indépendant, mais je ne suis pas du tout comme tante Zelda ! Elle n'a jamais voulu se marier, moi si ! Je désirais sincèrement connaître à mon tour ce bonheur que mes frères et ma sœur ont su trouver. Avoir des enfants, partager de bons moments avec ma famille… Seulement, il y a eu cette fameuse rébellion au même moment et la moitié des hommes sont partis se battre pour le roi, et ceux qui sont restés étaient… Ils étaient…

Elle ne savait pas précisément ce qu'ils étaient, sinon qu'ils n'auraient pu lui convenir.

— J'ai essayé, répéta-t-elle. Puis les années ont passé et je suis devenue trop vieille.

— Trop vieille ! Vous êtes encore très jeune !

— Bien sûr que non.

Dégrisée, elle se redressa, le dos droit, pour lui confier :

— Il y a deux ans de cela, alors que j'avais atteint les trente et un ans, ma mère a voulu arranger une union pour moi avec un baron anglais. Seulement, quand sa famille a découvert mon âge, ils se sont inquiétés. Et si j'étais incapable de mettre au monde un héritier ?

Voilà tout ce qui leur importait. Je n'étais pour eux rien d'autre qu'un ventre, or chacun sait qu'une femme jeune est plus fertile.

Elle savait que ce sujet était bien trop intime et parfaitement inconvenant pour une femme, mais elle s'en moquait. Soudain, le duc la surprit en tendant la main pour saisir la sienne.

— Je suis désolé. Je ne voulais pas vous causer le moindre embarras. Je suis sincèrement navré que vous ayez été blessée de la sorte.

Incapable de parler, Catriona secoua doucement la tête. Montrose porta alors sa main à ses lèvres. Aussitôt, la fièvre la reprit. Pourquoi se préoccuper encore de ces vieilles histoires ? Elle n'était pas mariée, et alors ? Elle était là, avec cet homme mystérieux qui lui faisait ressentir des sensations aussi troublantes qu'inconnues.

— Pardonnez-moi si je vous ai donné l'impression de me plaindre, pria-t-elle. Je voulais seulement dire que j'avais sincèrement essayé de me marier, mais le mariage n'a pas voulu de moi. Je suis cependant chanceuse – je vis l'existence que j'ai choisie. Ma tante m'a appris que c'était parfaitement possible, y compris pour la fille d'un puissant laird. J'ai en effet la chance que ma famille me soutienne.

Il caressa légèrement sa main du pouce. Un geste furtif qui lui sembla cependant merveilleusement érotique. Le souffle rauque, elle murmura :

— Ce ne serait que justice qu'à présent, ce soit vous qui vous confiiez sur votre vie.

Encore une fois cette caresse légère…

— Très bien. Que voudriez-vous savoir ?

Voilà, l'instant de vérité était arrivé. Elle pouvait

enfin l'interroger sur ce qui l'intriguait depuis qu'elle avait posé les yeux sur lui et avait appris les rumeurs qui couraient sur son compte. Un frisson d'anticipation remonta le long de sa colonne vertébrale et elle prit une brève inspiration avant de demander d'une traite :

— Qu'est-il arrivé à votre épouse, votre Grâce ?

Pas un seul muscle ne bougea sur son visage. Il ne cligna pas même des yeux. Il ne semblait pas agacé par la question, mais elle eut l'impression qu'il se demandait quoi lui répondre.

— Il y a beaucoup de bruits qui courent, lancés par des gens qui ne connaissent rien de ma vie… Je vous avais dit de ne pas écouter les ragots.

Elle ne répondit rien, attendant qu'il en dise plus.

— Croyez-vous comme les autres que je lui ai fait du mal ? s'enquit-il enfin.

— Non, dit-elle en serrant brièvement sa main. Non, je ne le crois pas, je ne l'ai jamais cru.

Il l'étudia un long moment.

— Rien de mal ne lui est arrivé. Elle est partie.

Catriona imagina tout ce que ce terme pouvait recouvrir. Était-elle morte ? Où était-elle partie ? S'était-elle suicidée ?

— Pour ce que cela vaut, sachez que, moi aussi, j'ai essayé.

Il entrelaça lentement ses doigts aux siens.

— Que voulez-vous dire ?

— J'ai essayé de la rendre heureuse, mais cela s'est révélé impossible.

Le sang battait si fort à ses oreilles que ses mots lui parvenaient comme à travers un voile. Elle tenta d'imaginer ce qui avait pu rendre sa femme malheureuse seulement les sensations qui remontaient le long de son bras la distrayaient.

— La vérité, c'est que j'ai longtemps désiré la même chose que vous, une famille, une existence sereine… Malheureusement, je n'ai jamais été… *assez* pour elle.

Elle le vit déglutir, comme s'il avait encore du mal à énoncer cette vérité. Elle resta un instant stupéfaite. Était-ce seulement possible ? Sa femme n'avait-elle pas voulu de lui ? Bien sûr, elle se doutait qu'il s'agissait d'un mariage arrangé, néanmoins, il était à la fois beau et bon et il était duc, pour l'amour du ciel ! Quelle femme n'aurait pas voulu l'affection d'un tel homme ?

— Et tout comme vous, j'ai fini par l'accepter il y a bien longtemps, poursuivit-il. Peut-être aurais-je dû en faire plus ? Peut-être en ai-je trop fait ? Je n'en sais rien.

Elle comprenait parfaitement ce qu'il voulait dire. Instinctivement, elle se redressa brusquement vers lui, indifférente aux pièces d'échecs qui roulaient au sol, jusqu'à ce que leurs visages ne soient plus qu'à quelques centimètres.

— Je ne la connais pas, votre Grâce, pourtant je crois sincèrement que ce n'était pas votre faute.

Il lui sourit tristement avant de prendre son visage dans le creux de sa paume.

— Je crains que si.

Catriona pouvait sentir la tristesse qui l'habitait. Elle en connaissait chaque relief car la même l'habitait.

— Je vous remercie, mademoiselle Mackenzie, de me croire. Vous êtes bien la seule.

— Catriona, souffla-t-elle en se penchant davantage.

Sans plus hésiter, elle l'embrassa. Il la saisit par les épaules et l'attira debout contre lui. Un instant, il l'écarta de lui pour la couver d'un regard à la fois tendre et intense. Il caressa sa joue.

— Vous me rendez fou de désir, vous le savez ? Je ne pense à rien d'autre qu'à vous depuis des jours.

— Moi aussi, avoua-t-elle, le souffle court.

Alors, il se pencha sur elle pour reprendre sa bouche.

— Je ne vous déshonorerai pas, Catriona, jamais.

Son nom sur ses lèvres lui sembla la plus douce des caresses. Elle ferma les paupières pour inhaler son parfum viril enivrant. Elle s'était confiée à lui sans rien lui cacher et il ne l'avait pas rejetée. Il la désirait. Soudain, elle découvrait qu'elle se languissait de sensations qu'elle n'aurait pas même dû imaginer : le poids de son corps sur le sien, la chaleur de son souffle sur ses seins…

Il passa une main autour de sa taille pour la tenir plus près de lui et elle prit conscience que ses jambes la portaient à peine. Son désir la rendait faible. Elle, faible !

Qui était-elle en cet instant ? Pendant trente-trois ans, elle s'était tenue à bonne distance de toute lascivité et voilà qu'elle était au bord du précipice. Elle désirait tant cet homme qu'elle n'avait aucun doute : elle lui abandonnerait sa virginité avec bonheur.

Le duc caressa sa joue, passa les doigts dans sa chevelure.

— Que vais-je bien pouvoir faire de toi ? gronda-t-il contre son cou.

— Faites de moi ce qui vous plaira, répondit-elle en toute sincérité en prenant son visage dans ses mains. Faites de moi ce que *je* veux. Vous avez dit que c'était à moi de jouer la première.

Il secoua la tête.

— Catriona, ce n'est pas juste…

— Rien n'a jamais été juste, le coupa-t-elle en passant les bras autour de son cou. Ne m'avez-vous pas écoutée ? Je vous ai dit la vérité, Montrose, j'ai essayé. Vraiment. Mais j'ai trente-trois ans et je n'aurai jamais personne pour qui me réserver.

Il émit un grondement de défaite avant de lui donner un baiser fougueux. Enfin, il la saisit par la main pour l'entraîner.

— Viens.

Parvenu à la porte, il lui fit signe d'attendre un peu en retrait le temps de surveiller le couloir. Puis il l'entraîna à sa suite, tournant à gauche et montant rapidement les marches d'un escalier qu'elle n'avait jamais vu jusque-là. Ils émergèrent dans un large corridor éclairé de chandeliers. Il marchait si vite qu'elle devait presque courir pour se maintenir à sa hauteur.

Catriona retint un gloussement joyeux. Elle se sentait à nouveau dans la peau de ses quinze ans, quand elle s'échappait de sa chambre pour échanger des baisers maladroits avec Egan MacDonald dans les écuries.

Cependant, elle n'était plus une enfant et la femme en elle anticipait avec impatience et alarme ce qui allait suivre.

À la fin du couloir, Montrose ouvrit une porte et la fit rapidement passer devant lui. Catriona découvrit une chambre majestueuse au centre de laquelle trônait un lit à baldaquin magistral dont la canopée de brocart était assortie aux draps. Près de la fenêtre, une table et quelques chaises. Un large fauteuil à l'allure confortable était installé devant le foyer. Les murs étaient nus, à l'exception de quelques petits portraits anciens, et une grande toile représentant un homme, son cheval et son chien au milieu d'une plaine.

Catriona retint son souffle. Elle se trouvait dans *sa* chambre. Soudain, il posa un doigt sur ses lèvres pour lui intimer le silence avant de disparaître dans la pièce adjacente. Elle baissa les yeux sur l'épais tapis bordeaux à ses pieds. Son cœur battait follement dans sa poitrine. Elle entendit une porte s'ouvrir, la voix basse du duc, puis déjà, il était de retour.

Il referma soigneusement la porte puis se tint un instant immobile, son regard sombre posé sur elle. Elle lut dans ses yeux une stupéfaction émerveillée, comme s'il ne parvenait pas à croire qu'elle se trouvait là, devant lui.

Catriona ne savait que faire d'elle-même. Les mains crispées devant elle, elle attendit.

— Votre Grâce, je…

— Hamlin, dit-il doucement avant de la rejoindre.

Avec une délicatesse infinie, il posa les lèvres juste au coin de sa bouche.

— Appelle-moi Hamlin.

— *Hamlin*, murmura-t-elle avec délice. Hamlin.

Il l'embrassa à nouveau, avec tendresse d'abord, effleurant sa joue et sa tempe, puis, très vite, sa langue parcourut sensuellement le lobe de son oreille et son cou, provoquant des frissons sur sa peau qui se répercutaient jusqu'au creux de ses reins. Il releva le visage et, sans la quitter du regard, commença à défaire les lacets de son corsage. Elle resta parfaitement immobile, se délectant du plaisir évident qu'il prenait à ce simple acte. Lentement, il fit glisser la robe sur ses épaules et elle tomba dans un froufroutement doux à ses pieds.

Elle se débarrassa de son corsage tandis qu'il s'attaquait aux liens de son jupon.

Puis, les doigts tremblants, Catriona commença à déboutonner la veste de son habit. Ses yeux d'obsidienne ne la lâchaient pas un instant tandis qu'il la déshabillait. Bientôt, elle fut en chemise devant lui.

Il s'arrêta alors, comme s'il avait peur de continuer. Elle pouvait sentir le feu de son regard la dévorer à travers le fin tissu transparent. Il se débarrassa brusquement de son tour de cou, comme il s'était débarrassé de sa veste et de son gilet.

Malgré une légère inquiétude, Catriona frémissait d'impatience. Elle brûlait de sentir ses mains sur elle. Ses pensées étaient lascives, et elle semblait incapable de les contrôler. Elle se sentait plonger de plus en plus profondément dans l'océan de désir qui se refermait sur elle.

Le souffle haletant, elle saisit les pans de sa chemise et la passa par-dessus sa tête. Hamlin prit une brusque inspiration. Son regard affamé parcourut son corps, s'attardant sur les jarretières qui maintenaient les bas, seuls vestiges pour couvrir sa nudité. Il passa une main autour de sa taille et prit de l'autre un sein en coupe avant de l'embrasser avec une passion urgente. Avec un gémissement, Catriona s'abandonna aussitôt au flot de plaisir qui montait en elle.

Un instant plus tard, il la souleva dans ses bras pour la porter jusqu'au lit. Ses mains agiles et chaudes parcoururent les courbes de son corps offert, effleurant ses seins tendus, ses hanches et l'intérieur de ses cuisses. Instinctivement, Catriona lui rendait caresse pour caresse, se délectant de la douceur et de la fermeté de ce corps mâle.

Ses yeux plongèrent dans les siens.

— Sais-tu seulement à quel point tu es parfaite, Catriona ?

Avec un doux soupir, elle écarta les mèches de son beau visage. Son désir était si évident, sa main sur sa peau si tentante qu'elle abandonna toute raison. Elle l'attira à elle pour l'embrasser avec fougue, mêlant sa langue à la sienne en un ballet sensuel.

Le souffle de Hamlin se fit superficiel et il quitta sa bouche pour dessiner un lent chemin voluptueux jusqu'à son ventre, puis plus bas, le long de sa jambe. À l'aide de ses dents, il défit ses jarretières l'une après l'autre. Puis il traça un chemin de baisers à l'intérieur de sa cuisse, remontant toujours plus haut.

Quand sa bouche atteignit la jonction secrète entre ses jambes, Catriona émit un gémissement sourd. Elle referma les doigts sur ses épaules, affolée, tandis qu'il lui faisait découvrir des sensations inédites de sa bouche et de sa langue. Elle sentait son esprit se fragmenter et son corps fondre de volupté quand il se redressa au-dessus d'elle.

Il prit la pointe de son sein entre ses lèvres en se glissant entre ses jambes. Grisée et frémissante, Catriona savoura le contact de son membre dur contre sa cuisse. Puis il se positionna doucement contre sa féminité. Enivrée de volupté, elle nota à peine la douleur fugace lorsqu'il força le passage de son innocence car les doigts habiles de Hamlin avaient glissé entre leurs deux corps et la caressaient.

D'instinct, elle s'arqua contre lui tandis qu'il allait

et venait en elle. Frémissante, elle posa les lèvres sur la peau soyeuse de son cou, de son épaule, de son torse. Les sensations qui la traversaient lui paraissaient presque irréelles tant elles étaient merveilleuses. Peu à peu, une tension puissante monta au creux de ses reins qui éclata finalement quand tout son corps se raidit de spasmes voluptueux sous les assauts de Hamlin.

Il la prenait plus vite à présent, chaque va-et-vient la faisant gémir plus fort, jusqu'à ce qu'il se retire et que son plaisir jaillisse sur son ventre nu.

Leurs regards demeuraient rivés l'un à l'autre tandis qu'ils tentaient de reprendre leur souffle. Comment quelque chose d'aussi… charnel pouvait paraître aussi juste ? Comment cet homme parvenait-il à faire vibrer chaque fibre de son être d'une fièvre exquise ?

Quand il eut retrouvé son souffle, il roula sur le côté et serra sa main dans la sienne. Catriona en profita pour admirer son corps aux muscles déliés.

— Catriona, murmura-t-il dans un soupir ivre de satisfaction sensuelle.

Elle s'allongea près de lui, posant la tête dans le creux de son épaule. Quel spectacle ils devaient offrir ! songea-t-elle, amusée. L'un de ses bas était roulé autour de sa cheville, et lui gardait encore ses chausses à l'une de ses jambes. Elle rit tout haut.

— Que trouves-tu amusant ? demanda-t-il en caressant tendrement ses cheveux.

Elle releva la tête et posa un baiser sur son torse.

— Tout cela.

Elle s'assit sur le matelas et retira les dernières épingles qui maintenaient sa coiffure pour libérer les lourdes boucles qui cascadèrent dans son dos. Hamlin en profita pour saisir une pleine poignée et l'attira vers lui, un bras passé autour de sa taille comme s'il craignait de la voir s'échapper.

— Où étais-tu, tout ce temps ? murmura-t-il à son oreille.

Elle l'attendait. Oui, tout ce temps, elle n'avait rien fait d'autre qu'attendre ces instants merveilleux qu'ils venaient de partager.

Chapitre 15

Couchés sous les couvertures, ils jouèrent à un jeu que Catriona avait inventé. L'un d'entre eux devait lancer un sujet, n'importe lequel, l'autre répondait avant de lancer à son tour un autre sujet. Dessert favori. Lecture préférée. Lieu de prédilection. Animal fétiche.

Hamlin ne s'était jamais senti aussi bien. En tout cas, pas pendant les huit ans qu'avait duré son mariage avec Glenna. Même s'ils partageaient parfois le lit nuptial, elle avait insisté dès le début de leur mariage pour qu'ils conservent des chambres rigoureusement séparées.

De fait, Hamlin n'avait jamais soupçonné que l'estime mutuelle entre deux personnes pouvait être aussi envoûtante et romantique que cela. Oui, il était envoûté.

Malgré tout, une petite alarme résonnait à l'arrière de son crâne, pour lui rappeler qu'il ne savait pas quoi faire de ces sentiments inconnus. Il ne savait pas de quoi l'avenir serait fait. Il savait seulement qu'il ne voulait pas quitter ces draps. Il voulait rester auprès de Catriona, à glousser comme deux gamins et à se découvrir mutuellement.

Néanmoins, tandis que les heures passaient, il était

de plus en plus conscient que l'aube approchait. Et avec
elle, la réalité de leurs existences séparées.

Il devenait urgent de l'envoyer dans la chambre qui
avait été préparée pour elle avant que qui que ce soit
ne suspecte qu'ils avaient passé la nuit ensemble. Au
cours de la dernière année, il avait perdu bon nombre
de sa domesticité et ceux qui étaient restés lui étaient
loyaux. Toutefois, il y avait également quelques nouveaux
membres. Il ne pouvait pas se permettre de laisser de
nouvelles rumeurs circuler sur son compte. Encore
moins sur celui de Catriona.

Une deuxième chandelle finissait de se consumer
lorsqu'il l'attira à lui, son dos reposant contre son torse.
Il laissa sa main glisser entre ses jambes et embrassa
sa nuque.

— Je dois t'escorter jusqu'à ta chambre.

Elle se tourna pour lui faire face.

— Je ne veux pas partir.

— Et je ne veux pas te voir partir. Mais je ne veux
pas ouvrir la voie aux rumeurs. Ce serait désastreux
pour tous les deux si on nous découvrait.

Elle sourit et posa son index sur ses lèvres.

— Tu essaies de me protéger, dit-elle avec un émer-
veillement évident.

— Bien sûr.

Il essayait de la protéger, et ce n'était pas simple
quand il avait devant lui son beau visage, quand il
sentait sur son torse ses cheveux soyeux. Seigneur ! Il
avait tellement envie de faire l'amour à cette femme.
Il poussa un gémissement d'agonie à la perspective de
devoir la quitter. Son sexe était à nouveau dur comme
la pierre tant il la désirait. Il la fit rouler sur le dos et

se tint au-dessus d'elle pour l'admirer. Faire l'amour à cette femme avait libéré une bête féroce en lui et il se découvrait brûlant d'une fièvre inconnue.

Hamlin se pencha vers elle pour tracer sur son corps parfait un chemin de baisers. Quand il entra enfin en elle, il prit tout son temps, savourant chaque lente poussée de ses reins pour prolonger la sensation de volupté. Cependant, la passion qui flambait entre eux eut bientôt raison de toute douceur. Catriona referma ses doigts crispés sur les draps en gémissant de plus en plus fort, cambrant les reins pour l'accueillir plus loin en elle. Trop vite, la tension qui les unissait explosa en une extase aveuglante qui les laissa haletants et satisfaits.

Hamlin prit son visage dans sa paume.

— Mon cœur est à toi, Catriona. Maintenant, il te faut partir.

Rassemblant toute sa volonté, il sortit du lit et rejoignit sa garde-robe. Il enfila une chemise et ramassa au sol la chemise de Catriona qui se vêtit à son tour en silence. Il rassembla rapidement le reste de ses affaires éparses, lui passa une couverture autour des épaules et posa un tendre baiser sur son front.

— J'enverrai Miss Burns t'aider un peu plus tard.

Un bras autour de ses épaules, il l'entraîna rapidement vers la chambre d'invités qu'il avait spécialement choisie pour elle – la plus proche de la chambre du maître. Il la dévora un instant encore de baisers fiévreux avant d'ouvrir la porte par laquelle elle se glissa.

— N'oublie pas de recoiffer tes cheveux, plaisanta-t-il en glissant les doigts dans ses boucles voluptueuses.

Sur un dernier rire, elle l'embrassa et referma la porte.

Épuisé, Hamlin retourna s'effondrer sur son lit.

Il lui semblait qu'il venait à peine de fermer les yeux lorsqu'un valet entra dans la pièce pour le réveiller. C'était le vieux Gregory qui était à son service depuis de nombreuses années. Désormais, il traînait la patte, cependant, il était d'une loyauté indéfectible.

Une fois habillé, Hamlin déclara :

— Il faudra laver les draps, Gregory. J'ai dû me couper en me rasant, ils sont tachés.

— Bien, votre Grâce.

Hamlin se rendit directement dans la chambre d'Eula où Mrs Weaver avait pris la relève de Miss Burns comme garde-malade.

— Comment va-t-elle ? s'inquiéta-t-il.

— Mieux, je crois. Elle a avalé un peu de bouillon tout à l'heure, votre Grâce.

Les chatons gambadaient déjà autour du lit, miaulant à qui mieux mieux pour réclamer leur pitance.

— Occupez-vous également des chats, madame Weaver, sans quoi Eula aura notre tête à tous les deux.

Puis il s'éloigna vers la salle à manger pour le petit déjeuner. La pluie avait enfin cessé, néanmoins, le temps demeurait froid et humide et la route n'était plus qu'un chemin de boue.

Un quart d'heure plus tard, Catriona le rejoignit, apparaissant tel un rayon de soleil. Ses cheveux étaient soigneusement brossés et rassemblés en une tresse lâche sur son épaule.

— *Mdainn mhath !* le salua-t-elle avec un grand sourire. J'espère que vous ne m'en voudrez pas, votre Grâce, mais je suis passée voir Miss Eula. Je pense que sa fièvre est tombée pour de bon.

— Je le crois aussi, sourit-il. Je vous en prie, prenez place.

Elle s'assit et se servit généreusement avant de couler vers lui un regard mutin.

— Je suis littéralement affamée ce matin. Grâce à Dieu, la pluie a cessé, ajouta-t-elle avec plus de réserve à l'intention de Stuart et du valet qui s'occupaient du service.

Concentré sur Catriona, Hamlin n'avait pas entendu la porte s'ouvrir et il fut surpris d'entendre la voix de Gregory.

— Pardonnez-moi, votre Grâce, j'ai trouvé une chaussure de dame.

Hamlin se figea sans oser poser les yeux où que ce soit.

— Oh ! oui, c'est la mienne ! s'exclama tranquillement Catriona. J'ai la très mauvaise habitude de retirer mes chaussures à la moindre occasion. C'est ce que j'ai fait hier soir, à la table de jeux, et j'ai ensuite oublié de la récupérer.

— Mais la chaussure…

— Merci, Gregory, l'interrompit Hamlin. Vous pouvez disposer, Miss Mackenzie récupérera sa chaussure après le repas. Posez-la.

Sans paraître le moins du monde mortifiée, Catriona laissa son regard passer d'un Gregory confus à un Stuart impassible, sans parler du valet qui gardait les yeux baissés.

— J'espère que vous me pardonnerez tous mes manières un peu rudes des Highlands. Je suis descendue pieds nus, je le reconnais.

— N'y pensez plus, dit hâtivement Hamlin. Stuart, des œufs et du jambon, je vous prie.

Il échangea un regard avec Catriona qui, tout comme lui, était sur le point d'éclater de rire. Ils parvinrent heureusement à entretenir une conversation neutre jusqu'à l'arrivée de Bain. Hamlin présenta son secrétaire à Catriona. Ce dernier prit place à table d'un air gêné, comme s'il avait conscience d'interrompre quelque chose. Il informa Hamlin que des lettres étaient arrivées et qu'ils devaient rapidement en discuter.

Bien qu'il tentât de maintenir la conversation sur des sujets légers, Hamlin avait l'impression d'être transparent. Il mourait d'envie d'être seul avec Catriona et il lui semblait que tout le monde s'en rendait compte.

Ils finissaient juste le repas lorsque le bruit caractéristique d'une voiture qui arrivait dans l'allée se fit entendre. Bain alla aussitôt à la fenêtre.

— La voiture vient de Dungotty, annonça-t-il.

Hamlin eut l'impression que son secrétaire était soulagé à cette annonce. Lui, en revanche, ressentit une violente panique. Il n'était pas prêt à voir se terminer aussi vite les quelques heures de bonheur intense qu'il venait de connaître. Comment pourrait-il retourner à sa vie de solitude, désormais ?

— Dungotty ! répéta Catriona en écho.

Elle aussi semblait désappointée.

— Je vais voir de quoi il s'agit, annonça Bain avant de quitter la pièce, non sans lui avoir jeté un regard en coin.

Stuart vint débarrasser la table et Hamlin attendit qu'il tourne les talons pour saisir la main de Catriona et murmurer dans un souffle :

— Il y a une ruine au bord de la rivière, environ à quatre miles après l'orée de la forêt. On ne peut y accéder qu'à cheval ou à pied, rejoins-moi là-bas demain, à 14 heures.

Il libéra sa main à l'instant où Stuart revenait vers eux. Ils échangèrent un sourire secret et Hamlin se leva.

— Je ferais mieux d'aller voir qui vient.

Il s'avançait vers la porte lorsque celle-ci s'ouvrit pour livrer passage à Lord Norwood, suivi de Bain.

— Bonjour ! Bonjour ! s'écria joyeusement le comte comme s'il s'adressait à des dizaines de convives.

— Oncle Knox !

— Je vous demande pardon, votre Grâce, de n'être venu que fort tard dans la matinée chercher ma chère nièce, dit-il courtoisement alors qu'il n'était que 9 h 30. Vous n'imaginez pas les conditions désastreuses que j'ai trouvées sur les routes.

— Vous n'auriez dû prendre aucun risque, répondit Hamlin d'un ton contraint. J'aurais fait ramener Miss Mackenzie à Dungotty en toute sécurité.

— Bien entendu, seulement, je ne pouvais pas, en toute bonne conscience, vous laisser une telle charge, Sir. Vous avez déjà fait preuve d'une immense hospitalité. Comment te portes-tu, ma chérie ? demanda-t-il à l'adresse de Catriona.

— Fort bien, mon oncle. Le duc a été un hôte parfait. Nous avons joué aux échecs un moment.

— J'espère que tu ne l'as pas battu trop durement, Cat. Je suis certain que le duc a l'habitude de gagner, n'est-ce pas, votre Grâce ? Et Miss Guinne, a-t-elle également passé une bonne soirée ?

— Malheureusement, la pauvre était souffrante, dit Catriona.

— Oh ! Seigneur. Rien de sérieux, j'espère ?

— Non, non, je pense qu'elle va se remettre rapidement, assura Hamlin.

— Quel soulagement ! Eh bien, dans ce cas, Catriona, il est temps de laisser ton hôte s'occuper de la pauvre enfant, n'est-ce pas ? As-tu toutes tes affaires ?

— Je… Euh… Je n'ai pas ma chaussure. *Mes* chaussures ! se reprit-elle en hâte avec un rire un peu nerveux. Je suis descendue pieds nus. Je vais les chercher immédiatement.

Elle s'enfuit en hâte, avant que son oncle, abasourdi, ne songe à lui poser davantage de questions. Elle prit au passage la chaussure qu'ils avaient perdue au cœur de leur nuit de folie et que Grégory avait rapportée.

Norwood garda un moment les yeux fixés sur la porte avant de ramener son attention sur Hamlin.

— Quelle tempête nous avons eue hier soir, n'est-ce pas ? Un tonnerre à vous faire croire que le toit allait s'envoler.

— En effet.

— Il semble néanmoins que vous ayez passé une agréable soirée en dépit de ces événements ? demanda-t-il d'un ton un peu froid qui ne lui était pas habituel.

Hamlin cligna des paupières, démuni face au soupçon évident de son interlocuteur. Que lui répondre ?

— Miss Mackenzie a de toute évidence un don particulier pour faire passer une soirée de pluie à une vitesse folle, milord, intervint Bain. Je ne pense pas m'avancer en affirmant que le duc et moi-même avons immensément apprécié sa compagnie.

Stupéfait, Hamlin se tourna vers son secrétaire qui gardait le visage tourné vers la fenêtre.

— Oui… En effet, c'est une jeune femme tout à fait

exceptionnelle, lança Norwood. Eh bien, je ne prendrai pas plus de votre temps, votre Grâce. Je vous présente à nouveau toutes mes excuses pour hier soir.

— Aucune excuse n'est nécessaire, je vous assure, répondit-il en sentant la chaleur de l'embarras monter le long de sa nuque.

Norwood s'inclina brièvement et jeta un regard impatient vers la porte. Ils restèrent un bref moment les uns face aux autres dans un silence gêné, jusqu'à ce que Catriona reparaisse, à bout de souffle, ses deux chaussures aux pieds.

— Merci pour cette charmante soirée, votre Grâce. Vous avez été bien aimable de m'accueillir, remercia-t-elle précipitamment.

— Tout le plaisir était pour moi.

Norwood lui tendit son bras.

— Ne tardons pas, ma chérie, il nous faudra un petit moment pour rejoindre Dungotty en raison de l'état des routes.

Catriona glissa gracieusement la main sous le bras de son oncle et lui adressa un dernier sourire. Incapable de faire autrement, Hamlin les suivit. Il ne savait pas quoi dire, mais il aurait voulu trouver quelque chose de spirituel pour lui faire comprendre à quel point il était malheureux de la voir partir sans trahir leur secret.

— J'espère que Miss Eula se remettra rapidement de sa faiblesse.

— Je ne doute pas que ce soit le cas, grâce à vos suggestions. N'hésitez pas à revenir en visite pour vous assurer qu'elle se porte mieux.

— Nous ne manquerons pas de venir saluer Miss Guinne, intervint Norwood.

Déjà, il avait posé la main dans le dos de la jeune femme et l'entraînait au-dehors. Ils avaient descendu la moitié des marches lorsque Hamlin remarqua qu'elle avait oublié son chapeau. Il retourna dans le hall pour prendre le chapeau et repartit à sa suite.

— Mademoiselle Mackenzie ! l'appela-t-il.

— Oh, mon chapeau !

Elle remonta les marches vers lui.

— Demain, lui rappela-t-il dans un murmure.

— Oui.

Ses yeux pétillaient de cette joie qui n'appartenait qu'à elle et elle lui adressa un imperceptible clin d'œil. Puis elle rejoignit rapidement son oncle.

Tandis que la voiture s'éloignait dans l'allée, Hamlin eut la sensation physique qu'on lui arrachait une partie de lui-même. Il prit une inspiration douloureuse avant de revenir vers le hall où Bain et Stuart le couvaient d'un regard soupçonneux. Cependant, Hamlin savait mieux que personne masquer ses véritables sentiments. Après tout, on ne pouvait vivre aussi longtemps auprès de Glenna sans apprendre à porter un masque.

— Quel travail avons-nous ? s'enquit-il d'un ton neutre à l'adresse de Bain.

— De la correspondance principalement.

— Très bien. Dans mon bureau, alors.

Il avança d'un pas brusque au côté de son secrétaire, mais ses pensées étaient à mille lieues de Blackthorn. Il se sentait étrangement… désespéré. Pas seulement parce que Catriona était partie, mais aussi parce qu'à la lumière de son absence glaçante, il ne savait tout simplement pas ce qu'il devait faire.

En faire sa maîtresse ? Ses sentiments étaient bien

trop forts et profonds pour cela. Sa femme, alors ? Cela mettrait en péril sa candidature à la Chambre des lords, ne serait-ce que parce que les Highlanders n'étaient pas considérés d'un bon œil par la plupart des pairs écossais. Sans même parler de l'abbaye et des femmes considérées comme perdues qu'elle accueillait.

Hamlin ne savait plus rien, en vérité, si ce n'est qu'il n'avait jamais ressenti de tels sentiments pour quiconque auparavant. Or, il n'avait aucune envie d'abandonner cela. Ni pour le Parlement, ni pour quoi que ce soit d'autre.

Chapitre 16

Oncle Knox ne la quittait pas du regard tandis qu'ils roulaient vers Dungotty. Aussi bavarda-t-elle sans interruption sur sa soirée à Blackthorn, afin de ne pas lui donner l'occasion de poser la moindre question. Elle avait appris cette tactique voilà bien longtemps : si l'on ne voulait pas être interrogé, il fallait noyer son interlocuteur sous une montagne de détails insignifiants. Elle parla donc d'Eula, de la fièvre, des conseils qu'elle avait donnés. Elle poursuivit sur les chatons, décrivit avec force détails chaque plat du dîner puis se lança dans un discours théorique sur la façon dont elle avait tenté de gagner aux échecs. Ils avaient atteint Dungotty lorsqu'elle reprit enfin son souffle.

— Où as-tu dormi ?

— Dans la chambre bleue. Une pièce magnifique tendue de soie blanche et bleue. Superbe. D'ailleurs, si je restais plus longtemps à Dungotty, je crois bien que je demanderais à mon oncle préféré de refaire ma chambre dans les mêmes tons.

— Je suis le seul oncle que tu aies, fit-il remarquer.

— Mon oncle adoré, alors, rectifia-t-elle en lui serrant tendrement le bras. Et de ton côté ? Comment vous êtes-vous occupés à Dungotty ? Cette tempête était terrifiante. Vous deviez tous être sur des charbons ardents.

— En vérité, nous allions fort bien. Nous étions simplement inquiets à ton sujet, ma chérie.

— À mon sujet ? Le duc lui-même a assuré que Blackthorn Hall n'avait jamais pris l'eau en plus d'un siècle. Je ne risquais rien.

— Hum, marmonna son oncle.

Il détourna le visage pour regarder par la fenêtre, inhabituellement mutique. Ils s'arrêtaient tout juste devant la porte lorsqu'elle s'ouvrit en grand pour livrer passage à un groupe agité.

— Catriona ! Vous allez bien ! s'écria Chasity. Avez-vous eu peur ? Que s'est-il passé ?

— Peur ? Non, répondit-elle en passant devant eux pour entrer dans la maison. En vérité, je suis heureuse d'être allée là-bas car Miss Guinne était sous l'emprise d'une forte fièvre, la pauvre enfant, et j'ai pu la distraire un moment de son mal.

Au moment où elle prononçait ses paroles, elle prit conscience qu'elle n'avait pas raconté exactement la même chose à son oncle. Quelle effroyable menteuse elle faisait !

— Comment ? La pauvre petite est malade ?

— Oui, je crois qu'il ne s'agit que d'un mauvais coup de froid, car elle allait déjà mieux ce matin.

Les yeux de Chasity s'écarquillèrent d'inquiétude, ce qui formait un contraste saisissant avec le regard étréci et scrutateur de la comtesse Orlov qui intervint :

— Ainsi donc, il n'y avait que vous, un duc meurtrier et une enfant fiévreuse, hier soir ?

— Non ! s'étrangla Catriona. Il y avait également bon nombre de domestiques, ainsi que son secrétaire, Mr Bain, et le messager venu de Dungotty.

— J'avais pourtant dit à votre oncle que cet homme devait vous ramener à Dungotty au plus vite hier, déclara Mrs Templeton. Les domestiques vont parler et ils ne diront pas du bien de vous, mademoiselle Mackenzie, vous pouvez me croire.

Catriona se hérissa mais elle fit mine de rire.

— Quelle importance ? rétorqua-t-elle avant de lancer un regard noir à la commère. Vous semblez surprise, madame. Croyez-vous donc que personne n'a encore dit du mal de ma personne ? Que personne n'a spéculé sur les raisons pour lesquelles je n'étais toujours pas mariée ? Qu'est-ce qu'une rumeur de plus ?

Atterrée par sa sortie directe, Mrs Templeton émit un hoquet scandalisé.

— Mademoiselle Mackenzie ! Vous êtes… Vous êtes réellement une…

— Madame Templeton ! intervint sèchement son oncle. Je vous prie de ne pas vous adresser si durement à ma nièce.

La femme, outragée, jeta un regard abasourdi autour d'elle avant de fuir vers sa chambre. Après son départ, Lady Orlov émit un gloussement amusé.

— Elle aurait dû rentrer dans son Angleterre bien aimée avec Lord Furness.

— Elle aurait surtout dû ne pas venir en premier lieu, dit Vasily. Je suis heureux de vous voir de retour parmi nous, mademoiselle Mackenzie. Si vous voulez bien m'excuser, j'ai un rendez-vous à la maison de jeu.

Et sur un claquement de ses bottes vernies, il sortit

à grands pas. À sa suite, Mr et Mrs Wilke-Smythe, après s'être assurés que Catriona se portait bien, firent retraite dans le salon.

— J'ai également à faire, annonça oncle Knox en déposant un baiser sur sa tempe. Je suis très heureux que tu sois rentrée à la maison saine et sauve, ma chérie.

Bientôt, il ne resta plus que Chasity et la comtesse. La première s'écria avec enthousiasme :

— Je dois *tout* savoir ! Avez-vous appris quoi que ce soit à propos de sa femme ?

— Pas vraiment. Il a seulement dit qu'elle était partie.

— Partie ?

— Eh bien, oui, *partie*.

— C'est le mot qu'il a employé ? Lui avez-vous demandé ce qu'il entendait par-là ?

Catriona se laissa tomber dans un fauteuil en secouant la tête. Toutes ces questions l'épuisaient. Elle avait envie d'un bon bain chaud, de changer de vêtements et de se reposer pour revivre en pensée les dernières heures merveilleuses auprès de Hamlin. Elle avait la sensation de vivre une aventure incroyable et ces femmes l'empêchaient d'en profiter.

— Mais qu'est-ce que cela veut dire ? répéta Chasity.

— Je pense que cela ne veut rien dire de plus que « partie », répondit la comtesse. Soyons un peu rationnelles, voulez-vous ? Si nous étions en Russie, un homme accusé et convaincu du meurtre de sa femme aurait été pendu.

— Comment ! Pendu ? Mais enfin, il est duc ! couina Chasity.

— Ce que je veux dire, ma chère enfant, c'est que Montrose n'a de toute évidence pas tué sa femme, sans quoi il ne serait plus libre. Aussi, je ne vois pas l'intérêt de persister dans l'élaboration d'hypothèses farfelues.

— Je vous rejoins sur ce point, renchérit Catriona.

— Mais il est *duc*… Mon père affirme que les ducs peuvent se conduire comme bon leur semble sans en subir les conséquences.

Lady Orlov marmonna quelques mots en russe.

— Je vais aller me reposer à présent, déclara Catriona en leur adressant un petit signe de la main.

Hélas, ses compagnes ne semblèrent pas saisir le message car elles la suivirent dans le couloir tout en continuant à discuter des privilèges dont un duc écossais bénéficiait réellement.

Catriona ne les écoutait plus. Elle était bien trop occupée à admirer la vision de Hamlin qui perdurait dans son esprit.

Le jour suivant se révéla chaud et ensoleillé. Seul le niveau de la rivière prouvait qu'il y avait eu des pluies torrentielles. Catriona prit tout son temps à la table du petit déjeuner, discutant avec Vasily avant de disputer quelques parties de whist avec les Wilke-Smythe. Puis, peu après le déjeuner, elle enfila son habit d'équitation. Ses bottes claquaient sur le sol de marbre tandis qu'elle avançait vers le hall en tentant de ne pas courir. Le bruit dut alerter son oncle car il sortit de son bureau.

— Tu pars faire une promenade à cheval ?

— Oui, je suis restée trop longtemps enfermée, j'ai besoin d'un peu d'air.

— Je vois. Et où comptes-tu aller ?

Que lui prenait-il ? Il ne s'était pas une fois préoccupé de savoir où elle allait ni ce qu'elle faisait.

— Nulle part en particulier.

Son regard la détailla et elle se demanda s'il avait remarqué qu'elle portait une tenue particulièrement élégante.

— Une lettre est arrivée pour toi de la part de ta sœur.

— Vivienne ? s'exclama-t-elle avec enthousiasme.

Son oncle lui fit signe de le rejoindre dans son bureau et lui tendit la missive.

Catriona rompit impatiemment le sceau et parcourut la lettre. Vivienne lui parlait de l'activité à Balhaire, ainsi que de ses aînés qui étaient en voyage en France chez un vieil ami de son époux. Leur père avait apparemment souffert d'une mauvaise toux mais il se remettait. L'un des chiens était mort abruptement dans son sommeil. Plus inquiétant, Vivienne l'informait que Stephen Whitson était revenu avec le décret officiel de confiscation signé par le Lord Avocat. Le décret ordonnait que la propriété soit rendue vide, d'ici la fin de l'année. Leur père pensait qu'il fallait trouver au plus vite un nouveau refuge pour les habitants de l'abbaye.

— Oh non, papa veut trouver un autre lieu pour les femmes et les enfants. Kishorn va réellement être confisquée. Oncle Knox, qu'allons-nous faire ?

— Quels sont les termes ?

— Nous devons évacuer les lieux avant la fin de l'année.

Il hocha la tête et laissa son regard errer par la fenêtre un moment.

— En fait… Le Lord Avocat m'avait informé qu'il souhaitait visiter Dungotty… Où est passée cette lettre ? dit-il en fouillant son bureau. Ah ! la voilà !

Catriona ne put s'empêcher de sourire.

— Y a-t-il une seule personne que tu ne connaisses pas, mon oncle ?

— Oh ! je ne doute pas qu'il y en ait quelques-unes, par-ci, par-là… Néanmoins, j'ai effectivement dédié ma vie à rencontrer les gens. Tu n'as pas connu mon père, mais si ç'avait été le cas, tu aurais compris pourquoi je me suis évertué à agir de la sorte. Quoi qu'il en soit, je suggère que nous rendions une petite visite à Mr Dundas au plus tôt. Nous pourrons ainsi lui demander ce qui peut être fait pour Kishorn tout en organisant sa venue à Dungotty. D'une pierre, deux coups !

— Merci infiniment, oncle Knox, dit Catriona en allant jusqu'à lui pour l'embrasser sur la joue.

— Peut-être devrais-tu partir avec un peu de compagnie. Chasity n'est-elle pas une cavalière accomplie ?

— Elle m'a informée qu'elle n'apprécie guère de monter à cheval, à moins qu'un beau jeune homme ne l'invite en promenade. Je ne corresponds pas vraiment au profil, tu en conviendras… De toute façon, je préfère chevaucher seule.

Il soupira, le visage sombre.

— J'imagine que je ne pourrai pas te convaincre ?

Catriona fronça les sourcils. Son oncle l'avait toujours encouragée à prendre son indépendance.

— De quoi essaies-tu de me convaincre, oncle Knox ?

— Ma chérie, puis-je te parler franchement ? demanda-t-il en prenant ses mains dans les siennes.

Son cœur s'emballa dans sa poitrine. Non, elle ne voulait pas entendre ce qu'il avait à dire. Elle allait parler quand il lui désigna un siège et lui adressa un sourire triste.

— Ma chérie, tu sais que tu as toujours occupé une place spéciale dans mon cœur, n'est-ce pas ?

Elle hocha faiblement la tête.

— J'ai toujours apprécié ton intelligence acérée et ton esprit original, depuis que tu es enfant. Je l'ai admiré et j'ai tenté de le protéger autant que possible.

Catriona tenta de rire, sans grand succès, la gorge serrée d'anxiété.

— Je n'aurais pas pu avoir de meilleur oncle.

— Je suspecte que tu as développé certains… sentiments à l'égard de Montrose et…

— Quoi ? balbutia-t-elle en sentant malgré elle le rouge embraser son visage. Non, mon oncle…

— Et si c'est le cas, je ne te condamnerais pas pour cela. Les sentiments se développent souvent là où on les attend le moins, au moment où on s'y attend le moins. Je le sais d'expérience, puisque cela m'est arrivé, avant ta naissance. Ta tante Zelda et moi…

— Quoi ? s'exclama-t-elle en bondissant sur ses pieds.

— Notre liaison fut brève, mais passionnée, dit-il, les yeux légèrement humides. Malheureusement, pour de nombreuses raisons, rien de plus ne pouvait advenir.

Sous le choc, Catriona tentait désespérément de reprendre contenance. Elle avait soupçonné quelque chose entre ces deux-là… Une entreprise qui avait mal tourné, un projet avorté… Certainement pas une affaire de cœur !

— Ma mère le sait-elle ?

— Je n'en suis pas certain, mais je dirais qu'elle a au moins des doutes. Ton père est au courant, en revanche. C'est lui qui a mis un terme à notre histoire.

— *Mi Diah…*

— Arran avait compris que tout cela ne finirait pas bien et que sa cousine en serait la première victime. Je n'étais pas d'accord avec lui à l'époque, seulement, aujourd'hui, avec le recul… je comprends qu'il avait raison. Zelda n'aurait jamais pu être heureuse en Angleterre, ni moi dans les Highlands. Et plus notre liaison durait, plus la séparation risquait d'être douloureuse.

— L'aimais-tu ?

— Oh ! je l'aimais, oui. Je crois que nous vivions tous les deux une parenthèse enchantée. Ce qui me ramène à toi, ma chérie.

— À moi ? Oh ! suis-je votre enfant naturelle ? s'écria-t-elle avec un hoquet de stupeur.

— Dieu du Ciel, non ! Écoute-moi, Cat. Je crains que tu ne sois en train d'emprunter le même chemin que ta tante et moi voilà des années. Le duc… Il dit peut-être des paroles plaisantes à ton oreille, peut-être même entends-tu des promesses dans ses propos…

Catriona se sentit devenir rouge écarlate et elle tenta de retirer ses mains. Son oncle ne la laissa pas faire. Comment avait-il su ?

— Je voudrais que tu gardes deux choses en tête, poursuivit-il. La première, c'est que nous n'avons aucune certitude sur ce qui est arrivé à sa femme. Peu importe ce qu'il dit, personne ne le sait et les êtres diaboliques n'ont aucune difficulté à mentir.

— Oncle Knox !

— La seconde, et je te le dis avec tout l'amour que je te porte, ma chérie, c'est que, même s'il t'aime plus que tout, il ne pourra te faire aucune offre honorable.

Catriona sentit son cœur se serrer douloureusement

dans sa poitrine. Les mots de son oncle résonnaient à ses oreilles, encore et encore.

— Cela n'a rien à voir avec toi, continua son oncle. Montrose aura simplement besoin d'une autre femme à son bras, quand il siégera à la Chambre des lords à Londres. Une jeune femme des Highlands soulèverait trop d'interrogations, et l'abbaye… Eh bien, tu sais que cela ne fait pas de toi quelqu'un de très recommandable là-bas. Sans même parler des rumeurs de contrebande qui courent sur tes frères et le soupçon de trahison qui pèse sur ton père. Inutile de détailler la liste qui serait fort longue…

Il croisa son regard et se reprit aussitôt, l'air inquiet.

— Seigneur, je t'ai blessée.

Il voulut caresser sa joue mais elle se leva brusquement en écartant sa main.

— Je ne dis pas ces choses pour te blesser, ma chérie. Je te les dis pour que tu observes tes désirs et tes attentes à la lumière de la froide vérité. Je veux être aussi honnête avec toi que ton père l'a été avec moi. Aussi douloureux que cela ait été à entendre, c'était pour le mieux. Ta tante aurait été d'accord avec moi…

Catriona secoua la tête et commença à se diriger vers la porte, à demi aveuglée par l'émotion. Elle avait la gorge tellement serrée qu'elle ne parvenait pas à parler.

— Catriona…

— Non… Je… J'ai compris, mon oncle.

Avec un lourd soupir, il se passa la main sur le front.

— S'il te plaît, ma chérie, fais attention à toi. Prends soin de ton cœur. Et de ton honneur.

Son honneur ? Elle aurait voulu lui dire qu'elle se

moquait bien de sa maudite vertu qui ne lui servait à rien ! Quant à son cœur, à quoi bon le garder pour elle ?

Elle marcha jusqu'à la porte en chancelant et rejoignit les écuries.

Elle n'était pas en colère contre son oncle. En vérité, elle appréciait sincèrement son honnêteté. Non, ce qui la rendait folle de rage, c'était le destin qui s'acharnait sur elle. À cause de son origine et des actes commis par sa famille, autant d'éléments sur lesquels elle n'avait aucun contrôle… à cause de l'aide qu'elle avait tenté d'apporter à de pauvres femmes démunies, elle serait pour toujours considérée comme indigne d'un duc.

Seigneur ! Elle était ridicule. À quoi s'était-elle attendue ?

À rien… Rien du tout.

De fait, ses espoirs et ses attentes s'étaient tellement dégradés au fil des ans qu'elle n'attendait désormais plus rien de l'existence. Et puis, il y avait eu ce baiser, et leur nuit d'amour. Désormais, son cœur battait enfin pour quelqu'un.

Ses pensées tournaient et retournaient dans son esprit tandis qu'elle patientait pour qu'on prépare son cheval. Puis, enfin en selle, elle se lança au galop à travers la prairie.

Son oncle avait sans doute raison. Elle ne pouvait plus se voiler la face. Qu'allait-il se passer à présent qu'ils s'étaient donnés l'un à l'autre ? Osait-elle imaginer un avenir auprès de lui, ne serait-ce qu'un bref instant ? Ou bien préférait-elle prétendre qu'elle ne cherchait que l'expérience de l'aventure ?

Seulement, Catriona ne voulait pas répondre à ces questions. Elle ne voulait penser à rien d'autre qu'au bonheur intense qu'elle avait ressenti ces deux derniers jours. Elle voulait seulement savourer la caresse du vent dans ses cheveux et la chaleur du soleil sur sa peau.

Hamlin ne lui avait fait aucune promesse, pas plus qu'elle ne lui en avait demandé. Elle s'était simplement laissé porter par les sensations et le frisson de l'excitation. Bien sûr, elle comprenait la mise en garde d'oncle Knox, néanmoins, en cet instant, son cœur lui dictait de l'ignorer.

Elle préférait s'abandonner entièrement à l'aventure avec Hamlin. Fût-ce au prix de son cœur.

Elle repéra enfin la ruine dont il lui avait parlé au détour d'un bras de la rivière. Les restes d'un mur circulaire entouraient ce qui avait dû être une forteresse, au milieu de laquelle avait poussé un if immense dont le feuillage faisait un toit à la construction éboulée. Elle aperçut un cheval noir et poursuivit jusqu'au mur avant de descendre de selle. Elle traversa le mur par une ouverture qui marquait autrefois l'emplacement d'une porte.

Hamlin l'attendait. Il se tenait debout, dos à elle, près d'une ancienne fenêtre qui donnait sur la vallée en contrebas, les pans de son manteau flottant dans la brise.

— Hamlin.

Il se retourna d'un seul coup et elle vit une myriade d'émotions se succéder sur son beau visage. Du soulagement d'abord. De la joie. Et une estime sincère.

Son cœur oublia aussitôt ses questionnements moroses et Catriona courut se réfugier entre ses bras qui s'ouvraient pour elle. Sa bouche trouva la sienne. Il l'embrassa avec une faim dévorante, comme s'il ne l'avait pas vue depuis des semaines.

— Catriona, Dieu merci, souffla-t-il en passant les doigts dans ses cheveux. Tu es venue.

Elle rit doucement en passant les bras autour de son cou et l'embrassa encore. Bien sûr, elle était venue. Rien n'aurait pu la tenir éloignée de lui.

Chapitre 17

Aubin avait regardé Hamlin avec incrédulité lorsqu'il lui avait demandé de préparer un panier garni de nourriture.

« Pour le *petit cochonnet* et vous ? »

Le cochonnet ? Aubin passait sans doute trop de temps avec Eula pour lui donner des petits noms affectueux aussi peu appropriés à une jeune dame.

« Non. Seulement pour moi.

— Ah. Bien, votre Grâce. »

Aubin avait baissé les yeux sur les carottes qu'il était occupé à découper, comme s'il préférait éviter son regard. Était-il donc si difficile à croire qu'un homme puisse vouloir déjeuner en paix au bord d'une rivière ?

Apparemment, ça l'était, car, quand il avait voulu sortir, Hamlin avait trouvé Bain qui l'attendait dans le hall, les bras croisés sur la poitrine et l'air impatient. Hamlin s'était demandé quelle tâche essentielle il avait bien pu oublier pour faire ainsi sortir son secrétaire de son bureau. Toutefois, il avait choisi de garder un silence prudent en prenant son chapeau des mains de Stuart.

« Puis-je vous demander à quelle heure vous comptez être de retour, votre Grâce ? avait insisté Bain.

— Je l'ignore.

— Il faut que nous réglions les détails de la rencontre avec le duc d'Argyll.

— Quelle rencontre ?

— Celle que j'ai mentionnée hier après le départ de votre invitée. Il aimerait discuter avec vous du vote. »

Hamlin n'avait strictement aucun souvenir d'une telle conversation, mais il devait reconnaître qu'il avait passé une bonne partie de la veille à regarder par la fenêtre en revivant chaque instant de sa nuit merveilleuse avec Catriona.

« Quand doit avoir lieu cette rencontre ?

— Vendredi matin, à Crieff, votre Grâce. Nous devrions discuter de vos objectifs, ne pensez-vous pas ? »

Au même moment, Aubin était apparu portant dans ses bras un ballot.

« Votre repas, votre Grâce.

— Merci beaucoup. »

Il n'était pas aveugle, il avait parfaitement remarqué le regard que Bain et Aubin avaient échangé. Brusquement, il avait eu envie de fuir très loin de Blackthorn Hall, de tous ces gens qui attendaient de lui qu'il se comporte d'une certaine manière en raison de son statut. Il en avait tellement assez d'arborer sans cesse une façade pour le monde.

Il avait enfilé ses gants avant d'affronter les trois hommes dont il sentait les regards circonspects sur lui.

« Stuart, informez Miss Guinne que je souperai avec elle ce soir. Quelque chose de léger, Aubin, son estomac est encore fragile. Quant à Argyll, nous en discuterons à mon retour. »

Et sans attendre, il était sorti à grandes enjambées. Il

avait rejoint les ruines en peu de temps, galopant comme s'il avait eu toutes les troupes anglaises à ses trousses.

L'angoisse lui étreignait le cœur. Et si elle ne venait pas ? Et si le regard émerveillé qu'elle posait sur lui avait changé à la lumière du jour et sous l'influence de son oncle ? Que ferait-il si elle était renvoyée chez elle, dans les Highlands ? Devrait-il reprendre son existence morne et solitaire en faisant comme si rien n'était arrivé ? Devrait-il oublier l'aventure extraordinaire qui venait de donner du goût à sa vie ? Comment faire, alors que toutes ses pensées étaient occupées par elle ? Alors que son corps tremblait du désir de retrouver le sien ?

Il en était là de ses réflexions désespérées lorsqu'il l'entendit murmurer son nom. Il fit volte-face pour la découvrir, son sourire aussi lumineux que d'habitude, ses yeux emplis de tendresse. Il la prit entre ses bras et la couvrit de baisers jusqu'à ce qu'elle demande merci.

Il alla prendre dans sa sacoche de selle une couverture et la nourriture.

— Oh ! Tu as prévu un pique-nique ! s'exclama-t-elle avec ravissement.

— J'ai fait du mieux possible, grimaça-t-il. Malheureusement, nous n'avons pas de vin. Je n'ai pas osé en demander à Aubin.

Elle rit avant de venir s'asseoir près de lui et se mit à dévorer fromage, noix et figues avec appétit.

— Comment vas-tu ?

— Tout à fait bien. Et toi ?

— Mieux que je l'ai jamais été… As-tu eu le moindre regret, Catriona ?

Il lui toucha la main, un peu nerveux. Son regard surpris lui fit l'effet d'un baume sur son cœur inquiet.

— Non ! Pourquoi ? En as-tu eu ?

— Non, jamais, promit-il en serrant ses doigts. Des pensées inappropriées, en revanche…

Il déposa un baiser sur sa tempe tandis qu'elle riait.

— Comment va Eula ?

— Beaucoup mieux. Elle veut à tout prix quitter son lit, mais le médecin ne l'a pas recommandé. Elle a donc lu le livre que tu lui as apporté et se plaint désormais de n'avoir plus rien à faire. Elle te réclame beaucoup.

— Puis-je lui rendre visite ? Peut-être en compagnie de Miss Wilke-Smythe ?

Hamlin garda le silence en songeant à la jeune anglaise et aux regards insistants qu'elle lui lançait et qui le mettaient mal à l'aise.

— La présence de Chasity t'ennuie ? comprit-elle.

— Je préférerais que tu viennes seule. Je veux être avec *toi*, Catriona.

Elle lui adressa un sourire triste.

— Nous savons tous les deux que c'est impossible. Si je rends visite à Eula seule, les spéculations redoubleront, et elles vont déjà bon train après la nuit que j'ai passée chez toi.

— Oui… Oui, bien sûr. Tu as raison.

Il imaginait en effet l'apoplexie de Bain si elle venait une seconde fois seule.

— Comment pourrais-je te revoir, alors ? Ai-je tort de le vouloir ? Est-ce que j'en demande trop ?

— Non, évidemment non, soupira-t-il. Je vais trouver une solution. Je te demande juste un peu de patience. Il n'est guère aisé pour un homme dans ma position de…

Il s'interrompit et contempla son visage qu'il avait pris dans ses mains. Qu'avait-il eu l'intention de dire ? Que ce n'était pas facile de prendre une amante ? Était-ce ce qu'elle était pour lui ? Ridicule ! Elle représentait bien plus.

Il ne savait pas définir précisément leur relation, sinon qu'elle était importante, essentielle même. Qu'importait la nature de leur lien, d'ailleurs ? Pour l'heure, il ne voulait pas la vérité, il voulait juste savourer l'expérience. Il voulait profiter de sa présence, la faire rire, l'embrasser, la toucher…

— D'être vu en compagnie d'une femme comme moi ? acheva-t-elle à sa place.

— Ce n'est pas ce que je voulais dire.

Pourtant, ce n'était pas entièrement faux. Il pouvait entendre d'ici les mises en garde de Bain s'il fréquentait Miss Mackenzie de Balhaire.

— Je voulais dire qu'il n'est pas simple pour moi de rester loin de toi.

Il voulut l'embrasser mais elle se dégagea pour le regarder avec sérieux. Comme elle se levait pour s'éloigner de quelques pas, il sauta sur ses pieds pour la rejoindre.

— Qu'y a-t-il ? Qu'ai-je dit ?

— Rien. Tu n'as rien dit. Tu n'en as pas besoin. Je connais la vérité, Hamlin. Je ne suis pas naïve.

— Quelle vérité ?

— Je ne regrette pas un seul instant partagé avec toi, tu le sais. Pas un seul. Néanmoins, nous savons aussi bien l'un que l'autre que je suis un obstacle dans ton ascension à la Chambre. De même que tu es un danger pour ma réputation. Nous sommes… Nous ne sommes pas destinés l'un à l'autre.

Ce qu'elle disait si crûment était hélas parfaitement vrai. Elle se tourna vers lui, attendant sa réponse, attendant peut-être qu'il réfute son affirmation pour lui offrir plus que ce qu'il pouvait réellement offrir.

— Tu ne dis plus rien ?

— Que veux-tu m'entendre dire ? soupira-t-il douloureusement. Veux-tu que je nie l'évidence ? Que je prétende que tout va bien ?

Ses épaules s'affaissèrent.

— Non. Je…

— Catriona, écoute-moi. Cela…, dit-il en les désignant du doigt l'un et l'autre. Ce que nous avons est extrêmement fragile. Ma propre chance d'obtenir un siège à la Chambre des lords est précaire. Je dois être au-dessus de tout soupçon, tu comprends ?

— Et les rumeurs concernant ta femme ? le défia-t-elle.

— Justement. Je dois être irréprochable, précisément à cause de ces rumeurs.

Sa conscience lui dictait de mettre un terme à toute relation avec elle, pour les raisons qu'ils venaient d'évoquer. Seulement, son inclination était la plus forte. Il voulait la garder malgré tous les obstacles, même si cela faisait de lui un être méprisable.

— Je te fais du mal, murmura-t-il en affrontant enfin son regard. Pourtant, je ne parviens pas à prononcer les mots que la morale me dicte.

— Quels mots ?

— Que nous devrions mettre un terme à cette folie dès maintenant. Que tu mérites bien mieux que ce que je peux te donner. Malheureusement, je ne parviens pas à le faire, car ce que j'éprouve pour toi est plus fort et plus profond que ma propre conscience.

Elle le fixa un long moment sans parler. Son silence lui fut une agonie. Allait-elle suivre son avertissement et terminer leur liaison elle-même ? Ne lui laissant pour toute consolation que le souvenir de leur merveilleuse nuit ?

Elle finit par pousser un soupir.

— Je suis parfaitement au fait du besoin de sauver les apparences. Mais n'as-tu pas encore compris que je me moque éperdument de ce qu'on dit de moi, Hamlin ?

Son cœur tressauta de joie malgré lui, avant d'être noyé de culpabilité.

— Il *faut* que tu t'en préoccupes…

— Pourquoi cela ? J'ai trente-trois ans. Que pourrait-on encore dire ? Ma famille ne m'abandonnera pas. La société des Highlands ne me tournera pas non plus le dos. Mes perspectives maritales ont disparu depuis longtemps, dès lors que je me suis investie dans la cause de tante Zelda. Non, on ne peut plus abîmer ma réputation. C'est la tienne dont nous devons nous préoccuper… Alors, que faisons-nous, Hamlin ? Je veux te revoir, vraiment. Je veux être avec toi. N'y a-t-il aucun moyen ? Je me moque que nous devions nous cacher.

En cet instant, face à cette femme fière et généreuse qui s'offrait si librement à lui, Hamlin ne se préoccupait plus de son siège, pas plus que d'être rejeté par la bonne société. Il ne se préoccupait plus que d'elle. Il prit son visage dans ses mains, le cœur battant.

— Nous allons trouver un moyen. Nous nous retrouverons ici pendant un temps. Il fait beau en ce moment et personne ne vient jamais par ici.

— Ici ?

Hamlin la serra dans ses bras, posa les lèvres dans son cou et caressa sensuellement sa taille et ses hanches.

— Ici, répéta-t-il.

— Oui, je commence à voir la poésie du lieu, souffla-t-elle d'un timbre déjà voilé de volupté.

Dans les bras l'un de l'autre, ils oublièrent tout de leurs inquiétudes.

Ils se retrouvèrent quatre fois aux ruines au cours de la semaine qui suivit, si bien que les habitants de Dungotty finirent par s'interroger sur ces balades à cheval si fréquentes, comme elle le lui apprit un après-midi. Ils étaient allongés sur une couverture sous le feuillage de l'if. Le dos appuyé contre le large tronc, Hamlin caressait ses cheveux qu'il avait libérés pour les voir couler sur ses épaules.

Des nuages gris s'amoncelaient depuis l'ouest. La pluie arrivait, ce qui signifiait qu'ils ne pourraient plus se retrouver ici, en plein air.

— Chasity est en colère contre moi, reprit Catriona. Elle n'a aucune compagnie mis à part la comtesse et elles se sont chamaillées pour des broutilles. Vasily menace de me suivre tant il est curieux de découvrir ce que je fais au cours de mes promenades.

Hamlin lui jeta un regard alarmé.

— Ne t'inquiète pas, le pauvre ne peut pas me suivre. Il se pavane à dos de cheval, soit, mais pour ce qui est de galoper…

— Je n'aime pas du tout qu'ils posent toutes ces questions, dit-il sans quitter son ton sérieux.

— Ils s'ennuient, voilà tout. D'ailleurs, Mrs Templeton repart en Angleterre demain.

— Ah oui ? demanda-t-il d'un air absent en caressant son épaule nue.

— Elle dit que sa fille a besoin d'elle. Je crois pour ma part qu'elle a compris que son entreprise de séduction auprès de mon oncle était vouée à l'échec. Quoi qu'il en soit, nous devons tous souper ensemble ce soir, pour lui faire nos adieux.

Il lui sourit et l'embrassa doucement au sommet de la tête.

— Et toi ? demanda-t-elle en se tournant dans ses bras pour lui faire face. Que dit Stuart de tes absences ?

— Stuart est d'une discrétion toute professionnelle. C'est plutôt mon secrétaire qui semble mécontent de mes absences. Il m'a accusé d'ignorer mes devoirs.

Catriona émit un hoquet de surprise.

— Il n'a pas osé !

Hamlin rit de sa mine abasourdie.

— Oh si ! Et je ne peux lui donner tort. Pour autant, je ne sacrifierais pour rien au monde nos après-midi enchantés. Avec Eula, ce sont les seules choses qui apportent un peu de joie à mon existence.

Elle pressa la joue contre son torse. Et ils passèrent encore des heures à paresser au soleil, apprenant à se découvrir, physiquement, émotionnellement, spiri-tuellement.

Hamlin adorait la compagnie de Catriona. Elle le défaisait, elle le faisait rire, elle faisait battre son cœur plus vite et plus fort. Elle avait un don véritable pour illuminer le monde qui l'entourait de sa vivacité et de son esprit acéré et brillant.

Bien entendu, il adorait l'embrasser, la toucher, lui faire l'amour, en dépit du confort pour le moins rustique de leur lieu de rencontre. Mais ce n'était pas l'attirance physique qui le ramenait sans cesse vers elle. C'était simplement… *elle*.

Elle était, véritablement, la compagne de son cœur.

Il pouvait discuter de n'importe quel sujet avec Catriona. Ainsi, elle l'avait interrogé sur ses projets à la Chambre des lords et écouté avec attention. Ils avaient discuté avec passion de gouvernement, de théologie, d'art et de musique, des voyages et de la solitude. Puis ils jouaient à des jeux légers qui les faisaient rire comme deux enfants.

Qui aurait pu croire qu'un homme comme lui, ayant connu les privilèges toute sa vie, doté d'un titre et de grandes richesses, connaîtrait les plus belles heures de ses presque quarante années de vie avec une Highlander intrépide au milieu de ruines centenaires ?

Il n'aurait pas changé un seul instant de ces heures. Pas une seule seconde.

Pourtant, son cœur se serrait parfois douloureusement. Hamlin ne faisait alors que pressentir vaguement qu'il s'était mis à vivre dans un rêve éveillé, un univers protégé du réel, au sommet de cette colline préservée du monde. Cependant, le réel comptait bien reprendre ses droits.

Chapitre 18

Le samedi, un message arriva en provenance de Blackthorn Hall. Eula se portait bien mieux et souhaitait la remercier pour son présent. Si elle le désirait, elle était cordialement conviée avec ses amis à venir prendre le thé le lundi après-midi.

— Quels amis ? demanda Chasity à qui elle venait de lire le contenu de la lettre. Mentionne-t-elle des noms ?

— Non. Vous, je suppose.

— Bien sûr ! s'exclama Chasity avec ravissement.

— Qu'en est-il de moi ? interrogea la comtesse. Ne suis-je pas également votre amie ?

— Bien sûr, vous l'êtes, répondit-elle, bien qu'elle n'ait jamais senti de la part de la comtesse l'affection sincère qui émanait de Chasity.

— Maman, vous devez en être vous aussi, suggéra la jeune fille.

Diah ! Catriona n'avait aucune envie de venir accompagnée de tout Dungotty ! Hélas, elle ne pouvait rien faire.

— Madame Wilke-Smythe, vous joindrez-vous à nous ? s'enquit-elle d'un ton poli.

L'interpellée posa son travail d'aiguille avant de répondre.

— Eh bien, je suppose que je le dois si Chasity désire s'y rendre. Son père ne la laissera pas y aller seule.

— Elle ne serait pas seule, fit posément remarquer Catriona.

— Je voulais dire, accompagnée d'un chaperon, précisa Mrs Wilke-Smythe avec condescendance.

— Je suis comtesse ! répliqua Lady Orlov. Je suis un chaperon tout à fait approprié, il me semble. Pensez-vous donc que seuls vos compatriotes soient capables de garder vos vertus intactes ?

— Je suis certain que Mrs Wilke-Smythe ne songeait pas un instant à vous offenser, comtesse, intervint oncle Knox qui lisait dans un coin de la pièce.

— Bien sûr que non, confirma celle-ci avec hauteur.

— Si je puis me permettre un conseil, reprit son oncle, je suggère que Catriona et Chasity, qui sont les compagnes de Miss Guinne les plus adaptées à son âge, se rendent seules à cette invitation.

Il leva la main pour arrêter la protestation naissante.

— J'enverrai l'un de mes domestiques pour m'assurer que votre fille ne risque pas d'être compromise, ce qui vous obligerait à demander réparation au duc par le mariage… En vérité, il se trouve que j'apprécie l'homme, poursuivit-il en reprenant son livre. Je l'ai vu à Crieff voilà deux jours et il s'est enquis de notre santé à tous et souhaiterait nous recevoir à dîner.

Catriona ravala un sourire. Hamlin lui avait bien sûr parlé de cette rencontre. Ce que son oncle n'avait pas dit, c'est qu'il avait lui-même suggéré ce dîner.

Hamlin lui avait raconté qu'il n'avait pas su quoi

répondre. D'abord, oncle Knox avait proposé un dîner à Dungotty, puis il avait émis l'idée que les invités seraient tous mieux à Blackthorn Hall. Catriona avait ri et déclaré : « Je pense que ce pauvre oncle Knox se lasse de ses invités ! »

— Mon oncle, veux-tu que je rédige la réponse à Miss Eula ?

— Je te remercie, ma chérie, je m'en charge, dit-il en lui lançant un regard entendu.

Oncle Knox n'avait plus fait la moindre remarque sur Hamlin depuis leur entretien houleux dans le bureau. Néanmoins, il était à l'affût, tel un faucon guettant sa proie. La veille, elle avait vu une lettre de sa mère sur son bureau, et savait que Rumpel avait renvoyé la réponse le matin même. Elle ne pouvait qu'imaginer le contenu de leur échange et craignait de devoir bientôt rentrer à Balhaire.

Étrangement, depuis le début de sa liaison avec Hamlin, elle ne pensait plus que rarement à Balhaire, de même qu'à l'abbaye car ses pensées étaient accaparées par des sujets plus tendres à son cœur.

Ce qui ne signifiait pas pour autant qu'elle se berçait d'illusions. Elle allait devoir rentrer chez elle, et sans doute plus tôt qu'elle ne l'aurait voulu. Elle s'inquiétait également toujours du sort de l'abbaye. Vivienne lui avait écrit pour l'informer que trois hommes étaient venus regarder ce qui se passait à Kishorn. Il devenait évident qu'on avait besoin d'elle là-bas, pour poursuivre l'œuvre de Zelda.

Toutefois, quand elle songeait à Balhaire, à l'abbaye et à ses devoirs, une atroce culpabilité s'emparait d'elle. Elle avait la sensation que son cœur était littéralement coupé en deux – une moitié demeurait auprès de l'homme qui la rendait heureuse et lui avait offert le magnifique présent d'une intimité amoureuse. Elle ressentait pour lui des émotions qui lui étaient jusqu'alors inconnues. Était-ce le même enchantement qu'oncle Knox lui avait décrit ? Un bonheur coupé du réel qui n'avait pas d'avenir ? Ou bien était-ce de l'amour véritable ?

Et si c'était de l'amour, était-il semblable à l'amour qu'elle ressentait pour sa famille, son foyer, son travail à l'abbaye ? Si cet amour-là était différent des autres, les surpassait-il ?

Et que faire de l'autre moitié de son cœur ? Elle avait beau l'avoir négligée ces derniers temps, celle-ci faisait intrinsèquement partie d'elle. Ses racines étaient ancrées dans le sol des Highlands auprès de ceux qu'elle aimait depuis toujours.

Parfois, la nuit, Catriona restait allongée des heures les yeux grands ouverts, pendant que sa raison lui hurlait de rentrer chez elle quand son cœur s'y refusait obstinément. Plus l'aube approchait, plus son unique désir s'affermissait : elle voulait revoir Hamlin, sentir à nouveau ses bras autour d'elle et sa bouche sur la sienne. Elle était incapable de résister à l'attraction violente qui la ramenait toujours vers lui.

Ainsi était-elle déchirée entre la femme qu'elle avait été jusque-là et celle qu'elle se voyait devenir. Impossible de dire laquelle était la vraie Catriona. Pour la première fois de son existence, elle ne savait plus elle-même qui elle était.

Le lundi après-midi, Chasity et Catriona arrivèrent à Blackthorn Hall. Stuart les conduisit jusqu'à une pièce ensoleillée qui donnait sur un jardin intérieur.

Les portes vitrées avaient été ouvertes sur une roseraie spectaculaire et le doux bruissement d'une fontaine leur parvenait.

Eula, les joues rosies, offrait l'image même de la santé, à part une légère toux qui persistait.

— Merci d'être venues, les salua-t-elle chaleureusement.

— Merci à vous pour votre invitation ! Puis-je vous présenter mon amie, Miss Chasity Wilke-Smythe ?

Eula contemplait déjà la jeune femme avec fascination. De fait, sa peau claire et sa chevelure blonde lui donnaient assez l'apparence d'un ange.

— Bonjour, mademoiselle Guinne.

— Voulez-vous prendre place ? proposa Eula en leur faisant signe de la rejoindre dans la petite pièce.

Catriona se réjouit de voir qu'elle avait déjà considérablement amélioré ses manières d'hôtesse ! Elle était également impatiente de montrer ses talents dans le service du thé et s'apprêtait à remplir leurs tasses lorsque Hamlin pénétra dans la pièce. Catriona et Chasity se levèrent d'un même mouvement pour s'incliner.

— Votre Grâce, salua solennellement Chasity.

Catriona lui fit écho, un petit sourire aux lèvres.

— Bonjour, mesdames. Nous sommes très heureux de vous avoir pour le thé.

— J'allais justement le servir, indiqua Eula comme pour avertir le duc de reculer prudemment.

— Je t'en prie, fais.

Elle remplit précautionneusement quatre tasses avant de s'emparer d'un plat garni de tranches de gâteau.

— Puis-je vous offrir du cake ? Aubin l'a fait. C'est

notre cuisinier, ainsi que mon professeur d'équitation.
Il vient de France.

— Oh ! s'écria Chasity. Un cuisinier français !

Elle et Catriona s'en servirent une part, Hamlin refusa.

— Vos cheveux sont magnifiques, mademoiselle
Wilke-Smythe, déclara Eula.

— Merci. J'aime beaucoup la couleur des vôtres.

— C'est ma femme de chambre, Miss Burns, qui
les coiffe. Miss Mackenzie l'a trouvée pour moi.

— Nous ne pouvons assez vous remercier de nous
avoir amené Miss Burns, renchérit Hamlin. Elle nous
a beaucoup aidés, n'est-ce pas, Eula ?

— Oh oui ! Elle connaît tout sur les cheveux, et sur
les robes qu'il faut porter. Elle sait aussi coudre. Elle
vient de Glasgow.

Soudain, un chaton surgit de derrière un fauteuil et
attaqua la chaussure de Chasity avant de bondir hors
de la pièce en évitant Stuart de justesse.

— C'était mon chaton Perry. J'en ai un second,
Walter, mais il n'aime pas se montrer.

Stuart vint murmurer quelque chose à l'oreille
de Hamlin. Catriona perçut l'espace d'un instant sa
confusion puis son visage reprit le masque impénétrable
qu'il arborait toujours en société. Il se pencha pour
déposer sa tasse de thé.

— Pardonnez-moi, mesdames.

Il quitta la pièce, Stuart sur ses talons. Que se
passait-il donc ?

— Où se cache Walter ? demanda Chasity.

— Peut-être est-il dans le jardin, il aime beaucoup
se chauffer au soleil.

— J'avais moi aussi un chat, commença Chasity qui se lança dans le récit des aventures de son Mr Whiskers.

Catriona se leva pour marcher jusqu'aux portes-fenêtres. Dans son dos, Eula disait :

— Ce thé vient d'Inde. Aubin m'a montré ce pays sur la carte et c'est très loin de l'Écosse !

— Il est délicieux, en tout cas.

— Voudriez-vous voir ma peinture ? proposa Eula. Elle est encore dans le jardin.

— Avec plaisir !

Elles marchèrent jusqu'à elle et Eula glissa tout naturellement sa main dans celle de Catriona pour l'entraîner vers le jardin intérieur entouré des murs de Blackthorn Hall. Au milieu de cette charmante cour, la toile trônait.

— C'est moi qui l'ai peinte ! s'exclama Eula. Mr Kenworth m'a appris comment faire. Il dit que c'est du très bon travail.

En fait, Mr Kenworth avait raison ! Bien sûr, il était évident qu'un enfant avait peint la toile, néanmoins, le talent d'Eula était remarquable.

— Il faut regarder les lignes, expliquait Eula lorsqu'une voix d'homme leur parvint depuis les fenêtres grandes ouvertes de la bâtisse qui se déployait autour du jardin intérieur.

Il n'était pas possible d'en comprendre les paroles, mais la voix était clairement en colère. Catriona et Chasity échangèrent un regard. La jeune femme avait-elle reconnu la voix de Hamlin ?

— Mr Kenworth dit que, bientôt, elle sera exposée dans la maison. Je sais déjà où, car Montrose a fait retirer le portrait de ma cousine dans le grand salon et la place est vide.

— Le portrait de qui donc ?

— De ma cousine, Glenna. Elle était sa femme.

La voix retentit de nouveau. Catriona crut deviner qu'il s'agissait d'un juron.

— Peut-être devrions-nous retourner à l'intérieur ? suggéra-t-elle.

— Qui est-ce ? Qui crie ainsi ? s'alarma Chasity.

— Montrose, répondit posément Eula. Parfois, il est en colère.

Vraiment ? Catriona n'avait jamais vu la moindre once de colère en lui.

Chasity posa une main crispée sur son bras.

— Crie-t-il souvent, mademoiselle Guinne ?

Eula sembla y réfléchir un instant avant de dire :

— Il est d'un tempérament très calme d'ordinaire.

Chasity relâcha la pression sur son bras.

— Oh.

— En fait, je ne l'ai entendu crier qu'une seule fois. Sur ma cousine, reprit Eula en rentrant dans la maison.

Le pouls de Catriona s'emballa. Elle ne voulait pas entendre cela. Elle ne voulait surtout pas que Chasity l'entende.

— Pourrions-nous reprendre une tasse de thé ? se hâta-t-elle de proposer. J'adorerais une autre part de ce délicieux cake…

— Pardon, mademoiselle Guinne, mais vous avez bien dit que le duc avait crié sur votre cousine, Lady Montrose ?

Catriona retint un gémissement.

— Oui. Je les ai entendus.

— Et que pouvait-il donc avoir à crier de la sorte ?

— Je ne sais pas. Elle aussi criait.

— Et ce cake ? insista vainement Catriona, au désespoir.

— Je ne crois pas qu'il en reste, se lamenta Eula en découvrant le plat vide. Miss Wilke-Smythe l'a mangé en entier.

— Non, pas en entier, se récria l'intéressée. Mademoiselle Guinne, n'avez-vous pas demandé à votre cousine à quel sujet ils se disputaient de la sorte ?

— Chasity ! la reprit Catriona à voix basse. Depuis quand se croyait-elle inspecteur de police, pour l'amour du ciel ?

— Non, répondit Eula en s'installant dans un fauteuil, imperturbable. Elle était partie le lendemain matin. Elle n'est jamais revenue.

— Jamais revenue ! glapit Chasity. Pourquoi n'avez-vous pas…

— Chasity ! lança Catriona, cette fois d'une voix forte. Comment trouvez-vous le thé ?

— Le quoi ? répéta-t-elle, décontenancée par cette interruption.

Heureusement, Eula poussa au même instant un petit cri.

— Regardez ! Voici Walter !

Elle bondit aux trousses du chaton fuyant. Chasity en profita pour lui serrer le bras.

— Avez-vous entendu ce qu'elle a dit ? s'exclama-t-elle d'une voix rendue suraiguë par l'excitation.

Catriona lui retira son bras sans ménagement.

— Oui, je l'ai entendue. Laissez-la en paix, Chasity. Ce n'est qu'une enfant.

— Quelqu'un a-t-il seulement songé à l'interroger concernant la disparition de sa cousine ?

Catriona ne put répondre car Eula surgit à nouveau devant elles, un chaton noir identique à celui qu'elle leur avait présenté plus tôt dans la main.

— Celui-ci est Walter. Il sort la nuit, mais rarement le jour.

— Qu'il est beau ! s'écria Chasity en prenant le chaton pour le poser sur ses genoux et le câliner. Mademoiselle Guinne, pardonnez mon oubli, mais où est partie votre cousine ?

— Hum ? s'enquit Eula qu'on dérangeait dans sa contemplation fascinée du chaton. Oh ! je ne sais pas. Montrose m'a dit qu'elle était partie et qu'elle ne reviendrait pas.

Chasity émit un hoquet horrifié et lança un regard appuyé à Catriona. Par bonheur, Eula ne sembla rien remarquer.

— Auriez-vous d'autres toiles à nous montrer ? tenta Catriona avant que Chasity ait l'occasion de reprendre son interrogatoire.

— Oui. J'ai fini une autre toile et Montrose m'a permis de l'installer dans la salle à manger. Voulez-vous la voir ?

— Bien sûr !

Soulagée, Catriona les entraînait dans le couloir lorsqu'une cloche sonna. Un instant plus tard, Stuart passa près d'elles en se hâtant.

— La salle à manger est ici. Je vais nous trouver une chandelle, dit Eula en entrant la première.

Restées dans le corridor, Chasity et elle avaient une vue parfaite sur le hall d'entrée. Un homme apparut, vêtu d'un manteau rapiécé et d'un chapeau tout crotté. Il portait un sac jeté sur son épaule. Juste derrière lui, Hamlin se tenait debout. Les jambes légèrement écartées, les bras croisés, il regardait le départ de l'homme.

— Et voilà ! s'écria Eula au moment où de la lumière apparaissait dans la salle à manger.

Chasity la rejoignit aussitôt, mais Catriona resta figée une seconde de plus, assez longtemps pour que Hamlin tourne la tête dans sa direction et croise son regard. Ses mâchoires étaient serrées, ses traits tirés par la contrariété. Elle retrouvait le duc sombre et ombrageux des débuts. Il ne lui adressa pas le moindre signe de reconnaissance et se détourna rapidement pour repartir d'où il venait.

Catriona s'efforça de plaquer un sourire sur son visage avant d'avancer dans la pièce pour admirer la toile d'Eula – une saucière et une théière.

— J'aime beaucoup les couleurs, la félicita Chasity.

— J'ai également un nouveau maître de ballet. Il a dansé devant le roi ! Voulez-vous voir ce qu'il m'a appris ?

Elle écarta les bras comme si elle s'apprêtait à tourbillonner dans la pièce. Ce qu'elle fit en effet. Mais Catriona la voyait à peine. Elle ne parvenait pas à détourner ses pensées de la mine sombre de Hamlin.

Quand Stuart arriva pour indiquer à Eula qu'il était temps de se préparer pour le souper, Catriona et Chasity firent leurs adieux et repartirent pour Dungotty sans que Hamlin ait reparu.

Chasity n'attendit même pas que la voiture ait démarré pour attaquer :

— Eh bien ? Qu'avez-vous pensé de tout cela ?

— De quoi, exactement ?

— Pour l'amour du ciel, Catriona ! Vous savez

parfaitement de quoi je veux parler ! Je suis certaine qu'il l'a fait ! Cette enfant détient la clé du mystère !

Apparemment, sa conviction était faite car Chasity l'annonça à la ronde dès leur retour à Dungotty. Elles arrivèrent juste à temps pour le souper au cours duquel Chasity raconta leur visite à Blackthorn Hall dans les moindres détails.

— Alors, qu'en pensez-vous ? conclut-elle.

— Je pense qu'il a fait quelque chose de mal à cette femme, en effet, dit Lady Orlov. La gouvernante a elle aussi déclaré qu'ils s'étaient disputés la veille de sa disparition, si vous vous rappelez.

— Pourquoi faudrait-il toujours accuser l'homme ? intervint Vasily. Après tout, peut-être est-ce elle qui lui a fait quelque chose de mal.

— Et qu'aurait-elle bien pu lui faire ? rétorqua Mr Wilke-Smythe. Il vit toujours dans un château, il est toujours duc. Les femmes n'ont ni pouvoir ni autorité dans notre monde, Sir. Si elle lui avait fait quelque chose, comme vous le suggérez, elle aurait été pendue en place publique.

Personne ne chercha à le détromper. Catriona aurait voulu prendre la défense de Hamlin, cependant, cela n'aurait fait qu'attirer les soupçons sur leur relation.

— Quoi qu'il en soit, je sais que l'enfant dit la vérité, reprit la comtesse. Il se trouve que j'ai pu échanger quelques mots avec une ancienne domestique du duc.

— Vraiment ? Et peut-on savoir dans quelles circonstances ? demanda Mrs Wilke-Smythe d'un air dubitatif.

— Cela s'est passé à Crieff, si vous voulez tout savoir.

Vasily et moi avons rencontré cette femme qui servait dans les chambres.

Vasily confirma d'un hochement de tête.

— Elle nous a confié que la dispute avait été entendue dans toute la maison cette nuit-là, et qu'ensuite ils n'avaient plus revu Lady Montrose. Le lendemain, le duc les a tous réunis dans le hall pour leur apprendre que leur lady avait quitté Blackthorn Hall et qu'ils devaient rassembler ses affaires pour les envoyer Dieu sait où. Personne ne sait pourquoi elle a disparu. Ni comment. Alors, mademoiselle Mackenzie, pensez-vous toujours qu'il est innocent ?

Catriona tenta de garder un visage neutre.

— Oui, je le pense toujours. Il n'a fait preuve que de bonté et de gentillesse depuis notre rencontre.

— Eh bien, eh bien…, déclara Vasily en se rencognant dans son fauteuil, son verre de whisky à la main. Ne dirait-on pas que Miss Mackenzie s'est amourachée du duc…

— Absolument pas !

Hélas, au moment même où sa protestation lui échappait, Catriona sut qu'elle s'était trahie. D'ordinaire, elle se contentait de rire face aux insinuations et aux insultes. Cette fois, elle se défendait. Ils ne pourraient que noter la différence.

— Je pense simplement impossible qu'il ait fait le moindre mal à son épouse, reprit-elle plus calmement.

— Vous voyez ? Elle persiste à le défendre !

— Je ne le défends pas. Je donne mon opinion, voilà tout.

Mais il était trop tard. Son cœur battait à se rompre

tandis qu'elle s'efforçait de conserver une expression neutre.

— C'est vrai ! s'exclama Chasity, les yeux écarquillés. Vous avez de l'inclination pour lui !

Paniquée, Catriona lança un regard vers son oncle mais il gardait les yeux fixés sur son verre.

— De l'inclination ? reprit-elle comme si cette suggestion était ridicule. Comment le pourrais-je ? Je le connais à peine.

Personne ne sembla convaincu. La peur l'empêchait presque de respirer.

— Très bien ! Vous m'avez percée à jour. Je suis sous le charme !

Tout le monde émit un hoquet de surprise et oncle Knox la fixa, stupéfait. Elle se força à rire comme à son habitude et reprit avec plus d'assurance.

— Pourquoi ne le serais-je pas ? Il est fort bel homme, non ? Je suis charmée certes, et rien de plus, pour la bonne raison que je ne le connais pas.

— Je suis ravi d'apprendre que ton cœur n'est pas engagé, ma chérie, déclara légèrement oncle Knox. Pour ton information, le Lord Avocat nous attend à Édimbourg la semaine prochaine.

Catriona fut saisie d'une brusque nausée.

— Vraiment ? C'est merveilleux, oncle Knox ! parvint-elle à articuler.

Pourtant, son cœur sombrait à l'idée que cette rencontre signifiait la fin de son séjour à Dungotty.

— Oui, j'ai pensé que cela te serait profitable de changer un peu d'air.

Catriona parvint à chasser l'angoisse qui lui serrait la gorge pour lancer d'un ton jovial :

— Quelle bonne idée, oncle Knox ! Je n'ai pas séjourné à Edimbourg depuis fort longtemps et j'ai hâte de trouver un peu de divertissement là-bas.

Comme la discussion s'orientait sur les charmes de la ville, Catriona se lança avec animation dans le débat, posant des dizaines de questions pour feindre un intérêt qu'elle était loin de ressentir.

Seigneur ! Elle avait désespérément besoin de revoir Hamlin. Elle devait savoir ce qui s'était produit à Blackthorn Hall. Surtout, elle avait besoin de sentir ses yeux sombres scintiller en la voyant, d'inhaler son parfum viril, de caresser sa peau dorée… Elle avait si peur de ne plus jamais le revoir que son ventre se tordait de douleur.

Hélas, ils avaient touché juste : elle était réellement amoureuse du duc.

Chapitre 19

— Il n'y a plus besoin d'ajouter d'autres clous, votre Grâce, le toit est réparé, balbutia le charpentier tandis que Hamlin persistait à envoyer de grands coups de marteau dans la charpente.

— Je préfère tout de même m'en assurer, monsieur Watson.

S'il ne faisait pas plus attention, il allait finir par briser le bois en continuant à y enfoncer des clous inutiles. Quand il admit enfin qu'il faisait plus de mal que de bien aux réparations, Hamlin abandonna. Il redescendit l'échelle et demanda aux hommes rassemblés :

— Que faut-il réparer d'autre ?

Après des échanges de regards perplexes, Mr Watson annonça qu'une des fenêtres de l'orangerie devait être remplacée.

— Allons-y.

Son besoin frénétique d'activité était dû à une suite d'événements malheureux. Le plus humiliant avait été de demander à Bain de faire parvenir un message à Catriona. Bain l'avait regardé comme s'il ne l'avait jamais vu.

Son secrétaire avait pris une plume, mais son regard

était revenu se poser sur lui tandis qu'il écrivait sous sa dictée.

« Quoi d'autre ? avait impatiemment demandé Hamlin une fois la lettre achevée.

— Nous avons bientôt rendez-vous avec lords Perth et Caithness, ainsi que Mr MacLaren.

— Oui ?

— Étant donné les récents événements, je pense que nous devrions nous préparer à répondre à tous les sujets qui pourraient être soulevés.

— N'est-ce pas ce que nous faisons à chaque fois ? »

Bain l'avait regardé comme s'il voulait ajouter quelque chose. Hamlin savait de quoi il s'agissait : son secrétaire aurait voulu le prier de cesser sa dangereuse liaison. Par chance, une fois n'était pas coutume, Bain avait su tenir sa langue.

Hamlin n'était pas stupide. Il savait qu'il se montrait déraisonnable, seulement, il s'en moquait. Cela faisait deux jours que ce maudit visiteur avait ramené dans sa vie le spectre de Glenna. Il détestait devoir ainsi replonger dans la période la plus sombre de sa vie alors qu'il vivait actuellement la meilleure.

Glenna n'était pas morte comme tout le monde le croyait. Elle vivait bien trop près de lui, comme la visite de Mr Dundy le lui avait rappelé. Ne lui avait-elle pas fait assez de tort en quittant Blackthorn Hall avec son amant ? En le forçant à dissoudre leur prétendu mariage ? Non, il fallait encore qu'elle revienne comme un fantôme pour l'humilier à nouveau ! Maudite soit-elle !

Leur mariage avait été voué à l'échec dès le premier instant, même s'il avait été trop aveugle pour l'admettre aussitôt. C'était une union arrangée, ce qu'il avait su depuis son plus jeune âge. Un empire ducal s'épanouissait grâce à des mariages avantageux où l'amour n'avait pas sa place. Il le comprenait parfaitement. Aussi, après quelques dîners et promenades en compagnie de Glenna, qui semblait toujours ravie de sa compagnie, la cérémonie avait été décidée. Son père adorait Glenna. « Celle-là, c'est un joyau, une merveilleuse addition à notre nom », aimait-il à répéter.

Hamlin, qui appréciait plutôt la jeune femme, s'était tout naturellement dit qu'il développerait des sentiments plus profonds pour elle après le mariage, tout comme son père le suggérait. Hélas, Glenna avait commencé à se plaindre à peine leurs vœux échangés.

Son père, que Dieu ait son âme, n'avait pas vécu assez longtemps pour voir son fils trahi et trompé. Ce n'était pas un joyau qu'il avait fait entrer dans leur famille, mais une vipère. Pendant huit années, il avait donc enduré ce mariage qui n'en avait que le nom. Il avait fait de son mieux pour apaiser son épouse irascible, sans succès. Il avait ensuite tenté de l'ignorer, elle ne l'avait pas davantage laissé faire.

Pour le reste du monde, Glenna présentait un visage heureux. Excellente hôtesse, elle riait souvent et s'adonnait à toutes les œuvres charitables qu'on attendait d'une duchesse généreuse, ce qui faisait que ces caprices constants étaient perçus comme une fantaisie amusante, presque adorable.

Une fois les portes refermées, le masque tombait. Alors elle se désespérait sans cesse des incompatibilités qu'elle persistait à voir entre eux. Elle déplorait qu'il ne la comprenne pas. Qu'il ne voie pas son esprit. Qu'elle doive subir sa présence dans son lit de temps à autre alors qu'elle ne ressentait pas la moindre affection pour lui.

Hamlin n'avait jamais compris quelle était l'origine de cette prétendue incompatibilité. D'après lui, elle ne l'avait même pas suffisamment connu pour en arriver à une telle conclusion. En dépit de ses plaintes continuelles, Hamlin avait fait de son mieux pour lui conserver son respect et sa confiance.

Jamais il n'aurait pu la suspecter d'infidélité. C'était sans doute ce qui l'avait le plus mis en fureur – il avait passé des années à prétendre que tout allait bien parce qu'il pensait qu'elle respecterait leurs vœux, avec sans doute l'espoir qu'elle finirait par accepter leur union et qu'ils connaîtraient enfin une vie conjugale apaisée, à défaut d'être heureuse. Il avait cru que, si elle portait son enfant, elle deviendrait plus affectueuse envers lui. Il s'était dit qu'elle était trop jeune et qu'elle allait mûrir. Il lui avait fait confiance.

Désormais, par sa faute, il avait toutes les peines du monde à se fier à quiconque. Sa perfidie avait duré un long moment, de son propre aveu. Son amant était un marchand, un homme de commerce qu'il ne connaissait pas et qui, selon les dires de Glenna, serait un jour aussi riche que lui.

Il n'avait pas pu l'empêcher de partir comme elle l'exigeait. Aucune menace, aucune discussion n'avait pu la détourner de sa folie. Elle lui avait furieusement jeté au visage que son amour était si puissant, si beau, qu'elle serait heureuse avec cet homme comme elle ne l'avait jamais été avec lui. Elle avait hurlé qu'elle n'avait jamais voulu l'épouser.

Quand il lui avait demandé pourquoi, au nom du

ciel elle avait donné son accord, elle avait hurlé : « Quel autre choix avais-je ? » Il semblait à Hamlin qu'elle en aurait eu des dizaines d'autres. N'importe quel autre plutôt que de joindre sa vie à la sienne alors qu'il était un tel fardeau pour son âme.

Quand il lui avait rappelé qu'Eula était sa cousine, l'unique lien familial qui lui restait, elle s'était contentée d'un laconique : « Je ne peux pas l'emmener. » Une nouvelle dispute s'était ensuivie, mais la fin était inévitable. Elle était partie retrouver les bras de son amant et il avait mis légalement fin à leur mariage comme elle le réclamait.

Le duc de Perth, vieil ami de son père, l'avait aidé à obtenir un divorce. La procédure avait été rapide, grâce au motif de désertion du domicile conjugal. Glenna et son amant inconnu avaient pris une petite maison à Édimbourg où il avait apparemment son affaire de commerce.

C'était également Perth qui lui avait conseillé de garder tout cela pour lui. À l'époque, les premières rumeurs avaient circulé, pour tenter d'expliquer la disparition de la charmante Lady Montrose. Alors que Hamlin se demandait s'il n'aurait pas mieux valu avouer publiquement sa honte, Perth lui avait rappelé que pour obtenir un siège à la Chambre des lords, mieux valait que ses pairs ignorent qu'il avait été cocufié, humilié et forcé de divorcer.

Son discours avait été limpide : « Naturellement, tu n'avais pas d'autre choix, mais cela affaiblirait par trop ta position. Un gentleman aurait parfaitement compris que tu places ta femme à la campagne pour en être débarrassé, beaucoup moins que tu divorces. » Hamlin était resté saisi de stupeur devant la logique implacable de Perth : il était parfaitement acceptable qu'un homme dispose de sa femme comme si elle n'était qu'un simple objet, mais l'inverse était inacceptable.

Peu lui importait de toute façon. Hamlin avait été soulagé de ne pas avoir à révéler son humiliation au grand jour. Il avait lamentablement échoué dans sa vie maritale sans même comprendre comment, ni pourquoi, et cela le mortifiait. Apparemment, le simple fait de respirer avait suffi à lui attirer la haine et le mépris de sa femme.

Aussi avait-il suivi le conseil de Perth en répondant de façon évasive quand on s'enquérait de Lady Montrose. Sa position de duc lui avait permis de ne pas avoir à répondre plus précisément. En fait, personne n'avait osé l'interroger directement, à l'exception d'Eula.

Hélas, comme il aurait dû le prévoir, la rumeur n'avait fait qu'enfler. Toutefois, il n'aurait pas pu anticiper les soupçons de meurtre, encore moins qu'ils prendraient une telle importance. Rétrospectivement, il s'en voulait de n'avoir pas mieux géré la situation. Rejeté et humilié, il avait offert au monde un visage sombre et renfermé, ce qui n'avait fait qu'ajouter de l'huile sur le feu.

C'est dans cette existence sans joie que Catriona Mackenzie lui était apparue, manquant le renverser ce premier jour où elle conduisait la voiture de son oncle. Ce petit cabriolet lui avait apporté une joie immense et avait réchauffé son cœur solitaire et endurci. Il ne savait pas encore jusqu'où ses sentiments pouvaient le conduire, il n'y réfléchissait pas. Pour une fois, il voulait simplement profiter de la chaleur que ce rayon de soleil apportait dans sa vie. Savourer la sensation d'une affection véritable.

Puis ce maudit Dundy était arrivé. L'homme était l'une des rares personnes à connaître la vérité sur le sort de sa femme.

« Lady Montrose est venue me voir, avait-il annoncé sans ambages.

— Il n'y a aucune Lady Montrose, l'avait sèchement repris Hamlin.

— Oui, votre Grâce, toutes mes excuses.

— Pourquoi ? Que voulait-elle ?

— De l'argent. Je lui ai bien entendu indiqué que je ne pouvais accéder à sa demande sans votre accord exprès. Elle semblait réellement terrifiée. J'ai cru comprendre que son… bienfaiteur l'avait quittée.

— Son bienfaiteur, répéta Hamlin avec un rire de dérision.

— Elle n'était plus la grande dame que j'ai connue, votre Grâce. Elle semblait exténuée et affaiblie. »

Hamlin retint un grognement exaspéré. Que croyait Dundy ? Qu'il se préoccupait un seul instant de cette femme qui l'avait agoni de reproches avant de le quitter ?

« Pourquoi êtes-vous venu jusqu'ici alors que vous saviez que je dirais non ? »

Dundy s'éclaircit la gorge, soudain mal à l'aise.

« Je ne lui ai pas refusé ce qu'elle demandait, votre Grâce. »

Hamlin avait senti son sang refluer brusquement de son visage.

« Elle savait qu'il n'a jamais été fait mention publiquement de la dissolution de votre mariage, votre Grâce.

— Je m'en moque, articula-t-il d'un ton glacial.

— Elle savait aussi que vous briguiez un siège à la Chambre des lords. »

Comprenant enfin ce que son interlocuteur essayait de lui dire, Hamlin sentit une violente nausée lui retourner l'estomac.

« Je lui ai bien sûr suggéré de faire appel à sa propre famille…

— Sa seule famille est une enfant de dix ans.

— C'est ce qu'elle m'a dit. Par prudence, j'ai donc préféré lui donner un peu d'argent, le temps que vous sachiez ce que vous comptez faire. »

Hamlin avait levé un regard courroucé sur son interlocuteur.

« Je vous demande pardon ?

— Une petite somme, votre Grâce. Cinquante livres. »

Cette fois, il avait bondi sur ses pieds.

« Quel droit aviez-vous de donner *mon* argent ?

— Aucun, lui avait calmement répondu Dundy. Simplement, j'ai cru bon de protéger votre vie privée jusqu'à ce que j'aie l'occasion d'en discuter avec vous. Si je n'avais pas pris cette décision, je crains qu'elle n'ait rendu toute l'affaire publique et souillé votre nom. »

Hamlin était resté de longues secondes pétrifié, incapable de donner un sens à ce qu'il apprenait. Il avait donné à Glenna tout ce qu'elle exigeait et elle cherchait encore à profiter de lui et à lui faire du mal ?

« Je pense qu'elle ne vous ennuiera plus, votre Grâce. Elle semblait contente de la somme que je lui ai donnée et paraissait croire que ses différends avec son gentleman pouvaient s'arranger.

— Ce n'est pas un gentleman. »

Il avait marché jusqu'à la fenêtre et pris une profonde

inspiration. Puis une autre. Glenna était un serpent.
Elle reviendrait encore et encore le harceler. Pourquoi
fallait-il que ce soit maintenant ? Alors qu'il venait tout
juste de trouver le bonheur ?

« A-t-elle demandé des nouvelles d'Eula ? »

Dundy avait toussoté de nouveau.

« Non, votre Grâce. »

Il avait fermé les yeux et marmonné un juron. Cette
femme était décidément la plus mauvaise personne qu'il
lui ait été donné de rencontrer.

Depuis deux jours que Dundy lui avait rendu cette
visite, Hamlin était parvenu à retrouver un semblant
de calme. Il savait de quoi il avait besoin pour retrouver
la paix de l'âme : Catriona. Il pouvait se raccrocher à
son sourire. Il avait besoin d'elle pour se rappeler qu'il
avait désormais quelque chose qui transcendait son
passé douloureux.

Allons, tout ce qu'il avait à faire, c'était survivre au
vote qui aurait lieu d'ici deux semaines. Après quoi, il
se moquait éperdument de ce que Glenna ferait. Elle
pouvait annoncer au monde entier leur divorce, il s'en
moquait. S'il fallait en arriver là, il serait même prêt à
dénoncer ses actes immoraux et à affronter les répercus-
sions sur son nom et son titre. Hors de question d'être
pris en otage par elle !

Alors, il avait demandé à Bain de faire parvenir un
message à Catriona et il avait dû affronter son regard
de reproche. Bon sang ! À croire que son secrétaire
voulait lui faire la morale ! C'était un comble de la part
d'un homme qui ne refrénait guère ses désirs, à voir ses
escapades nocturnes.

Le mercredi, Catriona arriva à Blackthorn Hall,

accompagnée des personnes qu'il avait mentionnées dans son message. Elle conduisait le cabriolet, ce qui ne le surprit guère. Mais, à voir les expressions choquées de la modiste et de son assistant, eux l'étaient.

De toute façon, Hamlin les remarqua à peine. Il ne parvenait pas à détourner le regard de Catriona. Il avait l'impression de ne pas l'avoir vue depuis des mois alors que cela ne faisait que quelques jours. Elle lui parut plus belle que jamais. Ses mains le picotaient tant il brûlait de la saisir par la taille pour enfouir son visage dans son cou et inspirer son odeur merveilleuse. Au lieu de quoi, il ne put que s'incliner.

— *Madainn mhath !* s'exclama-t-elle joyeusement. Lord Montrose, puis-je vous présenter Mrs Fraser et son assistant, Mr Carver ? Ils ont apporté des échantillons de tissu qui plairont sans nul doute à Miss Guinne.

— Pour moi ? s'écria Eula qui arrivait pour les saluer.

— Oui, pour toi, confirma Hamlin en lui passant la main sur la tête. Tu as grandi d'au moins dix centimètres.

— Vraiment ?

La fillette posa sa paume sur son crâne comme si elle pouvait ainsi évaluer sa prise de centimètres.

— J'ai demandé à Miss Mackenzie si elle voulait bien avoir la gentillesse de nous aider à te trouver de nouvelles tenues.

— Je suis honorée et enchantée de pouvoir vous aider, votre Grâce, intervint Mrs Fraser. Combien de robes la demoiselle voudrait-elle commander ?

Hamlin jeta un regard à Catriona qui déploya discrètement quatre doigts le long de sa tempe, en faisant mine de méditer une question importante.

— Euh… Quatre. Trois pour le jour, une pour le soir.

— Parfait. Si cela convient à votre Grâce, nous allons pouvoir commencer par les mesures, puis nous jetterons un œil aux tissus.

— Procédez, procédez, vous n'aurez pas besoin de moi pour cela. Adam, voulez-vous bien conduire ces personnes dans le petit salon pour qu'elles se mettent au travail ?

Mrs Fraser le remercia et avec l'aide de son assistant, ils rassemblèrent leur matériel et suivirent le valet. Tout excitée, Eula saisit la main de Catriona et l'entraîna dans son sillon. Avant qu'elles aient pu disparaître dans le corridor, Hamlin lança :

— Pardonnez-moi, mademoiselle Mackenzie. Votre oncle a oublié sa canne de marche la dernière fois qu'il est venu. Je pense que Stuart l'a conservée. Voudrez-vous la prendre avant votre départ ?

— Sa canne ? répéta Catriona dont les yeux brillaient d'amusement. En effet ! Il a retourné ciel et terre pour la retrouver ces derniers jours. Il sera ravi que je la lui rapporte. Merci, votre Grâce.

Hamlin acquiesça en faisant de son mieux pour ne pas sourire devant ses expressions théâtrales. Il fit mine de s'éloigner avant de s'interrompre à nouveau.

— Ah. Il me semble que Stuart doit quitter la propriété pour une course au village dans une demi-heure. Mieux vaudrait le trouver avant.

— Très bien. J'irai chercher la canne dès que tout sera prêt pour les essayages.

Il serra les mâchoires pour contenir le sourire heureux qui lui montait aux lèvres et s'éloigna. Ce matin, personne ne pourrait lui adresser de lourds regards de reproche : Stuart était déjà parti et Bain était absent également.

Après une interminable attente d'un quart d'heure, Catriona sortit enfin du salon. Elle le repéra aussitôt qui la guettait au bas de l'escalier et le rejoignit sur la pointe des pieds. Aussitôt, il posa une main au bas de ses reins pour l'entraîner vers l'étage puis à travers un étroit corridor.

— Où allons-nous ? demanda-t-elle en riant.

— Chut.

Ils grimpèrent encore deux étages de l'escalier de service pour émerger dans un couloir sombre. Il l'emmena jusqu'au bout et ouvrit la dernière porte sur la droite. La pièce était noire, humide et un peu froide. Il n'y avait ni chandelles ni feu dans l'âtre. Il lâcha un instant sa main pour ouvrir une fenêtre.

— Quelle est cette pièce ?

— C'était le salon de ma grand-mère. Il est inutilisé depuis des années.

Comme elle lui adressait un regard curieux, il précisa en riant :

— Je n'ai pas d'attachement particulier pour cette pièce ! C'est seulement que Blackthorn est tellement grand que de nombreuses pièces demeurent fermées.

— Quels difficiles problèmes ont les ducs, soupira-t-elle dramatiquement.

Avec un rire, il la saisit par la taille et l'appuya contre un mur. Le désir se rua aussitôt dans ses veines, balayant tout le reste.

— Alors comme ça, je dois récupérer une canne ? ronronna-t-elle.

Hamlin l'embrassa avec passion, d'abord sa bouche adorable, puis son cou et son corps à la peau parfumée si douce. Il rassembla ses jupes d'une main pour pouvoir caresser la peau de ses cuisses, au-dessus de ses bas. Avec un doux gémissement, elle se pressa contre lui et reprit sa bouche.

Fiévreusement, elle l'aida à libérer son membre dressé de ses doigts tremblants tandis qu'ils s'embrassaient. Elle passa une jambe autour de ses hanches et poussa un cri de volupté quand il entra enfin en elle.

Ils firent l'amour avec une urgence frénétique, s'abandonnant à la faim charnelle qui les possédait furieusement. Quand ils eurent atteint l'extase, ils se laissèrent glisser à même le plancher. Catriona commença à rire tout bas et, un instant plus tard, Hamlin joignait son rire au sien.

Elle roula sur le côté et s'appuya sur un coude pour le contempler. Du doigt, elle traça le contour de sa mâchoire.

— Que s'est-il passé depuis deux jours ? J'ai craint de ne plus avoir de nouvelles de toi.

— J'ai été occupé, murmura-t-il en serrant doucement les doigts autour de son cou délicat.

— Tu semblais inquiet la dernière fois que je t'ai vu.

— Ce n'était rien.

Il ne voulait pas que les souvenirs douloureux pénètrent dans le cocon qu'ils venaient de se créer dans cette pièce reculée.

— Tu en es certain ?

— Cat…

Brusquement, il se rassit et la fit rouler sur le dos avant de l'embrasser tendrement.

— N'insiste pas, d'accord ? pria-t-il tout bas.

Elle l'écarta légèrement pour le regarder, comme si

elle cherchait à trouver une explication au fond de son regard. Puis elle sourit.

— La prochaine fois, ne me fais pas attendre si longtemps.

Il sourit à son tour et roula sur le dos en l'entraînant au-dessus de lui.

— Toutes mes excuses, mademoiselle Mackenzie.

Quand il l'embrassa, il y avait un peu moins d'urgence et un peu plus de tendresse dans leurs caresses.

Chapitre 20

Dans les jours qui suivirent leur rendez-vous galant à Blackthorn Hall, Catriona et Hamlin eurent la joie de retrouver un temps clément. Aussi reprirent-ils leurs rencontres aux ruines, qui étaient devenues leur petit coin de paradis. L'air se chargeait de l'odeur savoureuse des baies mûres et les oiseaux chantaient avec allégresse dans les feuilles de l'if.

Ils vivaient chaque instant pour le seul plaisir qu'ils se donnaient. Ils ne parlaient ni du passé ni de l'avenir, qui leur semblait si éloigné de leur univers enchanté. Seule importait à Catriona la richesse de ce présent partagé – les étreintes passionnées et le sentiment glorieux de l'amour qui l'habitait.

Elle reconnaissait désormais tous les signes du sentiment amoureux en elle. Elle était encore très jeune quand sa sœur Vivienne était tombée follement amoureuse et avait épousé leur lointain cousin Marcas Mackenzie. Pourtant, elle se rappelait encore à quel point elle enviait l'état de sa sœur qui semblait constamment dans un rêve. Elle irradiait de bonheur comme la Madone en personne.

Malgré son jeune âge, Catriona avait compris quel bien-être cet état apportait à sa sœur. Puis, en grandissant, elle avait découvert, de plus en plus douloureusement, que cet état de béatitude amoureuse n'était pas aussi simple à atteindre qu'elle l'aurait cru. Chaque année, Catriona en rêvait. Et enfin, au bout de tout ce temps, elle le savourait à son tour.

Elle pensait constamment à Hamlin, attendant impatiemment les instants où ils pourraient se retrouver. Elle n'était jamais aussi heureuse qu'en sa présence. Peu à peu, elle se prit à espérer, puis à croire sincèrement qu'il ressentait la même chose pour elle.

À l'occasion du départ prochain de la comtesse Orlov et de son cousin, oncle Knox invita Hamlin à dîner à Dungotty. Vasily commençait à trouver la campagne bucolique un peu trop calme à son goût. Il était joueur et avait convaincu sa cousine qu'il était temps d'aller voir ailleurs si l'herbe était plus verte. Ils partiraient donc à Londres où la comtesse avait un « ami très cher » qui les hébergerait. « N'ont-ils pas leur propre résidence londonienne ? », avait murmuré Chasity à son oreille.

Catriona s'était posé la même question.

Peu après l'annonce de leur départ, Mr Wilke-Smythe avait à son tour informé oncle Knox qu'ils rentreraient en Angleterre au moment où eux partiraient à Édimbourg. Apparemment, sa femme souhaitait commencer la préparation de la garde-robe de Chasity pour la prochaine saison londonienne et la perspective de ces dépenses faramineuses ne semblait pas l'enchanter le moins du monde.

Quoi qu'il en soit, Hamlin avait accepté l'invitation de son oncle. Le soir convenu, il arriva, adoptant le même comportement réservé que lors de sa première visite. Il la salua avec courtoisie et déclina le whisky qu'on lui proposait. Catriona lui jetait des regards à chaque fois qu'elle en avait l'occasion, mais Hamlin était un maître dès qu'il s'agissait de garder ses pensées pour lui. Personne autour de la table n'aurait pu soupçonner en le voyant ce qui se passait entre eux.

Ce n'est que bien plus tard, une fois qu'ils se réunirent au salon pour entendre à nouveau les performances musicales des Wilke-Smythe qu'il lui effleura subrepticement les doigts. C'était un contact si furtif qu'elle n'aurait pas même dû le remarquer, pourtant, cela envoya une décharge de désir dans tout son corps.

Il était insupportable de devoir ainsi contenir le mouvement naturel qui la portait vers lui. Elle aurait tant voulu que le monde entier connaisse ses véritables sentiments pour Hamlin.

D'un autre côté, leur secret l'enivrait. Elle pouvait songer avec délectation à la façon dont Hamlin la touchait, à quel point son désir pour elle était ardent et vibrant. Seigneur ! Les personnes rassemblées dans la pièce se seraient évanouies sur-le-champ si elles avaient su... Catriona devait lutter pour cacher son sourire de contentement.

Quand mère et fille eurent enfin terminé leurs gazouillis, Mr Wilke-Smythe offrit un brandy à Hamlin et lui demanda :

— Que pensez-vous du vote, votre Grâce ? Êtes-vous optimiste ?

Catriona sentit l'inquiétude lui serrer le cœur face à l'intérêt de l'homme. Wilke-Smythe se montrait particulièrement curieux depuis le début de la soirée. Avait-il en tête d'épargner une saison coûteuse à sa fille en la mariant immédiatement à un pair du royaume ?

Peut-être s'imaginait-il que Chasity ferait une parfaite duchesse écossaise et que cela valait la peine d'ignorer les rumeurs de meurtre qui couraient sur son futur gendre.

— C'est plutôt prometteur, répondit sobrement Hamlin.

Catriona dut refréner une subite envie de pleurer. Elle avait été tellement concentrée sur lui, guettant le moindre de ses regards, qu'elle n'avait pas remarqué que Chasity lui portait elle aussi grand intérêt. Maintenant qu'elle y repensait, la jeune femme avait essayé d'entamer une conversation avec lui à plusieurs reprises. Cependant, Chasity était incroyablement naïve si elle s'imaginait pouvoir capturer l'attention d'un homme comme Hamlin en lui parlant de sa dernière paire de gants. Il préférait discuter de sujets importants, comme de la régulation monétaire des banques dont il avait expliqué à Catriona de quelle manière elle agissait en défaveur de l'Écosse. Ou du libre-échange que les commerçants écossais demandaient à cor et à cri. Elle comprenait d'autant mieux ce sujet que son père et ses frères avaient été obligés de faire de la contrebande avant la rébellion jacobite.

La pauvre Chasity ne savait pas tout cela, contrairement à elle. À Balhaire, on discutait ouvertement de ces sujets politiques et économiques. Avoir un père chef de clan lui avait permis de comprendre les difficultés que rencontraient les siens. De plus, son père avait toujours traité ses filles exactement comme il traitait ses fils, les invitant à discuter librement de tous les sujets. Voilà sans doute pourquoi elle comprenait aussi bien Hamlin. Et pourquoi c'était elle, et non Chasity, qui aurait pu l'aider à affronter la complexité politique vers laquelle son ambition le portait.

Une petite voix lui rappela alors qu'elle devait consacrer son énergie à sa propre cause. Elle était déjà un appui pour la vingtaine de femmes qui vivaient à Kishorn Abbaye. Pouvait-elle être à la fois leur soutien et celui de Hamlin ? Comme sa petite voix intérieure lui soufflait que non, elle la fit taire.

Quand Hamlin prit congé, Catriona marcha avec son oncle jusqu'à la porte d'entrée pour le raccompagner. Avec un sourire qui montait jusqu'à ses yeux, il prit sa main et se pencha pour y poser ses lèvres chaudes. Quand il se redressa, ils échangèrent un regard chargé de désir, et il garda ses doigts dans les siens un peu plus longtemps que nécessaire.

— Merci infiniment pour votre visite, votre Grâce, dit-elle gracieusement.

— Tout le plaisir était pour moi. J'aimerais vous retourner l'invitation, si vous le permettez. Je vous convie tous pour un souper à Blackthorn Hall, ce jeudi.

— Si le temps le permet, rit oncle Knox. Merci pour l'invitation, votre Grâce, nous en serons ravis.

— Bonsoir, mademoiselle Mackenzie, Lord Norwood.

Son oncle passa le bras autour de sa taille et ils regardèrent Hamlin rejoindre sa voiture. Oncle Knox se tourna vers elle et lui prit gentiment le menton dans la main.

— Ressaisis-toi avant de retourner auprès de nos invités, ma chérie. Ton sourire est tellement lumineux qu'ils vont penser qu'une comète vient de passer dans le ciel.

Seigneur ! Ses sentiments étaient-ils donc aussi

évidents pour un observateur extérieur ? Elle se passa fébrilement les paumes sur les joues comme pour en effacer la rougeur suspecte. Son oncle avait raison. Elle irradiait trop de bonheur. En vérité, elle en arrivait à croire que rien ne pourrait venir ternir ce bonheur.

Deux jours avant qu'ils ne partent pour Édimbourg, Catriona et Chasity se rendirent à Crieff en cabriolet. Chasity était déterminée à s'acheter une nouvelle paire de gants en cuir de chevreau et avait convaincu Catriona qu'elle en avait également besoin.

— Vous avez usé vos gants à force de courir la campagne à cheval. D'ailleurs, vous avez également attrapé des taches de rousseur, la sermonna-t-elle.

Catriona n'avait pu retenir un petit rire joyeux.

— C'est vrai.

Sur la route, elles virent arriver en sens opposé un cavalier solitaire qui se dirigeait vers Dungotty. Il ôta son chapeau et leur fit signe de s'arrêter.

— Bien le bonjour, mes ladies, les salua-t-il en se penchant aussi bas qu'il le pouvait sans chuter de sa selle, leur révélant dans l'opération son crâne dégarni. Pourriez-vous m'indiquer le chemin de Blackthorn Hall ? Je pense que je me suis un peu égaré.

Catriona remarqua le manteau élimé et les bottes boueuses.

— Vous êtes sur la route de Dungotty, l'informa-t-elle. Le chemin de Blackthorn se trouve à environ un mile dans l'autre sens, par là où vous êtes arrivé.

L'homme se retourna sur sa selle pour suivre la direction de son doigt.

— Eh bien, mon vieux Charles, nous nous sommes

trompés ! s'exclama-t-il en tapotant l'encolure de son cheval. Merci !

Il lui fallut plusieurs tentatives pour que sa monture accepte de faire demi-tour.

— Que croyez-vous qu'un homme comme lui ait à faire à Blackthorn Hall ? questionna Chasity comme elles se remettaient au trot.

— Je n'en ai aucune idée.

C'était l'entière vérité, et pourtant, son cœur se serrait d'une étrange appréhension.

Elle oublia tout de l'homme jusqu'au lendemain matin, lorsque le secrétaire de Hamlin se présenta à Dungotty. Catriona soupçonnait que Mr Bain aimait demeurer impénétrable au regard d'autrui. Elle aurait été bien en peine de deviner ce qu'il pensait d'elle, ou de qui que ce soit d'autre, d'ailleurs. Le plus dérangeant était qu'à l'inverse il semblait lire dans son âme ses secrets les plus enfouis.

Les bras dans le dos, il s'inclina cérémonieusement avant d'annoncer à oncle Knox :

— Sa Grâce le duc vous présente toutes ses excuses, hélas, il est dans l'obligation d'annuler son invitation à dîner ce soir, car il a été appelé ailleurs de façon inattendue.

— Appelé ailleurs ? répéta Catriona avant d'avoir pu se retenir.

— Quel dommage ! J'espère que tout va bien, répondit son oncle avec plus de courtoisie.

— D'après ce que j'en sais, tout va bien, milord.

— Transmettez nos pensées au duc. Et merci d'être venu jusqu'ici pour nous informer de la situation.

Mr Bain se détournait vers la porte lorsque Catriona lança à brûle-pourpoint :

— Il n'y a pas de message ?

Il se retourna lentement, la scrutant de son regard perçant.

— Aucun, madame. Il a ordonné que je vienne moi-même vous délivrer ce message.

— Bien sûr, murmura-t-elle, contrite.

Qu'allait-elle s'imaginer ? Il ne pouvait pas lui adresser une lettre par l'intermédiaire de son secrétaire, au su et au vu de tous. Il le ferait discrètement. Il savait qu'elle partait bientôt pour Édimbourg et il ne la laisserait pas s'en aller sans lui donner de ses nouvelles.

— En toute sincérité, je suis soulagé, avoua oncle Knox. Nous avons beaucoup à faire avec le départ des uns et des autres demain.

Catriona ne répondit pas. Elle n'était pas du tout soulagée, bien au contraire. Qu'était-il arrivé à Hamlin ?

La journée passa, puis le soir, sans qu'aucun message ne lui parvienne. Sa nervosité ne faisait qu'augmenter d'heure en heure. Du calme, il l'informerait le lendemain, voilà tout. Cependant, Catriona se sentit peu à peu envahie par l'angoisse devant sa subite disparition. Son départ était-il lié au vote imminent ? Ou bien était-on finalement venu l'arrêter pour le meurtre de sa femme ? À moins qu'il ne se soit tout simplement lassé d'elle…

Les questions se mélangeaient dans son esprit enfiévré et le besoin de le voir devenait plus urgent d'instant en instant. Aussi prit-elle comme un signe du Ciel l'arrivée inattendue de Mrs Fraser et de son assistant le lendemain après-midi.

— Je vous demande pardon pour cette intrusion,

mademoiselle Mackenzie, s'excusa la brave dame. J'ai préparé une robe pour Miss Guinne, mais je me demandais… Enfin, je n'ai jamais rien fait pour un duc auparavant, accepteriez-vous de l'examiner pour me donner votre avis ?

Catriona accepta et approuva aussitôt. La robe crème, ornée de rubans roses, plairait sans nul doute à Eula.

— Cette robe est parfaite ! Je n'en ai pas vu de plus jolie, je vous l'assure.

La modiste rosit de plaisir et fit signe à son assistant de la ranger.

— Merci infiniment, mademoiselle Mackenzie. J'admets que je suis un peu nerveuse à l'idée d'aller la présenter.

Catriona ne fut pas longue à saisir la chance qui se présentait.

— Voudriez-vous que je vous accompagne ? Cela ne me dérange pas du tout et si cela peut vous mettre à l'aise…

— Oh !

Mrs Fraser sembla confuse.

— Juste au cas où il y ait le moindre problème, renchérit Catriona en faisant mine d'admirer le petit chapeau assorti à la robe.

— Problème ? balbutia Mrs Fraser.

— Je ne pense pas qu'il y en aura, mais si la demoiselle avait quoi que ce soit à redire à votre travail – après tout, elle n'a que dix ans –, je pourrais parler avec elle et la convaincre de la qualité de votre robe.

Mrs Fraser et Mr Carver échangèrent un regard.

— Vous êtes certaine que cela ne vous dérangerait pas ?

Catriona sourit élégamment et se leva.

— Je vais chercher mon manteau.

À Blackthorn Hall, ils furent accueillis par Stuart qui les accompagna dans le salon de jardin comme la fois précédente car Eula y prenait sa leçon de peinture avec Mr Kenworth. Elle lâcha son pinceau aussitôt qu'elle les vit et bondit vers eux.

Après des exclamations ravies face à sa nouvelle robe, Mr Kenworth comprit que sa leçon du jour était terminée et prit congé. Mrs Fraser emmena Eula dans une autre pièce pour les dernières retouches. La fillette reparut un moment plus tard en tournant sur elle-même pour leur faire admirer le volume de ses jupons.

— C'est magnifique, n'est-ce pas, mademoiselle Mackenzie ?

— Absolument magnifique ! Ne bougez plus pour laisser Mr Carver terminer son travail, *lass*. Voulez-vous que le duc vienne vous voir dans cette merveille ? suggéra-t-elle.

— J'aimerais beaucoup, mais il n'est pas là. Il est parti.

— Oh.

Parti ? De plus en plus inquiète, Catriona marcha jusqu'à la toile d'Eula et fit mine de s'y intéresser tout en demandant :

— Où est-il donc parti ?

— Je ne sais pas. Je dois rester ici avec Aubin et Miss Burns jusqu'à son retour.

— Ah. Et quand doit avoir lieu ce retour ?

Elle se sentit rougir en voyant Mrs Fraser lever le visage vers elle. Elle se replongea dans l'examen de la toile en précisant :

— Je demande seulement au cas où il voudrait donner son avis avant de prendre les robes.

— Il a dit que si Miss Burns les appréciait, elles lui conviendraient.

Diah ! Combien de temps avait-il l'intention de rester au loin ? Comment avait-il pu partir sans même la tenir informée ? Qu'est-ce que cet étrange homme croisé sur la route avait bien pu lui dire pour le faire partir aussi vite ?

Catriona brûlait à la fois de curiosité et d'humiliation. Comment osait-il la quitter de la sorte, comme s'il ne lui accordait pas la moindre considération ?

Lorsqu'elle rentra à Dungotty, le doute lui étreignait le cœur. De surcroît, oncle Knox se montra particulièrement maussade parce qu'elle était sortie sans le prévenir alors qu'il avait prévu un dîner d'adieu aux Wilke-Smythe à la veille de leur départ. De fait, Catriona était en retard et dut se hâter d'aller se changer pour rejoindre la salle à manger.

Elle ferma à peine les yeux cette nuit-là, imaginant le pire avant de s'en vouloir l'instant d'après. Que croyait-elle ? Les ducs étaient des hommes importants ! Quoi d'étrange qu'ils soient appelés pour affaire loin de chez eux de temps à autre ? Hamlin était puissant, riche et en passe de devenir une figure politique de premier plan, il avait dû régler un problème de première importance et n'avait tout simplement pas eu le temps d'envoyer une note à son amante secrète.

Son amante.

C'était la première fois que Catriona pensait à elle-même en ces termes. Jusque-là, elle songeait avec délectation qu'ils s'appartenaient l'un à l'autre. Aujourd'hui, la réalité reprenait ses droits : elle n'était ni plus ni moins qu'une maîtresse s'il avait pu partir sans un mot.

Les Wilke-Smythe partirent le lendemain matin. Les adieux larmoyants de Chasity furent suivis par la promesse vague de son père de convier Catriona en Angleterre.

Oncle Knox et elle quittèrent Dungotty peu après. Trop fatiguée et malheureuse pour entretenir une conversation, Catriona prétendit souffrir d'un mal de crâne que son oncle mit sur le compte des cahots de la route.

Lorsqu'ils arrivèrent, ils furent reçus chez le marquis Tweeddale de Canongate, dont le père avait été un ami cher d'oncle Knox. Le marquis, bien plus jeune que son oncle, la couva immédiatement d'un regard de convoitise inapproprié, comme si Catriona était un dessert particulièrement appétissant. La marquise la salua avec une froideur indifférente.

— Pardonnez-moi, s'excusa-t-elle presque aussitôt. Je souffre d'un horrible mal de tête.

— Ce sont ces maudites routes, je vous le dis, renchérit oncle Knox.

— Vous devez vous retirer sans tarder, dit Lady Tweeddale en faisant signe à un valet. Montrez à Miss Mackenzie sa chambre et faites-lui monter un potage et des compresses. Vous serez sans doute remise demain matin, mademoiselle Mackenzie.

— Merci.

Elle aurait sans doute dû se sentir froissée par la façon cavalière dont son hôtesse se débarrassait d'elle, mais elle était surtout soulagée de pouvoir se retrouver enfin seule. Malheureusement, elle dut affronter une nouvelle nuit sans sommeil, se tournant et se retournant sur le matelas moelleux.

Elle se leva à l'aube, s'habilla et, quand elle n'y tint plus, descendit les escaliers et se prépara à sortir pour une promenade afin d'apaiser la tension qui l'agitait.

Le majordome lui tendit son manteau dans l'entrée.

— Si je puis me permettre, mademoiselle, n'allez pas trop loin vers le nord. Il y a parfois de l'agitation près de l'hospice des miséreux. Mieux vaut rester dans le voisinage de Canongate.

Catriona acquiesça et sortit. Très vite, absorbée dans ses pensées, elle ne prit plus garde à la direction qu'elle empruntait, si bien qu'elle se retrouva dans un quartier d'Édimbourg où les maisons étaient petites et serrées les unes contre les autres. De la lessive séchait au-dessus de la ruelle et des enfants couraient partout en compagnie des chiens et des poulets. Elle aperçut même un cochon. Elle s'arrêta pour regarder autour d'elle, à la recherche des tours du château.

Quand elle se fut repérée, elle retourna sur ses pas en direction de la résidence royale. Elle avançait dans une ruelle particulièrement étroite quand une silhouette d'homme qui sortait d'une maison attira son attention. Un homme grand, bien vêtu et sous le chapeau duquel elle remarqua des mèches d'un noir soutenu.

Elle se pétrifia aussitôt, le souffle coupé, les yeux rivés sur le dos de Hamlin qui venait d'émerger d'une maison. Son esprit ne parvenait pas à donner un sens au spectacle. Que faisait-il ici ? S'il était à Édimbourg, pourquoi ne l'avait-il pas prévenue alors qu'il savait qu'elle s'y trouverait ?

Son instinct la sortit de son état de stupeur. Elle

fit un pas vers lui, prête à l'appeler, lorsqu'une femme apparut sur le perron. Cette fois, son cœur cessa littéralement de battre.

Elle connaissait cette femme. Elle avait assez vu son portrait trôner dans le salon d'apparat de Blackthorn Hall récemment. Sa chevelure rousse semblait plus pâle dans le soleil matinal et sa robe aux couleurs passées semblait flétrie, mais elle ne pouvait pas se tromper. Elle avait en face d'elle Lady Montrose.

Catriona sentit son cœur tomber à ses pieds et elle eut un haut-le-cœur si violent qu'elle crut être malade. Elle sentit son visage s'enflammer de honte, d'humiliation et de fureur. En cet instant, elle aurait voulu disparaître sous terre, seulement, elle se tenait en plein milieu de la rue. Que faire ? Elle ne pouvait rejoindre le château sans passer juste devant eux. Devant cet homme qui était parti sans lui dire un mot et sa femme, qui, loin d'être morte ou disparue, était là, bien vivante. Aveuglée de douleur, elle fit volte-face et se mit à courir en sens inverse, manquant renverser une femme qui lui cria dessus.

Plus rien n'avait de sens. Plus rien.

Il lui avait dit que sa femme était *partie*. Qu'avait-elle compris ? Qu'elle était morte ? Hors de sa vie ? Seigneur ! Était-elle encore sa femme aux yeux des hommes ? Son péché de chair était-il alourdi par la faute d'adultère ? Et que faisait-elle là ? Avait-il caché sa femme dans cette petite maison ? Et pourquoi n'avait-il pas nié haut et fort les rumeurs d'assassinat ?

Toutes ces questions tournaient follement dans son esprit, lui donnant la nausée, mais ce n'était rien en comparaison de la douleur atroce qui lui broyait le cœur.

Chapitre 21

Hamlin retourna à Blackthorn Hill d'une humeur certes moins sombre que lorsqu'il en était parti, mais pas assez heureuse cependant pour supporter la moindre contrariété. Hélas, Bain l'attendait. En descendant de cheval, il vit sa silhouette qui allait et venait dans le hall.

— Bienvenue, votre Grâce, le salua-t-il quand Stuart lui ouvrit la porte d'entrée.

— Bain. Stuart, les salua-t-il à son tour. Faites apporter de l'ale dans mon bureau. Un tonnelet rempli à ras bord.

— Très bien, votre Grâce, répondit Stuart, aussi imperturbable qu'à l'accoutumée.

Hamlin se dirigea vers son bureau. Bain le suivit sans y avoir été invité, évidemment. Voilà le genre d'homme qu'était Bain. Il s'imposait, qu'on le veuille ou non. Hamlin le savait déjà en l'engageant et, jusqu'à cet instant, il n'en avait jamais conçu aucun regret.

Dans son bureau, il se laissa tomber sur son fauteuil avec un lourd soupir. Bain se tenait de l'autre côté de son bureau, attendant d'un air inquiet. Comme Hamlin ne disait rien, il demanda enfin :

— Faut-il que je vous supplie pour avoir des nouvelles ?

— Je trouve votre façon de vous adresser à un duc pour le moins originale, répliqua sèchement Hamlin.

Bain ne cligna même pas des paupières, indifférent à la remontrance. Il se contenta de le fixer, attendant toujours.

— Bon, très bien. Je l'ai retrouvée.

— Et ?

— Et son amant l'a quittée. Elle est acculée. Elle comptait me faire chanter, mais je n'ai pas cédé. Elle a bien compris que, quoi qu'elle fasse, je m'en moquais.

Bain resta un long moment immobile, comme pétrifié. Puis son regard égaré se posa partout autour de la pièce avant de se concentrer sur lui, incroyablement sombre, comme s'il se demandait avec quoi il pouvait le frapper.

— Nous devons contenir l'affaire ! éructa-t-il brusquement. Le siège…

— Bain, si vous ne m'avez pas compris, laissez-moi vous expliquer clairement la situation. Je me contrefiche de ce satané siège si, pour l'avoir, je dois devenir l'otage de cette femme.

Un coup à la porte retentit et Stuart apporta l'ale demandée. Il servit Hamlin puis regarda vers Bain qui secoua la tête. Quand il fut reparti, Bain posa les paumes à plat sur le bureau et se pencha vers lui.

— Je comprends votre colère, votre Grâce, Dieu m'en est témoin. Mais nous avons travaillé tellement dur !

— Malheureusement, il semble que mon destin n'était pas d'accéder à ce poste.

— Me donnez-vous au moins la permission de faire ce qui est en mon pouvoir pour… réparer la situation ?

Hamlin manqua s'étrangler avec son ale.

— Que diable pourriez-vous faire ? Si vous saviez

la chance que vous avez, Bain, de ne pas être contraint par devoir et honneur à fournir un héritier au duché ! Vous êtes libre ! Vous pouvez chercher votre bonheur où cela vous chante, tandis que je ne pourrai jamais me débarrasser de ce devoir.

— Je comprends votre point de vue, votre Grâce, mais nous avons tous notre croix à porter. Alors, ai-je votre permission ?

Hamlin eut un geste vague de la main.

— Faites ce qui vous chante. Seulement, je vous le dis sur mon honneur, je ne lui verserai pas un seul centime.

— Alors vous perdrez votre siège, dit Bain d'un ton plat. Après tout ce que nous avons accompli… vous aurez tout perdu.

Hamlin haussa les épaules.

— Eh bien, qu'il en soit ainsi.

— Je refuse d'abandonner si vite. Il est encore possible de faire quelque chose.

— Si cela vous amuse, eh bien, faites, lança-t-il avec impatience.

— Montrose !

Eula entra en courant dans la pièce et se précipita vers lui. Un grand sourire aux lèvres, il la serra tendrement dans ses bras.

— Vous me prenez dans vos bras ! s'exclama-t-elle en riant joyeusement. Vous ne l'aviez jamais fait !

— C'est parce que nous nous quittons rarement. Tu m'as manqué, Eula.

— Savez-vous ? Mes robes sont presque terminées. Voulez-vous voir ma dernière toile ? Mr Kenworth dit que je suis très talentueuse.

Il sourit et l'embrassa sur le front.

— Après le souper, alors. Va finir tes leçons maintenant. Tu me parleras de ta toile ensuite, d'accord ?

— D'accord.

Elle déposa un baiser sur sa joue, ce qui le surprit. Elle non plus ne dispensait pas souvent de preuves d'affection. Elle repartit en courant, sautillant comme un feu follet, non sans donner un petit coup dans le ventre de Bain au passage. D'ordinaire, il lui répondait toujours par un sourire ou levait les yeux au ciel. Aujourd'hui, il sembla à peine la remarquer. Son regard sombre restait rivé sur Hamlin.

Ne comprenait-il donc pas ? C'est en songeant au bien d'Eula que Hamlin avait vu rouge quand le messager de Glenna était arrivé pour délivrer son message d'extorsion. Hamlin avait exigé de savoir où elle se trouvait, mais l'homme avait prétendu ne pas le savoir. Voilà pourquoi il était parti le jour même pour Édimbourg, vibrant d'une fureur folle.

Heureusement, il avait ses moyens, ses hommes et il avait fini par la retrouver. Elle vivait dans une maison petite et vétuste, mais elle avait prétendu avec hauteur qu'elle aimait beaucoup l'endroit.

Au cours de la dispute qui avait suivi, il lui avait demandé comment elle pouvait être aussi indifférente à sa cousine.

« Comment peux-tu ainsi lui tourner le dos ? avait-il tempêté. Elle est la seule famille qu'il te reste.

— Je t'en prie, avait-elle rétorqué avec condescendance, je connaissais à peine ma cousine, encore moins son enfant. Et puis, elle est parfaitement bien à Blackthorn Hall, bien mieux qu'elle le serait ici. C'est tellement injuste ! Après tout, c'est moi qui me retrouve

seule, sans personne pour prendre soin de moi ! Et c'est
elle que tu plains ! »

Son égocentrisme lui avait coupé le souffle. Le premier
choc passé, il avait définitivement compris qu'il ne
pouvait rien attendre d'une femme aussi dénuée de tout
principe moral. Elle n'éprouvait aucune compassion
pour qui que ce soit d'autre qu'elle-même.

« Que veux-tu ? », avait-il froidement demandé.

Non qu'il comptât répondre à son attente… Il était
simplement curieux de découvrir jusqu'où elle serait
capable d'aller.

« Cinq mille livres. »

Elle n'avait pas eu la moindre hésitation. Son audace
était décidément époustouflante.

« Non. »

Il avait parlé d'un ton plat, dénué de toute émotion.

« Cinq mille et je te laisserai en paix, Hamlin. N'est-ce
pas ce que tu veux ?

— Oh si, c'est ce que je veux. Que Dieu me pardonne,
c'est ce que je désire le plus au monde. Cependant, je
sais que vous ne vous arrêterez pas là, madame. Vous
reviendrez, encore et encore, comme de la vermine. Alors,
je vous le dis dès maintenant : vous ne m'intimiderez
pas avec vos menaces. »

Il avait quitté la pièce, écœuré. Pourquoi était-il venu
ici ? Qu'imaginait-il pouvoir tirer d'une personne aussi
vaine et égoïste ?

Il se dirigeait vers la porte lorsqu'elle avait couru
après lui, poussée par le désespoir.

« Tu le regretteras, Hamlin ! Tout le monde saura que
tu as été un mari cocu. Tu perdras ton précieux siège à
la Chambre des lords et tu seras la risée de tout le pays !

— Faites ce qu'il vous plaira, madame. Je m'en moque éperdument.

— Je viendrai lors du vote ! le menaça-t-elle, ivre de rage. Je m'assurerai que tout le monde sache quel genre d'homme tu es ! »

Il avait posé deux doigts sur son chapeau en un salut ironique.

« Adieu, Glenna. »

Comme il descendait les marches du perron, elle avait crié dans son dos :

« Je te hais ! »

Il s'était contenté de rire. S'il y avait bien une chose qu'il comprenait chez elle, c'était qu'elle le détestait.

Une fois parti de cet endroit maudit, il était immédiatement rentré dans sa demeure d'Édimbourg. Ce soir-là, il s'était laissé aller à l'auto-apitoiement et avait bu pour noyer sa colère. Le lendemain matin, il s'était cependant réveillé dans un meilleur état. Il était résigné à ne jamais siéger à la Chambre et l'acceptait, en dépit de son désir d'accomplir les projets qu'il avait en tête pour le pays.

Prendre conscience de son impuissance, si elle mettait ses menaces à exécution, l'avait d'une certaine manière libéré. Il se moquait désormais éperdument de celle qui avait été sa femme pendant huit ans. Il était en paix avec lui-même et c'est ce qu'il tentait à présent d'expliquer à Bain.

Sans succès de toute évidence… Son secrétaire partit le soir même avec une vague promesse de revenir avec une solution.

Hamlin préféra se concentrer sur le dîner qu'il partagea avec Eula. Étrangement, ses discussions de petite fille étaient un baume sur la vieille plaie que Glenna venait de rouvrir. Comment avait-il pu considérer Eula comme un fardeau ? Il était heureux de n'avoir finalement jamais trouvé d'autre membre de sa famille pour la prendre en charge. Comment aurait-il fait, sans elle, pour traverser les mois les plus sombres de son existence ?

— Mr Kenworth me trouve très talentueuse, répéta-t-elle comme si c'était un simple fait et absolument pas une vantardise.

— Je n'en doute pas.

— Que pensez-vous de ma robe ?

— Elle est magnifique, Eula. Tu es magnifique.

— Je pense que je devrais devenir artiste plutôt qu'archer, conclut-elle en reprenant sa fourchette.

— Le monde s'en réjouit !

Elle sourit.

— Aubin dit que, si je veux refaire du tir à l'arc, il m'emmènera à l'écart des hommes et des bêtes.

— Un homme sage…

— Pensez-vous que Miss Mackenzie m'en voudra si je ne veux plus à tirer à l'arc ?

— Je pense plutôt qu'elle sera ravie de ta décision de devenir artiste. Tu pourras lui poser la question la prochaine fois qu'elle viendra te rendre visite.

— Oui. Seulement, elle ne viendra pas tout de suite. Elle est partie à Édimbourg.

Hamlin se figea sur sa chaise. Bon sang ! Avec tous ses soucis, il avait complètement oublié ce voyage ! Brusquement, sa conscience lui rappela qu'il ne lui avait pas davantage envoyé de mot pour l'informer de son départ. Elle devait se demander ce qu'il était advenu de lui ces quatre derniers jours. Quel imbécile !

À sa décharge, cette histoire de chantage l'avait tant accaparé qu'il n'avait pensé à rien d'autre.

— J'aimerais beaucoup visiter Édimbourg, un jour. Cousine Glenna avait promis de m'y emmener.

— Vraiment ? Quand a-t-elle promis cela ?

— Juste avant de partir. Elle a dit qu'elle aurait une nouvelle maison là-bas et qu'elle me ferait venir pour y vivre avec son ami dès qu'elle serait installée.

Hamlin demeura un instant saisi devant cette révélation.

— Pourquoi ne me l'avais-tu pas dit ?

Eula haussa les épaules en jouant avec les légumes de son assiette.

— J'avais oublié.

Oublié ? Les sourcils froncés, Hamlin observa l'enfant qui n'avait toujours pas levé les yeux vers lui.

— Eula ? Pourquoi ne m'as-tu rien dit de cette promesse ?

Enfin, elle leva les yeux sur lui et souffla tout bas :

— J'avais peur.

— De ta cousine ?

— Non, pas d'elle. De vous.

Il se sentit blêmir d'un seul coup. Il s'approcha d'elle et prit son petit menton entre ses doigts. Elle n'avait jamais marqué la moindre hésitation ou la moindre crainte face à lui.

— Tu avais peur… de moi ?

— J'avais peur que vous m'envoyiez chez elle et son ami, avoua-t-elle dans un murmure.

Aussitôt, une douce chaleur se répandit dans ses veines.

— Eula, ma chérie, tu es chez toi à Blackthorn Hall,

près de moi. C'est ta maison et il n'est pas question que tu en partes.

Le regard méfiant qu'elle lui adressa provoqua en lui une immense tristesse. Comment une si jeune enfant pouvait-elle se montrer autant sur ses gardes ? Et cependant, comment s'en étonner alors que Glenna lui avait fait des promesses non tenues et s'était désintéressée entièrement d'elle après s'être amusée avec elle les premières semaines de son arrivée à Blackthorn ?

— Toujours ?

— Toujours, Eula ! Tu comprends ? Personne ne t'éloignera de moi.

Alors, enfin, elle sourit lentement et se redressa sur sa chaise.

— Pourrons-nous inviter Miss Mackenzie pour le thé quand elle rentrera d'Édimbourg ?

Il lui caressa la joue avant d'acquiescer.

— Bien entendu. Je vais demander à Stuart de découvrir quand elle doit rentrer et envoyer une invitation.

Son appétit soudain revenu, Eula avala toutes ses pommes de terre à une vitesse impressionnante.

Il se demandait ce que la fillette avait pu voir et comprendre pour craindre ainsi d'être confiée à Glenna. Son ressentiment à l'égard de cette dernière s'accrut davantage.

Deux jours plus tard, Stuart l'informa que Lord Norwood et sa nièce étaient rentrés à Dungotty la veille. Une invitation à prendre le thé le lendemain après-midi lui fut donc transmise. La réponse ne tarda pas à lui parvenir, dans cette écriture brusque qu'il avait appris à aimer.

Je remercie infiniment Miss Guinne pour son invitation. Hélas, je suis trop accaparée par les préparatifs de mon retour à Balhaire et ne peux malheureusement pas accepter. CM

Le message était froid et distant, mais ce furent les mots « retour à Balhaire » qui le glacèrent jusqu'au sang. L'après-midi même, il galopa à bride abattue jusqu'à Dungotty.

— Lord Norwood est parti pour Crieff, votre Grâce, il ne sera pas rentré avant le soir, lui annonça le majordome.

— Dans ce cas, je souhaiterais avoir un entretien avec Miss Mackenzie.

Passé un bref instant de surprise, le majordome avait pris son chapeau et ses gants et l'avait introduit dans le petit salon avant d'aller chercher la jeune femme.

Le cœur battant d'impatience et d'inquiétude, Hamlin entendit son pas vif s'approcher dans le couloir. Elle émergea d'un seul coup dans la pièce. Il se retourna et s'immobilisa, pétrifié par son regard sombre.

— Tu es en colère, comprit-il, confus. Je te demande pardon, j'aurais dû t'envoyer un message pour te dire que je partais. Un problème a surgi et…

— Tu crois que je suis en colère à cause de ton brusque départ ? rit-elle froidement.

Il demeura un instant saisi. Qu'est-ce qui avait pu la mettre dans cet état de rage froide, sinon ?

— Je t'accorde qu'il n'était guère adroit de me laisser sans même un mot, reprit-elle en posant les mains sur ses hanches dans une attitude agressive. Mais je t'aurais pardonné une telle maladresse.

— Alors… Quoi ? balbutia-t-il, impuissant et apeuré.
Comptes-tu réellement repartir pour Balhaire ?

— Et si c'est le cas ? Qu'est-ce que cela peut te faire ?

— Catriona, je… Bien sûr que cela m'importe !

Brusquement, elle se rua sur lui et le poussa des deux
mains, si violemment qu'il fit un pas en arrière. C'est
alors qu'il vit les larmes de fureur qui brillaient dans ses
yeux. Il la saisit avant qu'elle puisse le frapper à nouveau.

— Mon Dieu, Catriona ! Qu'est-ce qui t'a mis
tellement en colère ? Dis-le-moi !

— Je t'ai vu, siffla-t-elle en échappant à son étreinte.

— Tu m'as vu ? Mais où ?

Ses yeux brillaient d'une fureur qu'il n'avait vue que
chez une seule autre femme.

— Elle n'est pas *partie*, Hamlin. Elle est parfaitement
vivante ! Je l'ai vue, aussi belle que sur son portrait, à
Édimbourg, et je t'ai vu, toi, avec elle !

Hamlin eut la sensation que son ventre se retournait
d'un seul coup. Comment avait-elle pu le voir ? C'était
impossible, à moins que…

— Tu m'as suivi ?

— Quoi ? Comment l'aurais-je pu ? Je ne savais
même pas que tu étais parti !

Après un regard anxieux vers la porte restée ouverte,
Hamlin alla la fermer. Il prit une brève inspiration et
se tourna vers elle.

— Ce n'est pas ce que tu crois, Catriona.

— Ha ! Vraiment ? Tu l'as mise à l'écart ! Admets-le !
Tu l'as cachée dans ce quartier d'Édimbourg comme si
elle était… bonne à jeter ! Pourquoi ne me l'as-tu pas
dit ? Pourquoi as-tu laissé tout le monde croire que tu
l'avais assassinée ? Pourquoi m'as-tu laissée croire…

Elle s'étrangla sur un sanglot.

Hamlin la rejoignit aussitôt, mais elle le gifla violemment avant de lui tourner le dos.

— Je ne l'ai pas écartée, dit-il d'un ton rauque tant son cœur battait la chamade. J'ai fait tout ce que j'ai pu pour la garder à Blackthorn Hall, je le jure sur mon honneur. C'est elle qui m'a quitté. Pour son amant…

Catriona fit volte-face, les yeux écarquillés. Sa poitrine se soulevait à chacune de ses inspirations tandis qu'elle cherchait son regard pour soupeser ses mots.

— Je t'ai dit la vérité. Elle est partie. Elle n'a jamais pu trouver le bonheur dans notre mariage, alors elle l'a cherché ailleurs.

Elle le fixait sans ciller, visiblement abasourdie.

— À sa demande, un divorce a été prononcé, avoua-t-il enfin, la voix chargée de honte.

— Divorce, répéta-t-elle tout bas. Tu es divorcé ?

Il acquiesça.

— Eula est-elle au courant ?

— Elle ne sait pas tout. Personne ne sait, en fait. À l'exception de trois personnes.

— Mais… pourquoi ? Pourquoi prétendre ? Pourquoi n'avoir pas dit la vérité ?

— Pour ce satané siège !

— Je ne comprends pas.

— Le duc de Perth était le meilleur ami et allié de mon père, et à sa mort il a continué de me conseiller. Selon lui… les pairs du royaume comprendraient que j'écarte une femme indisciplinée. En revanche, ils me retireraient leur respect s'ils apprenaient que j'ai été trompé et humilié. Ce qui est le cas.

Catriona baissa les yeux vers le sol, les mains sur les

hanches, et se mit à mordiller sa lèvre inférieure. Sans un mot, elle marcha jusqu'à la console et leur servit deux verres de whisky. Il prit le verre qu'elle lui tendait et leurs regards se croisèrent.

— Tu ferais bien de tout me raconter depuis le début.

Et c'est ce qu'il fit. Ils s'assirent sur un divan et il lui raconta l'insatisfaction constante de Glenna une fois leurs vœux échangés. Puis l'arrivée d'Eula et le fardeau que cela avait été aux yeux de Glenna. Et enfin, comment elle l'avait quitté en le suppliant de la libérer de leur mariage.

— Cela a dû être terrible pour toi, dit-elle doucement.

Il acquiesça.

— Il n'a pas été difficile de suivre les conseils de Perth. Je voulais ce siège et personne ne me posait de questions directes. Je n'ai pas été contraint de mentir, ni de dire quoi que ce soit, ce qui, je le reconnais, me convenait très bien à l'époque. Je n'aurais jamais cru que les rumeurs iraient jusqu'à m'accuser d'assassinat !

— Pourquoi ne m'as-tu rien dit ? Je ne t'aurais pas jugé.

Hamlin contempla avec adoration son beau visage à l'expression solennelle.

— Je sais que tu ne m'aurais pas jugé, soupira-t-il en posant sa paume sur sa joue. Je me suis montré égoïste… et stupide, rien de plus. Quand j'étais avec toi, Catriona, je ne pensais tout simplement pas à elle. Je ne voulais pas penser à elle et je n'ai jamais eu à le faire.

Elle tourna légèrement le visage pour embrasser sa paume.

— Quand cela serait-il devenu impératif de le faire ?

— Je n'en sais rien, admit-il simplement. La seule

chose qui compte pour moi, c'est le bonheur que tu m'as offert ces dernières semaines, *leannan*. Auprès de toi, j'ai connu une joie que je n'aurais jamais pu imaginer. Je n'ai pas songé qu'elle pourrait ainsi reparaître dans ma vie et tenter de m'extorquer de l'argent ou menacer d'exposer la vérité.

— Que comptes-tu faire à présent ?

Il se pencha pour poser les lèvres sur son front.

— Rien du tout. Elle peut dire ce qu'elle veut sur mon compte. De toute façon, rien ne pourra être pire que les rumeurs qui ont déjà couru.

— Et le siège à la Chambre des lords ? Le vote aura lieu dans moins de deux semaines.

— Ce n'est qu'un siège. Toi seule es réellement importante à mes yeux, Catriona.

Elle l'étudia un moment puis le poussa des deux mains appuyées sur son torse jusqu'à ce qu'il se retrouve allongé en travers du divan. Agenouillée sur lui, elle prit son visage dans ses mains et l'embrassa. Il émit un grognement et la saisit aux épaules pour l'écarter.

— Ne fais pas cela. Pas ici. Quelqu'un pourrait nous surprendre.

— Personne ne viendra, promit-elle en posant les lèvres sur ses paupières, ses mâchoires, sa bouche.

Ivre de désir, il parvint encore à protester.

— Ce n'est pas raisonnable…

— Nous n'avons jamais été raisonnables, *mo chridhe*.

L'entendre l'appeler « mon cœur » en gaélique eut raison de ses protestations. Par chance, il connaissait le sens de ces deux petits mots et son cœur se serra d'émotion. Lorsqu'elle cambra les reins et ondula contre lui, il gémit sourdement.

— Ne rentre pas à Balhaire, supplia-t-il.

— Chut, pas maintenant, répondit-elle en mordillant sensuellement sa lèvre.

Les mains sur ses hanches, il l'aida à le prendre entièrement en elle. Il ne pouvait plus parler. Il ne pouvait plus penser. Il était perdu dans un océan de félicité.

Chapitre 22

Au cours des deux jours suivants, Catriona passa le plus de temps possible en compagnie de Hamlin. Elle le retrouvait aux ruines. Ils faisaient l'amour sous l'if et Catriona se sentait emplie de bonheur et d'amour. Elle avait tout appris de lui, depuis la boucle rebelle qui s'échappait toujours de son chapeau, jusqu'à l'étrange tatouage qu'il portait à l'épaule – souvenir d'une nuit d'ivresse lors de son Grand Tour sur le Continent. Elle connaissait la douceur de sa peau dans le creux du coude, la petite cicatrice qui marquait son genou. Elle savait qu'une caresse de la langue dans le creux juste sous son oreille le rendait fou et qu'il ne chassait pas souvent car il avait une mauvaise vue de loin.

Elle ne songeait à rien, sinon profiter de chaque instant auprès de lui. Pourtant, la nuit, seule dans son lit, le voile d'enchantement se déchirait et les questions sans réponse affluaient dans son esprit.

Quand aurait-il enfin jugé nécessaire de lui parler de son divorce ? Il ne lui avait pas vraiment répondu et elle ressentait de la colère et du chagrin en songeant à ce secret. Bien sûr, elle savait depuis le début que leur histoire ne pouvait être que temporaire – un été qu'elle n'oublierait jamais – et qu'il ne lui devait aucune explication.

Cependant, ses sentiments étaient bien trop profonds pour se contenter d'une telle distance. Peut-être aurait-elle dû se montrer plus pressante, exiger une réponse claire. Mais pour quoi faire ? Avait-elle cru qu'il mettrait en danger sa candidature à la Chambre ou sa réputation pour elle ?

Puis les questions concernant ses propres projets venaient à leur tour l'assaillir : devait-elle retourner à Balhaire à la fin de l'été ou plus tôt ? Comment respecter sa promesse à Zelda de s'occuper de l'abbaye ? Tâche qui semblait d'autant plus impérative après leur voyage à Édimbourg.

En effet, leur visite au Lord Avocat n'avait pas été particulièrement encourageante. En entendant le motif de leur venue, il avait secoué la tête avant même qu'oncle Knox ait pu argumenter.

Elle expliqua les raisons de son refus à Hamlin cet après-midi-là :

— Il a dit que Londres n'était pas près de faire preuve de bonne volonté à l'égard de l'Écosse. Il a affirmé que les terres de l'abbaye seraient bien mieux utilisées pour l'élevage et que nombre de lords anglais désiraient justement ce type de terres.

— Rien ne peut donc être entrepris ?

— Il a tout de même promis de parler de notre requête au roi, mais il nous a prévenus qu'il ne pourrait sans doute rien pour nous. Il nous a au moins accordé six mois supplémentaires avant d'évacuer l'abbaye. Selon lui, il serait sage que nous nous organisions pendant ce délai.

Hamlin ne répondit rien et elle en conclut qu'il partageait sûrement l'avis d'oncle Knox. Ce dernier lui avait exposé son point de vue sur le chemin de retour vers Dungotty : « Je crois que le cœur de cette chère Zelda était plus vaste que rationnel, n'est-ce pas ? » De toute évidence, il pensait qu'elle aurait dû abandonner la lutte.

Cela l'avait beaucoup perturbée de découvrir que son oncle ne partageait pas son désir de se battre pour Kishorn. Pour autant, elle admettait en son for intérieur qu'il n'avait pas tort. L'abbaye avait besoin de réparations dont ils ne pouvaient assumer les dépenses. Elle dépendait entièrement de la charité des autres et se trouvait si éloignée de toute société que les femmes qui y résidaient ne pouvaient pas trouver d'emplois qui leur auraient permis de s'insérer dans le monde. Kishorn n'était pas une solution pérenne pour ces femmes et leurs enfants.

— Que comptes-tu faire ? demanda finalement Hamlin.

Elle lui sourit tendrement. C'était rafraîchissant de trouver enfin quelqu'un qui ne lui dise pas ce qu'elle devait faire.

— Oncle Knox pense que l'abbaye va devenir un fardeau pour ma famille si j'insiste auprès du Lord Avocat. Je le pense aussi. Mais que faire des femmes et des enfants ? Où iront-ils ? Que feront-ils ?

Il ne répondit pas tout de suite, se contentant de regarder un long moment dans le vide. Il avait compris ce qu'elle taisait : il était temps pour elle de retrouver sa vie.

— Je suis déjà partie bien trop longtemps, dit-elle doucement.

Il garda le silence.

Cela faisait maintenant deux mois qu'elle était partie et malgré le délai supplémentaire, elle n'aurait pas trop de quelques mois pour trouver un emploi à chaque femme. Et puis, oncle Knox avait annoncé qu'il rentrerait en Angleterre avant l'automne. Bientôt, Dungotty serait vide. Elle avait reculé la date de son départ autant que possible, néanmoins la fin était proche pour Hamlin et elle.

Plutôt que de s'en désespérer, elle voulait savourer chaque instant de cette aventure extraordinaire pour l'imprimer dans son cœur. Elle ne voulait pas songer aux secrets qu'ils s'étaient cachés l'un à l'autre, ni à rien d'autre qu'à leur complicité délicieuse. Elle voulait absorber chaque rayon de leur histoire à mesure que celle-ci approchait de son crépuscule.

L'idée de le quitter était insoutenable. Pourtant, elle savait qu'elle devrait le supporter. Son oncle l'avait prévenue dès le premier jour. Malgré ses mises en garde, elle s'était laissée aller à tomber amoureuse. Et elle ne regrettait rien.

Elle ne voulait pas penser à la souffrance à venir. Pas aujourd'hui. Ni demain ni le jour d'après. Après tout, elle aurait largement assez du reste de sa vie pour se morfondre en regrets.

Hamlin les avait invités de nouveau à Blackthorn Hall ce soir-là.

— Si nous ne parvenons pas à dîner tranquillement à Blackthorn pour la troisième fois, je vais finir par croire que l'endroit est maudit ! déclara oncle Knox dans un rire.

Catriona avait mis sa plus belle robe, une superbe soie bleu nuit rebrodée de feuilles et de fleurs, assortie d'un manteau décoré de perles.

À leur arrivée, Eula les accueillit dans sa nouvelle

robe du soir. Miss Burns avait fait merveille : le chignon charmant de la fillette était orné de rubans roses qui rappelaient la teinte de sa robe. Eula s'abîma dans une profonde révérence.

— Soyez les bienvenus, les salua-t-elle avec solennité.

— Quel honneur vous nous faites, répondit Catriona, tout aussi solennelle.

Eula gloussa de plaisir.

— J'ai appris une nouvelle danse, mademoiselle Mackenzie ! Aubin va jouer du pianoforte pour que je puisse vous la montrer. Montrose a dit qu'il était d'accord.

— Ne me dites pas qu'Aubin a des talents musicaux en plus de tout le reste !

— Aubin peut tout faire. Je compte l'épouser dès que je serai en âge de me marier.

— Ne parlons pas de mariage tout de suite, déclara Hamlin alors qu'ils entraient dans le salon.

Il se tenait debout près de l'âtre et portait, à la grande surprise de Catriona, un tartan. Elle s'immobilisa pour admirer le spectacle qu'il offrait ainsi. De tous les hommes – fort nombreux – qu'elle avait vus en plaid, il était de loin le plus viril et le plus élégant.

— Votre Grâce ! Quel magnifique Écossais vous faites ! s'exclama oncle Knox.

— En l'honneur de notre invitée des Highlands, expliqua Hamlin en la couvant d'un regard brûlant.

Seigneur ! Elle n'aurait tout simplement pas pu l'aimer davantage.

— C'était mon idée ! lança Eula en admirant le duc comme s'il s'agissait de sa dernière toile. Aubin a dit que tous les clans des Highlands en portaient, et Montrose…

— … Sa Grâce, la reprit Hamlin tout bas.

— Sa Grâce avait un tartan dans sa garde-robe.

— On pourrait d'ailleurs se demander ce qu'une jeune fille bien élevée fabriquait à fouiller dans ma garde-robe.

En dépit de son ton de reproche, Hamlin posait un regard tellement affectueux sur la fillette que Catriona comprit qu'il aimait Eula de tout son cœur. Au même instant, elle prit conscience qu'elle avait déjà vu le même air d'adoration sur ses traits : à chaque fois qu'il la regardait, elle. À chaque fois qu'il lui souriait.

Hamlin l'aimait.

Cette révélation provoqua en elle une ivresse délicieuse.

Ils dînèrent d'écrevisses et de fruits de mer cuits à la perfection. Le vin accompagnait chaque plat à merveille, grâce à l'attention de Stuart. Ils portèrent tous ensemble un toast en l'honneur de Hamlin, en prévision du vote à venir. Oncle Knox les régala d'une histoire haute en couleur de sa jeunesse, au cours de laquelle il avait un jour échappé aux soldats du roi en se cachant dans un abri, découvrant trop tard qu'il s'agissait d'une porcherie. Ils rirent si fort qu'ils en eurent mal au ventre.

L'atmosphère était si chaleureuse à la lueur des chandelles, sous le regard tendre de Hamlin, que Catriona se prit à imaginer que tout cela ne s'arrêtait pas. Elle pouvait imaginer Hamlin sous le dais d'honneur à Balhaire. Elle pouvait s'imaginer vivre ici même, entourée d'enfants. Elle avait toujours désiré une famille et ce désir n'avait fait qu'augmenter avec les années et ses déceptions successives. Elle voulait compter pour quelqu'un, d'une façon qui dépassait l'amour filial de ses parents.

Jamais Catriona n'avait vu Hamlin aussi détendu, ni Eula aussi joyeuse. Elle-même sentait monter en elle une douceur enivrante qui la ravissait. Elle aimait tout de ce dîner de la fin d'été. Ils riaient tous ensemble lorsque des bruits leur parvinrent.

— Est-ce que ce sont les volets ? s'enquit Eula.

— Je ne sais pas, *lass*.

Un instant plus tard, un valet entra. À travers la porte entrouverte, ils perçurent tous les voix entremêlées d'une femme et d'un homme.

— Votre Grâce, vous êtes demandé.

L'expression de Hamlin s'était brusquement tendue et elle n'y lut plus que de l'appréhension.

— Si vous voulez bien m'excuser, dit-il en suivant le domestique.

Catriona jeta un regard à Eula. La fillette, d'ordinaire tellement impatiente d'accueillir des visiteurs, gardait les yeux rivés sur son assiette. Avait-elle reconnu les voix ? Catriona regarda son oncle qui comprit aussitôt ce qui lui traversait la tête.

— Cat, ce ne sont pas tes affaires.

Catriona se leva, ignorant sa mise en garde.

— Non ! supplia Eula d'une voix suraiguë. Mademoiselle Mackenzie, je vous en prie ! Restez ici !

L'inquiétude de Catriona n'en fut que plus vive.

— Ne vous inquiétez pas, *lass*. Je reviens immédiatement.

Elle posa sa main sur son épaule mais l'enfant la saisit et la serra, alors elles avancèrent ensemble jusque dans le couloir. Catriona comprit aussitôt que sa plus grande peur était en train de se concrétiser.

Tout ce vacarme était dû au retour de l'ancienne Lady Montrose. Catriona continua d'avancer vers le hall, la main d'Eula fermement serrée dans la sienne, oncle Knox derrière elles. Ils découvrirent ensemble les personnes réunies dans la pièce.

À l'écart des autres, se tenait Hamlin. Puis Mr Bain. Un gentleman plus âgé vêtu d'un manteau distingué qu'elle n'avait jamais vu. Et enfin, une femme aux cheveux roux flamboyants.

Les joues de Lady Montrose étaient rouges et son sourire éclatant. De partout, les domestiques affluaient pour venir saluer leur ancienne maîtresse, à son invitation. Elle parlait à chacun comme s'il s'était agi d'amis depuis longtemps perdus de vue.

— C'est tellement bon d'être enfin de retour à Blackthorn Hall ! s'exclamait-elle. Je n'aurais jamais dû partir. Vous devez tous me pardonner !

Catriona se pétrifia, livide. Oncle Knox posa une main apaisante sur son épaule. Au même instant, la femme se tourna et remarqua leur présence. Ses yeux se posèrent sur Eula et, avec un cri de ravissement, elle écarta les bras.

— Eula, ma chérie !

Pour toute réponse, Eula se serra plus fort contre Catriona. Lady Montrose émit un rire.

— Ne sois donc pas timide, *lass*. Viens embrasser ta cousine !

— Laisse-la, intervint Hamlin d'une voix calme mais glaciale.

Le regard qu'elle lui jeta alors fit frissonner Catriona. Elle ne comprenait pas vraiment ce qui se jouait sous ses yeux. Elle était bien trop bouleversée. Elle voulait désespérément comprendre, seulement oncle Knox lui prit fermement la main.

— Votre Grâce, nous allons prendre congé. Nous

ne voulons pas nous imposer alors que vous recevez des invités inattendus.

— Vous ne vous imposez pas, milord, gronda Hamlin.

— Merci encore et bonne soirée, poursuivit oncle Knox en l'entraînant vers la porte, la forçant à lâcher Eula.

Catriona jeta un regard affolé vers Mr Bain. Est-ce lui qui était à l'origine de cette mascarade ? Il ne détourna pas les yeux, demeurant aussi impénétrable qu'à l'accoutumée.

— Je vous en prie, vous ne devez pas interrompre votre souper pour moi ! intervint Lady Montrose. Je suis en effet arrivée sans avoir été annoncée.

— Pourquoi êtes-vous là ? lâcha froidement Hamlin.

— Peut-être devrions-nous nous retirer dans votre bureau, votre Grâce, intervint le gentleman. Nous avons beaucoup à discuter.

Hamlin lui jeta un regard sombre. Puis il sembla reprendre ses esprits et fit les présentations :

— Lord Perth, permettez-moi de vous présenter Lord Norwood et sa nièce, Miss Mackenzie.

Catriona était tellement sous le choc qu'elle ne songea pas à faire la révérence. Oncle Knox dut mesurer sa détresse car il s'avança et échangea les politesses d'usage à sa place.

— Stuart, avez-vous quelque chose à manger, je vous prie ? lança l'invitée surprise en retirant son manteau. J'ai voyagé toute la journée et je suis affamée. Du vin, également. Eula, veux-tu te joindre à moi, ma chérie ?

Hamlin jeta un regard menaçant à Mr Bain qui se chargea aussitôt d'accompagner la nouvelle venue dans la direction opposée à la salle à manger.

— Je ne serai pas long, prévint Hamlin à l'adresse de Lord Perth qui suivait les deux autres.

Alors, il se tourna vers Eula et lui fit signe de venir à lui. Aussitôt, la fillette courut se jeter dans ses bras. Hamlin la serra contre lui et murmura quelque chose à son oreille. Quand il se redressa, il tendit la main d'Eula vers une Miss Burns interdite car elle venait tout juste d'arriver.

Puis il se tourna vers elle.

— Pardon, Catriona. Je n'attendais pas…

— Non, bien sûr que non, intervint oncle Knox, nous comprenons parfaitement, n'est-ce pas, ma chérie ?

Non. Non, elle ne comprenait pas. Elle nageait dans un océan de confusion pour dire le vrai et ne comprenait pas du tout pourquoi la femme dont il avait divorcé revenait à Blackthorn Hall comme si elle en était la reine.

Hamlin lui saisit soudain la main et y posa les lèvres. Il s'attarda sans se soucier d'oncle Knox qui détourna le regard en prétendant s'intéresser à une toile.

— Je t'enverrai un message dès que je le pourrai, promit-il.

Il se pencha et posa un baiser sur sa joue. L'espace d'une seconde, elle aperçut le véritable Hamlin, dévasté et inquiet, puis il remit son masque sombre pour déclarer :

— Merci, Lord Norwood.

— Merci, votre Grâce, pour cette charmante soirée.

Son oncle vint aussitôt à elle pour l'entraîner au dehors. Catriona garda les yeux tournés vers Hamlin qui ne détourna pas le regard avant qu'un valet eût refermé la porte sur elle.

Dans le cabriolet, oncle Knox tira prestement les rideaux de velours pour s'isoler du chauffeur.

— Seigneur Dieu ! Que diable s'est-il passé ce soir ?

— C'était sa femme, souffla Catriona.

— Elle est donc en vie ?

Catriona lui adressa un sourire amer.

— Elle l'est. Elle… Elle a pris un amant et l'a quitté. Il a divorcé.

Oncle Knox cligna plusieurs fois des yeux, abasourdi par ces nouvelles.

— Bien… J'imagine que c'est tout de même mieux qu'un meurtre. Il ne doit guère être heureux de la voir revenir. Pourquoi l'a-t-elle fait, d'ailleurs ? Pourquoi maintenant ? Je suis prêt à parier que cela a un rapport avec le vote.

Elle n'en savait rien et, pour l'heure, elle s'en moquait. Un poids atroce sur sa poitrine l'empêchait de reprendre son souffle. Jamais elle n'aurait pu imaginer que son histoire d'amour se terminerait de la sorte. Incapable de retenir ses larmes, elle les laissa couler librement sur ses joues. Elle n'avait aucun droit de pleurer, hélas, la douleur était telle qu'il lui était impossible de se contenir.

— Oh ! ma chérie, marmonna oncle Knox en la prenant dans ses bras. Ma pauvre petite chérie.

Alors, Catriona enfouit le visage dans le cou de son oncle et pleura à chaudes larmes.

Chapitre 23

Hamlin était livide. Comment Bain avait-il osé ramener Glenna ici ? Et comment Perth avait-il pu autoriser une telle folie ? Il marcha à grands pas vers son bureau et claqua la porte derrière lui. Glenna bondit aussitôt sur ses pieds et jeta un regard nerveux vers Bain et Perth. Ces deux derniers, en revanche, lui retournèrent un regard stoïque.

— Est-ce votre œuvre ? aboya-t-il à l'adresse de son secrétaire.

— Vous m'avez donné votre accord pour arranger la situation, votre Grâce, lui rappela ce dernier avec son insupportable sang-froid.

— Arranger ? Vous n'arrangez rien ! Vous me soumettez à un chantage !

— Je ne suis pas plus heureuse que toi d'être là, déclara Glenna avec hauteur comme si elle était la partie blessée dans cette affaire. Crois-tu que je voulais revenir dans ce mausolée ? Et pourquoi es-tu vêtu comme un Highlander sorti tout droit de sa grotte ?

— Si je puis me permettre, intervint Lord Perth.

Non, vous ne pouvez pas ! aurait-il voulu hurler. Mais il devait trop à cet homme pour s'autoriser une telle brutalité. Hamlin serra donc les mâchoires en attendant la suite.

— Avec votre permission, votre Grâce, j'aimerais m'asseoir. Je ne suis plus un jeune homme, dit-il en prenant place dans un fauteuil. Voilà, donc… Lady Montrose…

— Il n'y a plus de Lady Montrose, l'interrompit sèchement Hamlin.

Glenna leva les yeux au ciel.

— C'est vrai, admit Perth. L'ancienne Lady Montrose, donc, traverse une passe difficile. Elle n'a aucun bien à son nom.

— C'est faux. Elle a déjà extorqué cinquante livres à mon avocat.

— Je les ai donnés à Charlie, dit-elle entre ses dents.

Le sang de Hamlin ne fit qu'un tour en l'entendant mentionner son amant.

— Mais ce n'était pas assez, je vous l'avais dit, poursuivit-elle. Il doit partir à Glasgow chercher du travail, et il…

— Madame Guinne, l'interrompit sèchement Lord Perth.

Elle serra les lèvres et s'assit à côté du vieil homme, la tête baissée comme une enfant boudeuse. Ce dernier jeta un regard triste à Hamlin.

— Votre ancienne épouse et moi-même sommes parvenus à un accord. En échange de sa coopération, je lui donnerai une coquette somme pour qu'elle et… et Charlie s'en aillent.

Hamlin écarquilla les yeux, interdit.

— Non ! Vous n'avez aucune raison de consentir à cela, Perth !

— Au contraire, Montrose. Je veux vous voir accéder à la Chambre des lords. Or, la réapparition de votre… femme mettra fin aux rumeurs de meurtre qui ternissent votre réputation. Naturellement, les gens en concluront que vous avez eu une dispute passagère et que vous êtes désormais réconciliés. Une fois le vote terminé, vous pourrez vous installer de votre côté à Londres et elle partira Dieu sait où avec mille livres en poche. Vous pourrez alors dire ce qui vous chante concernant la dissolution de votre mariage. Elle ne contredira pas votre version, sous peine de voir son amant inculpé d'adultère, d'enlèvement et de devoir elle-même vivre sans le moindre revenu.

Hamlin ne parvenait pas à croire ce qu'il entendait. Il observait les trois autres comme à travers un voile.

— Hors de question ! s'écria-t-il d'une voix vibrante d'indignation.

— Pour l'amour du ciel, Hamlin, gémit Glenna. J'ai dit que je ferai ce qu'il faut. Que veux-tu de plus ?

— Ce que je *veux* ? Ce que je veux, c'est revenir au jour où je vous ai rencontrée, madame, et tout recommencer. Je ne ferai plus semblant. C'est terminé. Je n'inventerai pas une version des événements qui n'a jamais existé. Je ne prétendrai pas m'être réconcilié avec vous aux yeux du monde !

— Votre Grâce, puis-je parler ? demanda Bain.

Hamlin lui lança un regard noir.

— Quoi ?

— En privé, s'il vous plaît ? demanda-t-il en désignant le coin opposé de la pièce.

— Qu'est-ce encore ? Quels secrets partagez-vous ? cracha Glenna.

— Madame Guinne, la reprit sèchement Lord Perth, vous vous porterez bien mieux en gardant votre avis pour vous.

Hamlin marcha jusqu'à l'autre bout de la pièce et Bain le suivit. Une fois hors de portée, Hamlin attaqua :

— Vous me décevez, Nichol. Je vous faisais confiance et vous me trahissez !

— Je comprends votre colère.

La fureur de Hamlin redoubla face à son calme olympien.

— Vraiment ? Alors vous comprendrez aussi ceci : je n'ai plus besoin de vos services.

— Une autre décision m'aurait étonné. Cependant, nous nous sommes mis d'accord pour que je vous accompagne jusqu'au vote. Puis-je donc m'exprimer sur un point ?

Seigneur ! Ce type était d'une telle arrogance ! Hamlin lui fit impatiemment signe de poursuivre.

— Vous portez beaucoup d'affection à Miss Mackenzie.

Hamlin grinça entre ses dents :

— Prenez garde à ce que vous dites. Rien de tout cela ne vous concerne.

— En effet. Néanmoins, je ne suis pas le seul à l'avoir remarqué. Ne seriez-vous pas plus utile pour elle depuis une position de pouvoir ?

Hamlin lui lança un regard vindicatif. Catriona n'avait rien à voir avec son siège à la Chambre des lords. Comme s'il lisait dans ses pensées, Bain précisa :

— Je veux notamment parler de l'abbaye de Kishorn.

— Comment connaissez-vous l'existence de ce lieu, au nom du ciel ?

— On en parle à Crieff. Ni les Anglais ni les Russes

de Dungotty n'étaient apparemment en mesure de garder quoi que ce soit pour eux. Quoi qu'il en soit, j'ai cru comprendre qu'elle était très investie auprès des pensionnaires de cette abbaye. Il m'a semblé que la présence de votre ancienne épouse pouvait vous sembler tolérable quelques jours si cela vous permettait finalement d'aider la cause de Miss Mackenzie à l'avenir.

Hamlin pointa un doigt menaçant vers son secrétaire.

— Restez en dehors de cette histoire ! Et à bonne distance de Miss Mackenzie !

— Je n'ai aucune intention d'approcher cette jeune dame, votre Grâce. Je maintiens seulement que vous pourriez être un appui de poids pour cette abbaye en siégeant parmi les Lords. En revanche, vous ne lui serez d'aucune utilité si vous tombez en disgrâce.

— En disgrâce ? répéta-t-il, abasourdi par l'audace sans borne de Bain.

— Cela ne me fait nullement plaisir de le dire, cependant, si vous laissez l'ancienne Lady Montrose dire ce qui lui plaît à travers le pays, vous vous condamnez à la solitude d'une vie hors de la bonne société. Qui plus est…

Il s'interrompit un bref moment.

— Qui plus est, il est tout à fait possible que votre liaison avec Miss Mackenzie soit exposée si vous ne suivez pas la proposition de Lord Perth.

Hamlin se retint d'envoyer son poing dans la figure de cet impudent.

— Êtes-vous en train de me menacer ?

— Bien sûr que non. En revanche, vous ne devez pas oublier que Mrs Guinne l'a vue, elle. Miss Mackenzie est venue bien souvent à Blackthorn Hall, et il ne faudra guère de temps pour que Mrs Guinne comprenne. Il ne faudrait qu'un mot pour que la rumeur enfle.

Hamlin avait l'impression que le plafond venait de s'effondrer sur son crâne. Il fulminait, submergé par une rage et une peur atroce. Bain avait raison, il ne pouvait le nier. Faire semblant, mentir, était-ce pour autant la solution ?

— N'avez-vous pas encore compris, Bain, que je suis un honnête homme ?

— Oui, vous l'êtes, votre Grâce. Vous êtes même l'homme le plus honorable que je connaisse. Personne ne peut vous rendre responsable de ce coup du destin et de fait, Mrs Guinne est d'accord pour prendre tout le blâme sur elle. Les hommes qui voteront reconnaîtront également votre noblesse d'âme. Un homme si honorable, en vérité, qu'il n'a pas dit le moindre mal de sa femme quand il aurait eu toutes les raisons de le faire. MacLaren sera tout particulièrement touché par une telle délicatesse. De fait, tout ce que je viens de dire est vrai. Vous n'avez pas une seule fois critiqué l'ancienne Lady Montrose en public et elle seule est à blâmer pour l'échec de votre mariage.

— Hors de ma vue, siffla Hamlin, avant que je vous étrangle.

Bain hocha la tête comme si on venait simplement de lui souhaiter une bonne journée et retourna auprès des deux autres.

Les poings serrés, Hamlin prit plusieurs inspirations. Il devait essayer de réfléchir calmement. Seulement, le même mot revenait sans cesse dans son esprit : « disgrâce ». Il se sentait piégé car il avait trop peur

JULIA LONDON

d'exposer Catriona. Alors, après un long moment de réflexion douloureuse, il se tourna vers les autres.

Perth le fixait, le regard étréci. Glenna regardait ses pieds, l'air aussi perdu que lui. Bain, bien évidemment, se tenait bien droit derrière eux, les mains croisées dans le dos, l'air tout à fait serein.

Hamlin brûlait de les envoyer tous au diable. Hélas, s'il faisait une telle chose, Glenna s'assurerait que tout le monde se retourne contre lui. Qu'adviendrait-il alors d'Eula ? Ses décisions affectaient directement l'innocente enfant. Il ne voyait aucune bonne option pour elle, mis à part la voie que proposait Bain. Sauver les apparences. Prétendre que lui et sa « femme » étaient réconciliés. Avait-il le choix s'il voulait protéger Eula et Catriona du scandale ?

Catriona. Seigneur ! Qu'allait-il lui dire ? Une fois de plus, Bain avait raison, il pourrait aider son abbaye une fois à la Chambre, ou du moins trouver des solutions pour les pensionnaires. Pourtant, il aurait préféré lui dire n'importe quoi plutôt que d'admettre ce qui s'était passé ce soir. Parce qu'il l'aimait, oui, il l'aimait plus que tout et il aurait préféré marcher sur des charbons ardents plutôt que de la blesser.

Il voulait être avec elle, tout le temps, or Glenna avait rendu ce rêve impossible. Les domestiques avaient toujours apprécié l'ancienne Lady Montrose qui savait comment se les attacher. Il suffirait d'un simple mot du personnel pour révéler sa liaison avec Catriona et Glenna n'hésiterait pas à le faire chanter avec cette information.

— J'ai deux exigences, dit-il d'un ton froid.

— Oui ?

— Eula reste avec moi.

Glenna émit un claquement de langue méprisant.

— Est-ce tout ? Bien sûr qu'elle reste avec toi. Je n'ai de toute façon pas de place pour elle.

— L'autre exigence ? s'enquit Perth.

— À l'instant où je partirai pour Édimbourg, elle devra quitter les lieux.

— Avec grand plaisir, s'écria-t-elle. Puis-je enfin aller manger, à présent ?

Et sans prendre congé, elle sortit de la pièce la tête haute, comme si ces murs lui appartenaient.

Hamlin fut pris d'une violente nausée. Il songeait à Eula. Comment réagirait-elle ? Surtout, il pensait à Catriona.

Son image, sa voix, son nom tournaient et retournaient dans son esprit éprouvé.

Il savait depuis le premier jour que leur histoire d'amour ne pouvait durer éternellement. Cependant, jamais il n'aurait pu imaginer que la fin soit si douloureuse.

Chapitre 24

La nouvelle du retour de Lady Montrose se répandit comme une traînée de poudre dans les environs.

— C'est une vraie lady, pour ça ! commentait un palefrenier alors que Catriona était entrée dans les écuries de Dungotty, quelques jours plus tard.

Il parlait avec un garçon porcher et, comme aucun des deux hommes ne semblait la remarquer, elle demanda sèchement :

— Est-ce que je dérange ?

— Non ! Pas du tout, m'dame ! se reprit le palefrenier. Nous parlions du retour de Lady Montrose.

Catriona retint un mouvement de colère. Apparemment, personne ne semblait remettre en question le fait que cette chère Lady Montrose ait avoué être partie de son plein gré pour réfléchir et que son « cher époux le duc » ait eu la patience de la laisser faire. Les gens réagissaient sans aucune suspicion, alors qu'ils avaient cru le pire de ce pauvre Hamlin ! Elle en bouillait de rage.

À son retour de promenade l'attendait une épreuve plus difficile encore : les MacLaren étaient installés dans le salon. Mrs MacLaren ne tarissait pas d'éloges sur la revenante.

— Vous aviez entièrement raison, mademoiselle Mackenzie, le duc n'aurait jamais fait le moindre mal à sa charmante femme. Comment tout le monde a-t-il pu croire une horreur pareille ? Cette histoire est tout bonnement extraordinaire. Vous ne pouvez imaginer ma surprise quand la duchesse est entrée dans la salle de l'auberge où nous déjeunions. Elle est arrivée en compagnie de ma chère amie, Mrs McGill, et elles discutaient comme si elles s'étaient encore vues la veille ! La duchesse m'a saluée chaleureusement et m'a demandé des nouvelles de mon époux et de ma sœur, qui nous a hélas quittés voilà quelques mois. Si vous saviez comme elle était navrée de n'avoir pas été là pour offrir ses condoléances en personne ! Naturellement, Mr MacLaren et moi l'avons invitée à se joindre à nous !

— Et naturellement, elle a accepté, répliqua Catriona, pince-sans-rire.

— Exactement ! Bien sûr, vous n'avez pas personnellement rencontré Mrs McGill, mais je peux vous dire qu'elle n'est pas de nature à laisser des questions sans réponse…

— C'est une véritable commère ! traduisit Mr MacLaren. Elle a toujours le nez là où elle ne devrait pas.

— Quoi qu'il en soit, Mrs McGill lui a demandé sans la moindre hésitation où elle avait été tout ce temps, et… Oh, mademoiselle Mackenzie, vous n'allez pas en croire vos oreilles !

— Vous seriez surprise…, intervint oncle Knox dans l'indifférence générale.

— La duchesse s'est montrée parfaitement franche et a déclaré que son départ était uniquement sa décision. Elle avait accepté la proposition de mariage du duc alors qu'elle était extrêmement jeune – comme nous toutes d'ailleurs – et…

Mrs MacLaren s'interrompit en prenant conscience de sa bévue.

— Je ne voulais pas dire…

— Il n'y a pas offense, l'assura Catriona d'un ton légèrement sec.

— Enfin… Elle était jeune et elle n'avait pas réellement réfléchi aux implications d'une telle union. Elle ne se rendait pas compte des devoirs de la vie maritale et…

— Et Mrs McGill l'a interrompue, d'une façon assez cavalière, si vous voulez mon avis, interrompit lui-même MacLaren, pour demander : « À quoi fallait-il donc réfléchir ? Vous étiez duchesse ! »

— En effet, confirma Mrs MacLaren, non sans jeter à son époux un regard noir. La question était pertinente, après tout. Peu importe, la duchesse a répondu – et je la comprends parfaitement – qu'elle s'était demandé si elle n'avait pas eu tort d'accepter un tel mariage à un si jeune âge.

— Que voulez-vous dire, vous la comprenez parfaitement ? s'exclama MacLaren.

Elle le fit taire d'un geste impatient.

— Elle a dit qu'en dépit de l'entente parfaite qui régnait entre elle et le duc, il ne s'agissait pas, bien évidemment, d'un mariage d'amour, aussi s'interrogeait-elle en son for intérieur sur le risque de manquer l'amour véritable, voyez-vous ?

— Je ne vois pas du tout, tempêta MacLaren que ce raisonnement agaçait de toute évidence.

— N'est-ce pas évident ? Les ducs, et les nobles de façon générale, se marient rarement par inclination.

Ils se marient par intérêt politique et économique. Montrose ne pouvait pas épouser n'importe qui, il devait trouver une épouse dotée des connexions parfaites que les Guinne avaient, bien entendu avant leur fin tragique dans ce terrible incendie.

— C'était là son raisonnement ? insista oncle Knox, visiblement aussi perturbé que Catriona par ce qu'ils entendaient. Comme elle ne s'était pas mariée par amour, elle devait essayer à nouveau ?

— Tout à fait, répondit Mrs MacLaren avec un aplomb ahurissant pour une femme qui avait tendance à juger fort mal la moindre fantaisie. Elle a fait part de ses doutes à son époux et, quoiqu'il ne soit pas d'accord avec sa décision de vivre chacun séparément, il a néanmoins honoré les vœux qu'il avait faits en la laissant libre de décider de sa vie. Évidemment, elle a rapidement pris conscience de la valeur de ce qu'elle avait quitté, et elle est donc – je la cite – « revenue à Blackthorn Hall à genoux pour le supplier de lui pardonner ».

La fureur de Catriona flamba à ces paroles. Quelle odieuse menteuse !

— À ce point de la discussion, cette commère de McGill a demandé sans vergogne à la duchesse ce qu'elle pensait que son mari allait faire.

Mrs MacLaren lança un nouveau regard de reproche à son époux pour cette intervention, avant de poursuivre son récit :

— Mrs McGill l'a peut-être questionnée sans vergogne, mais la duchesse a répondu avec beaucoup de contrition, la pauvre âme.

La pauvre âme ! Catriona manqua s'étrangler avec son thé.

— Sa voix tremblait lorsqu'elle a déclaré ne pas savoir de quoi l'avenir serait fait, s'il la laissait rester ou s'il la répudiait, mais qu'elle ferait en tout cas de son mieux pour mériter son pardon, jour après jour. Si vous voulez mon avis, la duchesse ne devrait pas être jugée trop sévèrement pour ses errements. Après tout, nous commettons tous des erreurs, n'est-ce pas ? Elle en prend l'entière responsabilité. Et le mariage peut-être une épreuve très difficile.

— Vraiment ? Le mariage ne m'a jamais semblé bien compliqué, lança MacLaren.

Mrs MacLaren roula des yeux exaspérés à l'adresse de Catriona, tandis que son époux continuait :

— C'est plutôt son mari le duc qui doit être loué. J'avoue éprouver un respect tout nouveau pour lui. Il a supporté sans faillir les rumeurs terribles qui couraient sur son compte en gardant la tête haute. Je ne crois pas avoir jamais rencontré un comportement aussi honorable que le sien, en vérité.

— Vous pensiez pourtant il y a peu qu'il était responsable de la disparition de sa femme, non ? le défia oncle Knox avec sa bonhomie habituelle.

— Vraiment ? répondit MacLaren comme si cette nouvelle le stupéfiait. Eh bien, si c'était le cas, il a assez prouvé que j'avais tort, n'est-ce pas ? Je disais justement à Caithness hier qu'il ne trouverait pas de gentleman de plus grande valeur pour siéger à la Chambre et que, pour ma part, je lui aurais donné mon vote les yeux fermés.

— Cela ressemble tant à une sublime histoire d'amour, soupira Mrs MacLaren. C'est ce que vous soupçonniez depuis le début, mademoiselle Mackenzie, n'est-ce pas ?

— Moi ? sursauta-t-elle.

— Vous ne l'avez jamais cru capable de meurtre, voyons !

— Certes, mais… je ne pensais pas pour autant à une histoire d'amour.

Catriona était si éprouvée qu'elle pria intérieurement pour que les MacLaren prennent enfin congé. Elle n'en pouvait plus d'entendre les louanges déversées sur le magnifique couple que formaient le duc et la duchesse de Montrose. Cette odieuse femme n'était plus duchesse, pour l'amour du ciel ! Comment se pouvait-il qu'une femme trompe son mari, l'abandonne, exige le divorce et soit traitée comme une héroïne à son retour ? Quelle injustice insoutenable !

— Personne n'aurait pu imaginer une telle chose, bien sûr, renchérit Mrs MacLaren. Et pourtant les voilà ! Enfin réunis. Et peut-être un petit héritier viendra-t-il bientôt bénir ces retrouvailles romantiques !

Mrs MacLaren semblait aussi excitée qu'un enfant le jour de Noël à cette perspective.

— Tout le monde semble partager les mêmes espoirs, confirma MacLaren, vous n'imaginez pas toutes les visites qui affluent à Blackthorn Hall.

— Oh oui ! Nous-mêmes avons dû dépasser au moins deux voitures qui s'avançaient dans l'allée le jour de notre visite !

Catriona se sentait au plus mal. Elle mourait d'envie d'ouvrir les lacets de son corset pour reprendre son souffle.

Elle n'avait pas parlé à Hamlin depuis cette soirée d'horreur. Au moins, grâce aux MacLaren, elle savait pourquoi : il n'avait pas un instant pour échapper à cette mascarade. Elle comprenait également pourquoi

il fallait à tout prix que les apparences plaident en sa
faveur en ces moments cruciaux qui précédaient le vote.

— J'imagine qu'il va nous falloir leur rendre visite,
Cat, si tu es d'accord, dit oncle Knox.

La question la prit de court, si bien qu'elle ne trouva
rien à répondre.

— Pour leur faire nos adieux avant de quitter
Dungotty, insista-t-il.

— Quitter Dungotty ! s'exclama Mrs MacLaren.
Vous ne pouvez pas partir déjà !

— Il le faut, pourtant, répondit son oncle en se
levant pour mettre un terme à ce thé interminable. Cat
souhaite rentrer à Balhaire et moi en Angleterre avant
l'automne. Vous n'imaginez pas tout ce qu'il faut prévoir
avant notre départ. Merci à tous les deux de nous avoir
rapporté ces nouvelles extraordinaires.

Comme il tendait la main à Mrs MacLaren, elle n'eut
d'autre choix que de poser sa tasse de thé pour se lever.

— Nous vous verrons avant votre départ, n'est-ce
pas ? demanda MacLaren tandis qu'oncle Knox les
entraînait rapidement vers la porte que Stuart avait
habilement ouverte.

— Bien sûr ! répondit oncle Knox en sortant avec eux.

Il revint bientôt et lui ouvrit ses bras pour l'enlacer
tendrement.

— Ne désespère pas, ma chérie.

Désespérer ? Elle avait depuis bien longtemps dépassé
le stade du désespoir. Elle se sentait désormais complètement engourdie de douleur.

Ce soir-là, elle se retira tôt et se coucha sans souper,
un linge humide posé sur son front migraineux. Hélas,

il n'y avait pas de remède pour son mal. Les blessures du cœur étaient incurables.

Le lendemain matin, oncle Knox devait partir pour affaires à Stirling.

— Viens avec moi, la supplia-t-il.

Elle secoua la tête. Elle n'était même pas encore coiffée et la moindre tâche lui semblait une épreuve insurmontable.

— Tu l'as dit, mon oncle, il y a bien trop à faire ici.

Il poussa un soupir de résignation et posa un baiser sur son front.

— Je serai parti toute la journée.

— Tout ira bien, ne t'inquiète pas. J'ai de quoi m'occuper pour emballer tout cela.

Elle désigna les ballots de linge qu'ils avaient achetés à Crieff pour les distribuer aux pensionnaires de Kishorn. Elle avait effectivement beaucoup à faire, pourtant, lorsque oncle Knox fut parti, Catriona laissa Rumpel se charger du rangement. Elle se sentait épuisée et incapable de seulement réfléchir.

Quand elle fut lasse de son errance sans but autour de Dungotty, elle demanda qu'on lui selle une monture. D'ordinaire, chevaucher lui vidait la tête et l'aidait à se sentir mieux. Et puis, elle voulait aller une dernière fois aux ruines où elle avait connu un bonheur merveilleux. Elle savait déjà que revoir ces lieux provoquerait une douleur atroce dans son cœur, seulement elle avait besoin de cela. Elle voulait mettre la blessure de son âme à vif pour ne pas laisser l'engourdissement du désespoir lui voler jusqu'à son identité.

Il ne lui fallut qu'une petite demi-heure pour y parvenir. Elle descendit de selle et avança jusqu'au pied de l'if. Son été se terminait comme il avait commencé : en ruines. Ce lieu de rendez-vous jetait désormais une obscure lumière prophétique sur leur histoire condamnée depuis le premier jour. Kishorn, le décès de tante Zelda, Hamlin… Tout n'était que ruines.

Catriona secoua brusquement la tête pour chasser sa violente mélancolie. Soudain, un haut-le-cœur douloureux lui fit serrer les poings contre son ventre, elle se retrouva pliée en deux par une vague de souffrance intolérable. Elle avait si mal qu'elle craignit de défaillir.

— Catriona.

Elle crut d'abord qu'elle entendait des voix qui n'existaient pas, puis elle perçut son pas et osa enfin se retourner. Hamlin venait vers elle, le visage tendu. Ce n'était pas une expression de colère, mais du désir et de l'amour à l'état pur. Un instant plus tard, elle se jeta dans ses bras et il la souleva pour prendre sa bouche.

— Es-tu seul ? Comment savais-tu ? balbutia-t-elle.

— Je suis seul, bien sûr. Et je ne savais pas. Je suis venu chaque après-midi, j'espérais…

Catriona caressa sa joue de ses doigts tremblants.

— Mais je pensais… J'ai cru…

— Seigneur, Catriona, tu m'as tellement manqué !

Il l'embrassa avec une passion presque sauvage. Un baiser au goût de désir et de remords. Il ne l'avait jamais embrassée de la sorte auparavant : comme si c'était là leur dernier baiser.

Catriona le repoussa malgré son déchirement intérieur.

— Tu ne devrais pas être là. Si on te trouvait…

— Et alors ? Je m'en moque, Cat. Que le monde entier sache ce que je ressens pour toi !

Son cœur se serra douloureusement.

— Ne dis pas cela ! pria-t-elle, affolée, les mains levées comme pour se protéger de lui.

Mais il vint à elle, implacable, et appuya son dos contre le tronc de l'if. Il la maintint là, la dévorant du regard.

— C'est fini, Hamlin. Nous devons voir la réalité en face.

Elle haletait presque, tant le désir lui incendiait le corps.

— Rien n'est terminé, Catriona. Rien.

Il ouvrit d'un geste brusque son corsage et se pencha sur elle pour embrasser fiévreusement ses seins. Le souffle de Catriona se bloqua dans sa gorge quand elle sentit la chaleur de sa bouche sur sa peau.

Maintenant ses poignets d'une seule main au-dessus d'elle, il se pressa contre elle pour qu'elle sente son érection dure comme la pierre. Son autre main et sa bouche la caressaient partout, faisant vibrer son corps d'un plaisir enivrant.

Quand ses gémissements gagnèrent en intensité, il la libéra enfin. Il défit en hâte ses chausses tandis qu'elle se débarrassait de sa jupe légère et de son pantalon d'équitation. Leur désir les rendait presque ivres et vacillants. Son corps lui semblait littéralement en feu et quand Hamlin glissa ses doigts en elle, elle poussa un cri de volupté.

— Il ne faut pas, gémit-elle dans un souffle. Oh ! Hamlin, je ne peux pas m'empêcher de te désirer.

Il pressa son grand corps contre le sien avant de reprendre sa bouche. Le mélange de puissance et de tendresse qu'il insuffla à son baiser eut raison de ses dernières réticences et elle s'abandonna tout entière à la passion qu'ils partageaient. Haletante, elle arqua les reins pour lui offrir sa poitrine tandis qu'il continuait de caresser sa féminité.

Enfin, il entra en elle et ils poussèrent en même temps un cri de plaisir presque douloureux. Catriona abandonna toute pensée rationnelle pour se laisser entraîner tandis qu'il allait et venait en elle. L'extase fut si intense qu'elle cessa un instant de respirer, tout entière concentrée sur l'explosion de sensations qui remontaient de ses membres vers sa tête.

Son corps tremblait encore des spasmes exquis lorsqu'il atteint à son tour la jouissance. Ils se laissèrent glisser le long du tronc jusqu'au sol, à bout de souffle.

Les cheveux défaits, les yeux clos, le souffle court, Hamlin offrait un spectacle adorable alors qu'il gardait les bras serrés autour d'elle. Le cœur en lambeaux, Catriona appuya sa joue sur son torse.

— Elle ne va pas rester… Tu le sais, n'est-ce pas ?

Elle tenta d'ignorer l'angoisse qui lui bloquait la respiration pour pouvoir répondre.

— Tu es obligé de la garder près de toi pour le moment, je le comprends.

Hamlin se rassit, adossé au tronc et la prit par les épaules pour la regarder dans les yeux.

— Je t'aime, Catriona. Ne le ressens-tu pas ? Je t'aime de tout mon être.

Cette déclaration, qu'elle avait sans même le savoir tant attendue, lui fut un déchirement.

— Je t'aime, Hamlin. Plus que je ne l'aurais cru possible.

Les larmes aux yeux, elle écarta une mèche rebelle de son front avant de reprendre :

— Mais nous n'avons pas d'avenir ensemble. Nous

le savons depuis le début. N'est-ce pas pour cette raison précisément que nous n'avons jamais parlé du futur ?

Il secoua la tête comme pour nier l'évidence.

— Bien sûr que si. Ta vie sera désormais à Londres, quand la mienne est entre Balhaire et Kishorn. Nous vivons chaque nouvelle journée comme si c'était la dernière parce que nous savons tous deux que la fin arrivera…

— Pour l'amour du ciel ! Ne suis-je pas duc ? Je peux bien faire ce qui me plaît ! explosa-t-il.

Elle posa un doigt sur ses lèvres et embrassa le coin de sa bouche avec une infinie tendresse.

— Aucun de nous ne peut faire ce qui lui plaît, Hamlin.

Il la lâcha brusquement pour se mettre debout. Nerveusement, il marcha jusqu'à un pan de l'ancien mur et s'y appuya, le regard perdu sur la vallée verdoyante qui s'étendait en contrebas. Catriona le rejoignit et l'enlaça doucement en posant la joue contre son dos.

— Promets-moi simplement une chose… Promets-moi que tu ne m'oublieras pas.

— Oh ! mon amour, je ne pourrais t'oublier même si j'essayais, Catriona. Et je ne supporterais pas davantage que tu m'oublies.

Il se tourna entre ses bras et l'enlaça à son tour pour la serrer fort.

— Je n'ai jamais aimé comme je t'aime. Je n'ai jamais été aussi heureux que depuis que je t'ai rencontrée.

Elle ferma les yeux pour retenir ses larmes. Il l'obligea à relever le visage pour le regarder dans les yeux.

— Quand pars-tu ?

— Dans deux jours.

— La veille de mon départ pour Édimbourg. Viendras-tu dire au revoir à Eula ?

Catriona n'était pas certaine de pouvoir encore mettre un pied à Blackthorn Hall, pourtant, il lui suffit de songer à la fillette pour acquiescer.

— Que feras-tu une fois que le vote aura eu lieu ?

— Elle n'est pas ma femme. Elle ne vivra pas comme telle, répondit-il d'un ton tranchant.

Cela aurait sans doute dû l'apaiser, pourtant, ce ne fut pas le cas. Elle ne ressentait qu'une tristesse intense.

— Je t'aime, Hamlin, tu m'as offert les plus beaux jours de ma vie, murmura-t-elle d'une voix tremblante.

— Tu m'as ensorcelé, ma fière Highlander, répondit-il d'une voix rauque. Mon amour pour toi ne s'éteindra jamais, Catriona.

Son cœur se serra plus douloureusement encore. Comment vivre, jour après jour, en sachant qu'un homme sur cette terre l'aimait sincèrement et qu'il ne pourrait jamais être à elle ?

Chapitre 25

Les jours qui suivirent semblèrent interminables à Hamlin. Il devait supporter à chaque instant la souffrance de son cœur brisé tout en recevant des dizaines de visiteurs à l'approche du vote. Demeurer dans la même pièce que Glenna qui feignait la contrition pour son mauvais comportement était une véritable torture.

Son esprit était habité à chaque instant du souvenir de Catriona et de leurs adieux sous les branches de l'if. Elle était si belle avec sa chevelure éparpillée sur ses épaules et ses yeux brillants du plaisir qu'il lui avait donné.

Tandis que son esprit s'échappait de la sorte, il devait veiller à donner toutes les apparences d'un homme mesuré, ce qu'il était encore quelques semaines auparavant. Aujourd'hui, il était empli d'un tel amour pour Catriona et d'un tel ressentiment à l'égard de Glenna qu'il avait du mal à ne pas transformer cette mesure en distance avec le reste du monde. Il éprouvait un tel mépris pour son ancienne épouse qu'il brûlait d'impatience d'être enfin débarrassé de sa vue.

Elle, en revanche, semblait parfaitement dénuée du moindre remords. Elle venait tout juste de commander trois nouvelles robes en sachant pertinemment que

Hamlin ne pouvait rien refuser tant que le vote n'aurait pas eu lieu. Elle se moquait éperdument d'Eula, qui allait de toute évidence beaucoup moins bien. Hamlin avait remarqué qu'elle n'avait plus touché sa peinture depuis une semaine. Elle restait la plupart du temps confinée dans sa chambre en compagnie de Miss Burns et de ses chatons.

Bien évidemment, le tour imprévu des événements avait certes perturbé la fillette, mais sa mélancolie était sans aucun doute due à l'indifférence de Glenna.

Il était dans son bureau quand celle-ci entra sans même s'être annoncée, pour déclarer qu'elle l'accompagnerait à Londres après le vote qui devait avoir lieu deux jours plus tard.

Hamlin leva les yeux de sa correspondance.

— Pardon ?

Avant qu'elle ait pu répondre, Stuart apparut dans l'encadrement de la porte pour annoncer :

— Votre Grâce, Lord Norwood et sa nièce sont arrivés.

Dieu merci, il allait la voir ! Il se leva vivement avant de se rappeler à plus de mesure.

— Amenez-les dans le petit salon, Stuart. Quant à vous, il est hors de question que vous m'accompagniez à Londres. Vous serez très loin de Blackthorn et de ma vie à l'heure où je me rendrai là-bas. Par ailleurs, je vous interdis de me tutoyer encore une fois, conclut-il d'une voix glaciale.

Elle sembla quelque peu apeurée par son ton et adopta une nouvelle tactique.

— Je ne suis jamais allée à Londres, geignit-elle.

— Je m'en moque.

Perdait-elle l'esprit pour croire qu'il se préoccupait un seul instant de ses désirs ?

— Pourquoi tant de hâte ? Qui est ce Norwood ?

Il l'ignora et quitta la pièce sans un regard pour elle.

— Et sa nièce ? Est-ce cette femme avec laquelle vous dîniez le soir de mon retour ? Est-ce elle qui vous fait courir comme un jeune homme empressé ?

Il s'arrêta brusquement, tourna la tête vers elle.

— Je vous conseille de reprendre votre calme, madame, et de demander qu'on serve le thé.

— Je vous parle ! tempêta-t-elle. Qui que ce soit, ils peuvent attendre !

— Nous n'avons rien à nous dire, lui rappela-t-il avant de s'éloigner.

— Tu es un idiot, Hamlin ! Je suis enceinte !

Les mots l'atteignirent comme un poignard en plein cœur. Une fois de plus, il se pétrifia et se tourna vers elle. Qui était cette femme ? Ce ne pouvait être celle qu'il avait épousée. Il aurait forcément remarqué son absence indécente de morale et de compassion.

Soudain, elle éclata en pleurs.

— Je ne voulais pas vous l'annoncer de cette façon, mais vous ne m'avez laissé d'autre choix. Vous ne voulez pas m'écouter.

— Il semble que vous deviez vous dépêcher de rentrer auprès de votre amant, madame. Quelle chance que la voiture qui vous attend dans deux jours puisse vous conduire où cela vous chantera.

— C'est justement là le problème, Hamlin, geignit-elle. Charlie est parti.

Hamlin regarda sa lèvre trembler sans en croire ses

oreilles. Pensait-elle sérieusement trouver la moindre sympathie en lui ? Incrédule, il secoua la tête.

— C'est votre problème, pas le mien.

— C'est aussi votre problème, Hamlin ! cria-t-elle dans son dos.

Il ne lui accorda pas la moindre attention. Un sourire instinctif reparut sur ses lèvres à l'instant où il vit la silhouette de Catriona assise près d'Eula.

— Votre Grâce, le salua Norwood qui se tenait près de la fenêtre.

Catriona se leva pour faire la révérence.

— Comment allez-vous, votre Grâce ?

Son sourire, aussi immense que l'amour qu'il lui portait, illumina aussitôt la pièce.

— Vous ne m'ignorerez pas !

Hamlin se retourna brusquement, stupéfait de découvrir que Glenna l'avait suivi. Des larmes maculaient ses joues.

— Madame, retournez à vos appartements, ordonna-t-il sèchement.

— Je n'irai pas ! Je ne vous permets pas de me traiter aussi mal, Hamlin ! Que vais-je devenir ? Êtes-vous à ce point dénué de cœur que vous vouliez me jeter à la rue alors que je porte un enfant ?

Hamlin entendit en même temps le hoquet horrifié de Catriona, le « non » affolé d'Eula et le juron de Norwood.

— Par Dieu, je vous demande de partir maintenant, gronda-t-il entre ses dents.

Hélas, Glenna était aussi entêtée qu'inconvenante et elle ne bougea pas.

— Vous n'avez pas le droit de me traiter de la sorte !

— Je vous demande pardon, votre Grâce, puis-je emmener Miss Guinne ? intervint Catriona.

Il tourna le visage vers elle pour la découvrir tenant la main de la pauvre Eula qui tentait de maîtriser ses larmes.

— Je vous en serais reconnaissant.

Elle passa un bras autour de la fillette et sortit avec un calme admirable de la pièce.

— Nous reviendrons une autre fois, dit Norwood qui avait déjà atteint la porte.

— Je vous en prie, Lord Norwood, restez.

— Je ne pense pas qu…

— Oui, restez ! cria Glenna. Soyez témoin de sa cruauté envers moi ! Je n'ai nulle part où aller, et il le sait ! Personne ne m'hébergera dans mon état ! Tout le monde chuchotera dans mon dos ! Si je reste avec vous, ils croiront tous qu'il s'agit de votre enfant, Hamlin.

— Vous ne m'êtes plus rien ! s'écria-t-il, exaspéré. Vous vous en êtes vous-même assurée !

— Puis-je ? intervint nerveusement Catriona qui avait apparemment envoyé Eula dans sa chambre et avait entendu leur échange depuis le couloir.

— Catriona, ne t'inquiète pas de cela.

— Catriona ! Êtes-vous à ce point familier avec elle que vous appeliez une dame par son prénom et que vous la tutoyiez alors que vous me l'interdisez ?

— Si je puis me permettre, madame, intervint Norwood, cela ne semble pas être votre souci le plus urgent.

— Je connais un endroit qui l'accueillera ! coupa Catriona. Je sais où elle pourrait aller.

Hamlin la regarda sans comprendre.

344   Julia London

— C'est un problème personnel…

— Kishorn Abbaye, l'interrompit-elle.

— Un couvent ! éructa Glenna.

— Ce n'est pas un couvent. C'est un lieu où les femmes dans votre état sont accueillies et prises en charge. Un endroit où vous pourrez trouver soutien et réconfort.

Sa voix tremblait légèrement, comme si prononcer ces mots lui était difficile. Hamlin ressentit face à une telle bonté un puissant élan d'amour.

— Je n'ai aucun besoin de votre réconfort. Je n'ai jamais entendu parler de votre abbaye et je n'irai pas !

— Et quelles sont, exactement, vos options, madame ? interrogea Norwood.

Elle regarda Hamlin comme si elle espérait sincèrement qu'il lui vienne en aide. Sans détourner le regard, il marcha jusqu'à elle et prit sa main dans les siennes pour qu'elle comprenne qu'il ne tremblait pas.

— Ne vous méprenez pas un seul instant, madame. J'abandonnerai mon siège à la Chambre des lords, j'abandonnerai Blackthorn Hall et mes richesses s'il faut en arriver là, mais je ne prendrai *jamais* la responsabilité de cet enfant et vous ne pouvez exercer aucune menace sur moi. On vient de vous offrir un abri que vous avez décliné avec votre orgueil et votre entêtement habituels. Or, soit vous acceptez cette main tendue, soit vous mettez vos menaces à exécution et vous en subirez les conséquences. Dans un cas comme dans l'autre, vous aurez quitté Blackthorn Hall d'ici deux jours. Où vous irez est votre entière décision.

Il laissa retomber sa main avec dégoût. Les yeux de Glenna s'agrandirent d'horreur comme si elle prenait enfin conscience qu'il ne la sauverait pas. Alors, elle prit brusquement son visage dans ses mains et se mit à sangloter. Avec un soupir, il la conduisit jusqu'à un fauteuil avant de se tourner vers Catriona.

— Merci. Vous n'aviez pas à faire cela.

— Très bien, j'irai, s'emporta Glenna. J'irai à l'autre bout du monde, s'il le faut, pour être loin d'ici ! Pour être loin de *vous* ! Comment se rend-on dans cet endroit maudit ?

Catriona était atrocement pâle mais sa voix était ferme quand elle proposa :

— Je repars demain. Vous pouvez m'accompagner si vous le souhaitez.

Au lieu de la remercier, Glenna recommença une nouvelle litanie de plaintes et de gémissements.

Catriona se détourna d'elle.

— Y allons-nous ?

Norwood acquiesça et Hamlin s'avança pour les escorter quand un cri de Glenna les arrêta.

— Hamlin ? Es-tu à ce point insensible ?

Seigneur ! La capacité d'auto-apitoiement de cette femme était décidément infinie !

— Bien au contraire, je me suis soucié de vous trop longtemps. Au lieu de gémir, vous devriez plutôt remercier le ciel que je ne vous jette pas dans les rues d'Édimbourg sans la moindre ressource avec votre enfant, comme votre cher amant l'a fait.

Sur ce, il lui tourna le dos pour rejoindre ses invités dans le hall. Norwood prenait son chapeau et ses gants. Quant à Catriona, elle semblait anéantie. Il n'y avait plus la moindre trace de sourire sur son beau visage, seulement une tristesse infinie.

Hamlin détesta ce spectacle. Il détestait être responsable de son chagrin.

— Catriona. Tu n'as pas à faire une telle chose. Pas pour moi.

— C'est fait, à présent. N'en parlons plus.

— En effet, confirma Norwood. Et sincèrement, je ne vois pas quel autre choix vous et votre ancienne épouse avez en la matière. Ma nièce est d'une générosité incomparable et je ne connais pas d'âme meilleure que la sienne, conclut-il avant de sortir sur le perron.

— Je le sais, souffla Hamlin. Que Dieu ait pitié de moi, je sais qu'il n'y a pas meilleure personne que toi sur terre.

Ses yeux et sa gorge le brûlaient atrocement. Elle secoua la tête tandis qu'une unique larme coulait sur sa joue pâle.

— Je n'ai fait que perpétuer ce que tante Zelda a accompli pour tant d'autres. Ta… Elle n'a nulle part ailleurs où aller.

Elle détourna le regard vers la silhouette de son oncle. Le cœur serré, il promit :

— Je passerai le restant de mes jours à tenter de me racheter, Catriona.

— Je ne te demande rien, Hamlin. Tu ne me dois rien.

Il prit fébrilement sa main.

— Regarde-moi. Je t'en supplie. Que ferai-je quand tu seras loin de moi ?

— Et moi, que ferai-je ? répéta-t-elle en un douloureux écho. Je… Je dois y aller…

Non, il ne pouvait pas la laisser partir de la sorte. Il l'attira à lui. Elle se laissa aller contre lui un bref instant, comme si le poids de sa tristesse était trop lourd à porter. L'instant d'après, elle avait disparu.

Hamlin retint un grondement de douleur venu du plus profond de son âme. Jamais il n'oublierait cette femme, aussi lumineuse par sa beauté que par sa bonté. Mesurait-elle seulement tout ce qu'elle lui avait offert ? Elle lui avait montré que le bonheur qu'il n'osait imaginer pour lui existait bel et bien. Et elle venait tout juste de le sauver d'un scandale retentissant. En échange de quoi, elle allait devoir prendre en charge son insupportable ex-épouse et l'enfant innocent qui grandissait en elle.

Comment pourrait-il se pardonner de lui infliger cela ? Il lui serait éternellement redevable. Il ne pouvait accepter son aide sans rien lui donner en retour. Elle méritait mieux. En vérité, elle méritait tout ce qu'il pouvait lui donner. Il ne savait pas encore comment il allait pouvoir se racheter, toutefois il était déterminé à tout faire pour qu'elle ne regrette jamais de l'avoir rencontré.

Chapitre 26

Au cours de l'interminable voyage jusqu'à Balhaire, Catriona se demanda de nombreuses fois comment Hamlin avait pu se retenir de tuer son ancienne femme. Pour sa part, elle parvenait à tenir seulement parce qu'elle imaginait toutes sortes de moyens de se débarrasser d'elle.

Néanmoins, l'insupportable présence de Glenna Guinne lui permettait de se concentrer sur autre chose que la douleur occasionnée par son cœur brisé. Il n'était déjà pas bien difficile de mépriser cette femme pour ce qu'elle avait fait endurer à Hamlin, il était moins difficile encore de la détester quand elle passait chaque instant de la journée à se plaindre de son sort. La voiture n'était pas confortable. Les auberges où elles s'arrêtaient étaient indignes de son rang. La nourriture était immangeable. Et de toute façon, comment pouvait-on voyager sans même une femme de chambre ?

Bien sûr, elle ne levait pas le petit doigt pour quoi que ce soit et refusait même de porter son plus petit bagage. Quand Catriona l'informa qu'elle devrait participer aux tâches à l'abbaye, Glenna éclata de rire avant d'assurer que c'était absurde.

De surcroît, quand, à sa demande, Catriona l'informa de l'histoire du lieu et des autres pensionnaires, elle eut le toupet de se scandaliser et de critiquer ces femmes !

— Vous avez pourtant des points communs avec elles, rétorqua sèchement Catriona en tentant vainement de contenir sa colère.

— Des points communs ? Avec moi ? Je suis duchesse ! Je suis une victime qui a été rejetée, déclara-t-elle hautement, comme si c'était là un passe-droit pour s'adonner à l'adultère et mettre au monde des enfants hors mariage.

Catriona hésita à lui rappeler vertement qu'elle n'était plus duchesse et opta finalement pour une question :

— Avez-vous réellement été rejetée ?

— Vous ne pouvez pas avoir idée de ce que j'ai enduré, pleurnicha-t-elle avant de se lancer dans une interminable tirade dont il ressortit que Hamlin était trop calme et trop féru de livres pour faire autre chose que son malheur.

Catriona avait la nausée à force d'entendre de telles stupidités. Et ce fut pire quand Glenna poursuivit en vantant les mérites de l'amant qui l'avait pourtant abandonnée.

Trop écœurée pour seulement répondre, elle se contenta de s'absorber dans le spectacle de la route en subissant les déclarations de Glenna sur son amant, sa vie et ses nombreux espoirs.

Le dernier jour de leur voyage, Glenna apparut de fort méchante humeur. Contrairement aux autres jours où elle ne faisait que jacasser ou se plaindre, elle passa un long moment à fixer Catriona. À la fin, n'y tenant plus, celle-ci demanda :

— Qu'y a-t-il ? Pourquoi m'observez-vous de la sorte ?

— Vous l'aimez.

— Pardon ?

— Vous aimez mon mari.

Catriona poussa un soupir et croisa les bras. Sa patience était à bout.

— Il m'est impossible d'aimer votre mari, madame, pour la bonne raison que vous n'avez *pas* de mari.

— Peut-être n'est-il plus mon mari, mais il l'a été pendant huit interminables années. Et je sais ce que je dis : vous l'aimez.

Comme Catriona gardait le silence, elle esquissa un sourire mauvais.

— Il ne vous épousera pas, si c'est ce que vous croyez. Vous ne serez jamais duchesse.

Catriona rit, ce qui eut le mérite de déstabiliser son interlocutrice.

— Je ne l'ai jamais cru.

— Vraiment ? Même pas un tout petit peu ? En tout cas, il ne pourra jamais vous épouser, à cause de son satané siège à la Chambre des lords. Votre origine et cette abbaye ruineraient sa réputation devant le Parlement. Les pairs du royaume ne peuvent fréquenter les mauvaises personnes, n'est-ce pas ?

— Ainsi, je serais une mauvaise personne ? s'amusa Catriona devant l'audace de Glenna.

— Vous êtes une Highlander ! répondit-elle comme s'il s'agissait là d'une maladie incurable. Les Anglais prennent les gens de votre peuple pour des animaux sauvages.

Catriona eut un sourire sardonique.

— Si vous avez l'intention de me mettre en colère, vous perdez votre temps.

Glenna parut sincèrement surprise.

— Je n'avais nulle intention de vous fâcher, Catriona. Je souhaite simplement vous mettre en garde.

Catriona garda pour elle que cette « mise en garde » sonnait singulièrement comme une attaque.

Enfin, par une fin d'après-midi ensoleillée, elles virent les tours de Balhaire à l'horizon. Le cœur de Catriona se gonfla de joie – malgré sa tristesse, elle pouvait encore ressentir le bonheur de rentrer chez elle. Elle était impatiente de retrouver sa famille, leurs gens et les chiens du domaine. Son cœur était brisé mais s'il y avait bien un lieu où elle pourrait le soigner, c'était ici, parmi les siens.

Comme la voiture prenait la route qui menait à la forteresse, Glenna plissa le nez.

— Quelle horreur ! C'est… médiéval ! Y a-t-il encore des chevaliers en armure entre ces murs ? Vont-ils verser de l'huile bouillante depuis le chemin de ronde à notre passage ? Comment peut-on encore vivre comme cela ?

Incapable de retenir davantage sa pensée, Catriona se tourna vers elle.

— Seigneur Dieu, pourquoi êtes-vous si horrible ?

— Horrible ? Je ne suis pas horrible ! Je suis simplement honnête ! Franchement, j'aimerais qu'il y ait plus de gens comme moi.

— Eh bien, pour ma part, je suis intensément soulagée que les personnes comme vous ne soient pas plus nombreuses !

La voiture s'était à peine arrêtée qu'elle sauta à terre sans même attendre l'aide d'un palefrenier. Elle grimpa en hâte les marches de l'entrée lorsque Frang, leur majordome, ouvrit la porte et la salua d'un joyeux :

— *Fàilte*, mademoiselle Catriona !

— Merci, Frang, répondit-elle en lui serrant gentiment le bras.

Elle alla jusqu'à la grande salle, mais trouva le foyer froid et l'endroit désert.

— Où sont-ils tous passés ?

— Dans le bureau de votre père.

Elle courut le long du couloir et entra dans la pièce si brusquement que sa mère poussa un cri d'alarme avant de lui ouvrir ses bras :

— Cat ! Ma chérie !

Catriona enfouit le visage dans l'épaule de sa mère. Elle entendit le claquement familier de la canne de son père et un moment plus tard, ses larges bras la serraient à leur tour.

— Nous sommes si heureux de te voir revenue à la maison, *lass*.

— Et vous ne pouvez pas imaginer à quel point je suis heureuse d'être là, dit-elle d'une voix tremblante d'émotion.

— Ma chérie, qu'est-ce qui ne va pas ? demanda sa mère en prenant son visage entre ses mains.

Catriona secoua la tête, la gorge trop serrée pour parler. Rien n'allait. Rien dans sa vie n'allait.

— Le voyage a été difficile, articula-t-elle.

— Excusez-moi, mais n'y a-t-il personne pour m'accueillir ?

Catriona ferma les yeux et émit un grognement de frustration. Glenna l'avait apparemment suivie jusqu'au bureau.

— Et pas un seul domestique pour prendre soin de mes affaires ?

Ses parents fixèrent la nouvelle venue avec stupéfaction.

— Eh bien, Catriona ! Quelle impolitesse de ne pas me présenter officiellement. Je suis Lady Montrose.

— Vous *étiez* Lady Montrose, vous ne l'êtes plus, rectifia Catriona avec lassitude.

— Et pourquoi prenez-vous cet air éreinté ? C'est moi qui ai souffert. Personne ne m'offrira-t-il donc un verre d'eau ? Ou au moins un fauteuil ? Mon dos me fait souffrir le martyre, après ces routes impossibles !

Ses parents, confus, se tournèrent vers Catriona. Elle ouvrait la bouche pour parler… et découvrit qu'elle ne savait même pas par où commencer. Des larmes montèrent à ses paupières.

— Le voyage a été vraiment long, souffla-t-elle.

Heureusement, sa mère comprit aussitôt dans quelle détresse elle se trouvait et prit les choses en main. Elle fit rapidement escorter Glenna jusqu'à une chambre d'invité et lui fit envoyer un repas. Elle lui trouva également une femme de chambre parfaite : Fiona Garrison était pratiquement sourde et se trouva ravie de pouvoir s'occuper de sa broderie tandis que Glenna déchargeait sur elle ses interminables plaintes.

Puis sa mère commanda un bain chaud pour elle. Quand elle se fut lavée des pieds à la tête et vêtue de propre, elle descendit dans la grande salle où sa famille l'attendait, impatiente de l'accueillir et d'entendre le récit de ses aventures. C'était exactement ce dont elle avait besoin – ainsi choyée, elle se sentait aimée et entourée.

Son frère Cailean et sa femme Daisy étaient justement à Balhaire.

— Je suis heureux de te revoir à la maison, sœurette, dit-il en l'enlaçant tendrement.

La maison… Elle ne savait pas si elle se sentait encore chez elle ici. Elle ne savait pas si elle se sentirait à nouveau chez elle où que ce soit, désormais.

Aulay et Rabbie plaisantèrent sur la quantité astronomique de soleil qu'elle semblait avoir reçue et conclurent – avec justesse – qu'elle avait passé une bonne partie de l'été sur un cheval. Ses nièces et ses neveux se serrèrent autour d'elle… avant de demander si oncle Knox leur avait envoyé un présent. Elle distribua à chacun la couronne qu'il avait prévue.

Vivienne sembla particulièrement soulagée de la retrouver.

— Tu n'imagines pas tout ce que tu as manqué, lui confia-t-elle quand elles eurent un moment plus tranquille. Il y a eu un scandale dans la famille de mon mari…

Catriona n'entendit pas la suite car au même instant, un membre du clan la saisit par la taille pour la soulever dans les airs.

— Ah ! Tu nous as manqué, *lass* !

D'autres affluèrent peu à peu dans la grande salle pour la saluer. Bientôt, l'ale coula à flots et une délicieuse odeur de viande grillée vint lui chatouiller les narines. Au cours du souper, elle régala sa famille des anecdotes les plus divertissantes de l'été et les informa de son entretien avec le Lord Avocat. Cependant, oncle Knox avait déjà envoyé une lettre pour leur donner les conclusions de l'entrevue.

Elle ne pouvait s'empêcher de se demander ce qu'il avait bien pu leur dire d'autre. S'ils avaient appris l'exis-

tence de Hamlin, aucun n'en fit mention, ce dont elle
fut extrêmement soulagée. Elle n'était pas prête. Elle ne
pouvait tout simplement pas parler de lui sans risquer
de se briser. Quand elle serait prête, elle raconterait tout
à sa mère et à sa sœur. Ce soir, elle voulait seulement
profiter de la présence réconfortante des siens.

Glenna apparut dans la grande salle peu avant que le
repas soit servi, se plaignant que personne ne lui avait
dit de descendre. Ensuite, elle fut fâchée de constater
qu'elle n'était pas installée sous le dais d'honneur.
Lottie, l'épouse d'Aulay, la prit en pitié et alla lui tenir
compagnie un moment. Mais même elle, dont la patience
et la douceur étaient légendaires, revint vers le dais, les
yeux agrandis de stupeur.

— Cette femme est odieuse.

— Ne t'inquiète pas, la rassura Catriona, elle partira
pour l'abbaye demain à l'aube.

— Dieu merci !

Le lendemain matin, après un sommeil réparateur
dans son lit confortable, l'humeur de Catriona s'était
légèrement améliorée. Elle prit un plaisir tout particulier à entrer dans la chambre de Glenna aux premières
lueurs du jour pour tirer les rideaux de son baldaquin.
Glenna poussa un gémissement outragé.

— Allons, il est temps de vous lever. Nous avons
encore une bonne chevauchée avant d'arriver à votre
destination finale.

— Ma quoi ? s'exclama-t-elle en se redressant dans
son lit.

Catriona lui adressa un sourire mielleux.

— Je veux parler de Kishorn Abbaye.

— Tant mieux ! Je n'aime pas du tout ce vieux

château miteux. Il y règne une odeur infecte et des bruits incessants m'ont empêchée de dormir ! On m'apporte le petit déjeuner ?

Catriona ne prit même pas la peine de répondre et sortit pour organiser les préparatifs du voyage.

Quand Glenna posa les yeux sur l'abbaye, elle sembla littéralement… perdue. Les yeux écarquillés, elle contempla les bâtiments décrépis comme si son esprit ne parvenait pas à interpréter ce qu'il voyait.

De son côté, Catriona grimpa prestement les marches à la rencontre de Rhona.

— Quelle joie de vous revoir, mademoiselle Mackenzie ! Venez vite voir les autres ! Elles vous attendent !

— J'arrive ! Tout d'abord, puis-je vous présenter Glenna Guinne ? Elle va rester à l'abbaye.

Elle fit signe à Glenna de la rejoindre tandis que Rhona lui ouvrait les bras pour l'accueillir d'un chaleureux :

— *Fàilte.*

Glenna la toisa comme si elle était couverte de boue. Rhona baissa donc les bras, désemparée.

— Glenna attend un enfant.

— Comment osez-vous ? se récria l'intéressée.

— Et elle n'a nulle part où aller, poursuivit-elle sans se soucier de l'interruption. Elle est donc venue ici pour trouver un abri, n'est-ce pas ?

Débarrassée de sa superbe, Glenna poussa un soupir en acquiesçant.

— Soyez la bienvenue, j'ai une chambre avec vue sur le loch qui sera parfaite pour vous, déclara Rhona en prenant la jeune femme par la taille sans la laisser s'écarter.

Elles traversèrent les ruines, passant devant les poules, les vaches, rencontrant sur leur passage des femmes et des enfants qui venaient saluer Catriona avant de reprendre leurs tâches.

Glenna gardait les yeux sur le chemin, l'air un peu effrayé.

La chambre que leur montra Rhona était petite et toute simple – un lit, un bureau et un bassin pour la toilette.

— C'est… C'est ma chambre ? bredouilla Glenna. C'est minuscule. N'y a-t-il rien de plus grand ?

— Rien de plus grand, non, mais l'endroit est sûr.

Glenna marcha jusqu'au lit, s'y allongea et leur tourna le dos. Catriona voulut lancer une remarque acerbe sur l'impolitesse de la jeune femme, cependant Rhona lui fit signe de n'en rien faire.

Quand elles eurent refermé la porte de la chambre, elle s'excusa auprès de l'abbesse :

— Je suis vraiment désolée, elle peut se montrer très puérile.

— Ne vous inquiétez pas, mademoiselle Mackenzie. Elle n'est pas la première d'entre nous à se trouver malheureuse de la vie qui l'a menée jusqu'ici. Venez, à présent, nous allons prendre un thé. J'ai des nouvelles !

— Moi aussi.

Elles se rendirent dans la salle commune où d'autres pensionnaires les rejoignirent. L'une prépara le thé, une autre coupa des tranches de cake. Elles prirent place autour de la grande table ronde que Rabbie avait construite.

— Je crains que les nouvelles que j'apporte ne soient pas bonnes, prévint Catriona. Mon oncle, le comte de

Norwood a obtenu pour nous une audience auprès du
Lord Avocat.

— Nous le savons déjà.

Catriona demeura un instant saisie de stupeur.

— Mais… Comment ?

— Lady Mackenzie est venue nous l'annoncer voilà
quelques jours, quand elle l'a elle-même appris.

Stupéfaite, Catriona observa leurs visages qui ne
semblaient ni défaits ni apeurés.

— Dans ce cas, vous savez déjà que nous n'avons
qu'un peu de répit avant de devoir quitter l'abbaye,
dit-elle lentement pour s'assurer qu'elles avaient toutes
bien compris les conséquences de cette nouvelle.

Elles acquiescèrent en chœur.

— Est-ce que… vous comprenez ce que cela signifie ?
insista-t-elle, de plus en plus perturbée par leurs mines
sereines.

— Oui, oui, lui assura Rhona en prenant sa main.
Nous avons un plan, mademoiselle Mackenzie. Un
très bon plan.

— Un plan ? De quoi parlez-vous ?

— Nous allons devenir tisserandes ! s'exclama l'une
des dernières arrivées qui mettrait bientôt un enfant
au monde.

Tisserandes ?

— C'est vrai ! confirma joyeusement Rhona. Personne
ne vous l'a donc dit, à Balhaire ? C'est une idée de votre
belle-sœur Lottie. Elle nous a raconté qu'un jour, son
père avait décidé que leur clan allait produire du tissu
de lin en quantité. Il a donc acheté des métiers à tisser,
malheureusement pour lui, il n'a jamais pu trouver de

la fibre de lin. Son projet ne s'est finalement pas déroulé comme prévu.

Catriona avait entendu beaucoup d'histoires à propos du père de Lottie et ne fut donc pas particulièrement surprise qu'il ait tenté de faire du lin sans fibre de lin. Elle ne comprenait pas pour autant où voulait en venir Rhona, qui poursuivit :

— Cette histoire lui a donné une idée. Quand elle a vu le nombre de moutons qui paissaient alentour, et les besoins de laine ne serait-ce qu'à Balhaire, elle a émis l'idée que nous récoltions et tissions la laine nous-mêmes. Lottie Mackenzie est une femme intelligente !

— Mais comment ? Nous n'y connaissons rien en tissage.

— En effet. Par chance, il se trouve que les MacGregor font un peu de tissage. Le laird Mackenzie leur a parlé et ils affirment que ce n'est pas si compliqué quand on a les métiers et les bonnes roues. L'un d'entre eux viendra très bientôt nous expliquer. Voilà ! Nous sommes bel et bien tisserandes !

Les femmes la regardaient toutes avec excitation. Elles étaient de toute évidence ravies de ce plan et Catriona devait bien admettre qu'il était aussi bon qu'un autre. Ainsi, elles accumuleraient de la richesse en vendant leurs productions. En vérité, elle aurait dû être tout aussi enthousiaste de voir qu'une solution avait été trouvée.

Le problème, dut-elle admettre en son for intérieur, c'est que personne n'avait eu besoin d'elle pour trouver cette solution.

— Où vivrez-vous, après ?

— À Auchenard, répondit l'une d'entre elles. Lors Chatwick a assuré qu'il serait ravi de nous héberger là-bas, où il ne va jamais, le temps que nous trouvions où nous établir définitivement.

Auchenard était un ancien pavillon de chasse que possédait sa famille et dans lequel Daisy et Cailean avaient forgé leur amour mutuel. Le pavillon appartenait aujourd'hui au fils de Daisy qu'elle avait eu d'un premier mariage, le fameux Lord Chatwick. L'endroit était en effet désert la plupart du temps et Catriona se demanda soudain pourquoi ni elle ni Zelda n'y avaient songé plus tôt.

Tandis que Rhona et les autres lui révélaient les détails de leur plan, elle prit de plus en plus conscience que sa présence n'était absolument pas nécessaire pour veiller sur l'abbaye et ses pensionnaires. Kishorn Abbaye n'avait plus besoin d'elle.

Quand il fut temps de rentrer à Balhaire, elle marcha lentement au milieu des ruines. Elle s'arrêta pour embrasser les alentours du regard. Pendant plus d'un an, elle avait dédié tout son temps et son énergie à ce lieu. Il était difficile de songer qu'il disparaîtrait bientôt, du moins, tel qu'elle l'avait connu. De même, ces femmes qui avaient donné un sens à sa vie, avaient enfin trouvé le leur et s'apprêtaient à suivre leur propre chemin. C'était exactement ce qu'elle avait voulu pour elles. Cependant, elle ne pouvait s'empêcher de ressentir de la tristesse et un léger sentiment d'abandon, quand elle songeait que tout cela s'était passé sans elle.

Rhona arriva dans son dos, un large sourire aux lèvres, inconsciente de son chagrin. Côte à côte, elles rejoignirent la porte d'entrée.

— Ah ! Voilà le cocher qui vient pour vous ramener, annonça-t-elle. Il est temps de partir !

Bien sûr, elle entendait par là qu'il était temps pour Catriona de rentrer à Balhaire, pourtant les mots la touchèrent en plein cœur. Il était temps de partir, en effet, temps de laisser cette partie de sa vie derrière elle.

— Oh ! j'ai failli oublier ! Attendez un instant, mademoiselle Mackenzie !

Rhona repartit en toute hâte à l'intérieur avant de revenir, une lettre à la main.

— J'avais promis de ne pas vous la donner tant que l'avenir de l'abbaye ne serait pas décidé.

Catriona reconnut avec une émotion indicible l'écriture de tante Zelda. Elle lui avait laissé une lettre, après tout !

— Merci, je croyais…

Elle ne termina pas sa phrase, la gorge serrée par le chagrin et la reconnaissance.

Rhona lui rendit un sourire plein d'empathie. Zelda avait énormément compté pour elle aussi.

— Vous reviendrez, n'est-ce pas ? Pour voir comment se porte notre nouvelle recrue ?

Catriona jeta un regard nostalgique sur les pierres.

— Je serai là jusqu'à la fin, Rhona.

Elles s'enlacèrent un bref instant puis Catriona monta dans la voiture qui l'attendait. À peine installée, elle ouvrit la lettre :

Ma chère Catriona, la prunelle de mes yeux, l'enfant de mon cœur.

Mon plus grand désir était de te transmettre tout ce que je savais, et pourtant, alors que je suis désormais allongée sur mon lit de mort et que je repense à ma vie, je sais qu'il reste une leçon essentielle à te délivrer : tu dois vivre sans aucun regret, leannan. Tu as reçu le don d'une vie privilégiée dans ce monde si difficile, aussi, tu dois la vivre pleinement et l'aimer, à chaque instant. Ne regarde pas vers le passé. Peu importent les douleurs que tu as vécues, elles ont existé pour une raison. Ne t'inquiète pas de l'avenir, car il est tout autant écrit que le passé et tu n'y changeras rien. Ne te préoccupe pas des mauvaises langues, jamais.

Je n'aurais pas eu une vie aussi riche, d'amour, de déceptions aussi, et de grandes joies, si je m'étais inquiétée des ragots.

Je sens la vie me quitter à chaque instant, bientôt, il ne restera rien de moi, et je n'ai aucun regret. Je sais que tu seras triste quand l'abbaye devra fermer ses portes, je suspecte que tu feras tout pour empêcher cette fin. Advienne que pourra !

Je ne souhaite qu'une seule chose pour toi : que tu vives sans regarder en arrière, mais tout entière tournée vers la prochaine aventure extraordinaire.

Surtout, que tu vives libre, sans te laisser enfermer dans l'opinion des autres. C'est bien là la plus grande liberté qui soit.

Mo chridhe, *tu m'as donné tant de joie. Je pars heureuse.*

Zelda, avec tout mon amour.

En pleurs, Catriona lut la missive encore deux fois avant de la ranger dans son manteau. Elle aimait sa tante de tout son cœur... Seulement elle n'était pas comme elle.

Elle ne pouvait pas faire autrement que songer avec regret et nostalgie à l'été qu'elle venait de passer avec

Hamlin. Il était atrocement douloureux d'avoir aimé à ce point pour finir par perdre cet amour.

Elle aurait tant aimé pouvoir demander à Zelda comment elle avait enduré la perte d'oncle Knox quand leur histoire avait dû prendre fin. Comment sa tante était-elle parvenue à croire que d'autres aventures extraordinaires l'attendaient après la perte de cet amour ?

Pour Catriona, le meilleur de son existence s'était passé à l'ombre d'un if centenaire.

À présent que même l'abbaye allait disparaître, il n'y avait plus rien dans sa vie. Rien qui lui permette de se tourner vers l'avenir. Rien pour lui donner de la joie. Rien.

Chapitre 27

Catriona vit passer sans vraiment les vivre les deux semaines qui suivirent. Elle avait quitté Dungotty depuis vingt-deux jours. Vingt-deux jours qu'elle n'avait plus revu Hamlin. Chaque jour l'épuisait un peu plus. Elle avait constamment l'impression de manquer d'air, comme si ses poumons ne parvenaient plus à s'emplir.

Elle fit de son mieux pour garder sa souffrance secrète en se jetant à corps perdu dans le nouveau défi du tissage de la laine. Elle apprit tout sur ce commerce.

Ce jour-là, elle rentrait justement avec sa belle-sœur Bénédicte de l'île de Skye où elles avaient rendu visite à une amie proche de Catriona, Lizzie MacDonald, et à son frère, Ivor. Ce dernier avait plusieurs fois par le passé tenté de la courtiser. Cette fois-ci, quand il ne rougissait pas en la regardant, il lui avait expliqué le marché de la laine.

Ivor MacDonald était un homme bon. Seulement, il n'était pas son duc.

Elles parvenaient sur la côte toute proche de Balhaire quand Bénédicte nota la présence d'un navire dans la crique.

— Qui a bien pu venir jusqu'ici ?

Catriona observa le pavillon anglais qu'elle ne connaissait pas.

— Je ne sais pas. Allons voir.

— Pas moi. Je suis affamée ! Je n'en peux plus des biscuits de Lizzie. Crois-tu qu'elle les ait faits avec de la terre ?

Catriona s'esclaffa.

— Le pire, c'est qu'elle s'imagine être bonne cuisinière.

Avec un rire, Bénédicte s'éloigna :

— Je te vois tout à l'heure dans le hall.

Catriona lui fit un signe de la main et se dirigea vers la crique. Elle arrivait au sommet de la dune lorsqu'elle vit un homme remonter vers elle sur le sentier côtier. Elle aurait reconnu cette chevelure auburn n'importe où : c'était Mr Bain. L'homme qu'elle blâmait pour avoir ramené Glenna dans la vie de Hamlin.

Elle s'immobilisa brusquement et croisa les bras sur son torse en l'attendant.

— Que diable faites-vous ici ? l'accueillit-elle froidement.

— *Feagar math*, mademoiselle Mackenzie.

Ses yeux s'écarquillèrent de stupeur.

— Vous parlez gaélique ?

Il lui répondit d'un sourire mystérieux.

— Je suis venu avec Lord Norwood.

— Mon oncle ? Pourquoi seriez-vous venu avec lui ?

— Je travaille à son service, mademoiselle.

— *An diabhal toirt leis thu !* laissa-t-elle échapper, abasourdie.

— Le diable ne m'emportera pas aujourd'hui, mademoiselle Mackenzie.

Quels autres secrets cachait-il derrière son sourire impénétrable ?

— Où est mon oncle ?

Mr Bain se tourna et elle vit son oncle qui arrivait justement sur la côte.

— Oncle Knox ! s'écria-t-elle avant de s'élancer vers lui. Je ne vous attendais pas !

— Je sais, ma chérie. Pour l'amour du ciel, personne ne pourra-t-il donc aider un vieil homme à gravir cette maudite colline ?

— Si vous le souhaitez, milord, je peux demander qu'on apporte une litière, intervint Bain.

— Inutile. Je vais l'aider.

Elle plaça le bras d'oncle Knox autour de ses épaules et commença à marcher.

— Quel plaisir de te revoir, mon oncle. Est-ce *mamma* qui t'a envoyé chercher ?

— Pas du tout. Je suis là parce que j'ai des nouvelles importantes que je préfère délivrer en personne. Et puis, tu as raison, c'est également l'occasion de rendre visite à ma chère sœur avant d'être trop vieux pour le voyage.

— Quelles sont ces nouvelles ?

Il s'arrêta à mi-chemin pour souffler un moment.

— Très bien. Je vais te les dire, parce que tu as le droit de les connaître avant les autres, ma chérie. Tout d'abord, tu dois savoir que le vote a eu lieu et que ton Montrose siège désormais à la Chambre des lords.

Catriona sentit son souffle se bloquer dans sa gorge. Elle tenta de se le représenter parmi ses pairs, mais seul son beau visage s'imposait à son esprit.

— Eh bien, n'as-tu rien à dire ?

— Non, je… Je suis simplement surprise. N'auriez-vous pas pu envoyer cette nouvelle par courrier ? Vous n'avez pas fait tout ce chemin pour cette annonce-là.

— En effet, admit-il tandis qu'un lent sourire apparaissait sur ses lèvres. Je ne suis pas venu pour t'annoncer qu'il était membre du Parlement, mais pour te dire *comment* il a été élu.

Elle cligna des paupières, complètement perdue.

— N'est-ce pas un vote ?

— Oh si ! Mais il y a eu un moment de chaos avant ce vote. Figure-toi que Montrose a tenu à donner quelques éclaircissements avant de laisser ces gentlemans voter.

Elle fronça les sourcils, de plus en plus interdite.

— Quels éclaircissements ?

— En premier lieu, il a révélé toute la vérité sur son « épouse ». Il a avoué devant tous qu'elle l'avait trompé, quitté et lui avait laissé le soin de sa propre cousine. Puis il a dit sans trembler qu'elle était revenue avec l'enfant d'un autre qui grandissait en elle.

Catriona émit un hoquet de stupeur avant de s'agripper à son oncle.

— Il n'a pas fait cela ! Je ne te crois pas !

— Oh ! tu devrais, pourtant, car c'est la vérité ! Je l'ai vu de mes propres yeux, ma chérie !

— Toi ? Tu assistais donc au vote ?

— Eh bien, j'avais une affaire en cours avec Mr Bain. Peu importe. En revanche, ne doute pas un instant que Montrose a bel et bien tout dit du fiasco de son mariage devant tous ces gouvernants. Puis il a poursuivi en déclarant que si Kishorn Abbaye n'avait pas existé et accueilli des femmes comme la précédente duchesse, il aurait été forcé de prendre à sa charge une femme adultère et son enfant, car c'était ce que la décence exigeait.

Enfin, il a assuré qu'il avait l'intention, s'il était élu, de se battre pour toute l'Écosse, y compris les faibles et les miséreux, et que si cela en gênait certains, ils ne devaient pas voter pour lui car rien ne le détournerait de son objectif.

Catriona couvrit sa bouche ouverte de ses mains. Oncle Knox posa une main apaisante sur son bras.

— Ils ont voté pour lui, Cat. Tous, à l'exception de Caithness, lequel, si j'ai bien compris, s'est senti trahi par MacLaren. Néanmoins, Montrose a été largement élu et il vit désormais à Londres.

Le choc premier passé, Catriona se mit à rire de bonheur. La fierté et l'amour se mêlaient dans son cœur et elle aurait aimé pouvoir dire à Hamlin l'immense fierté qu'elle ressentait en cet instant.

— Merci, oncle Knox. Merci d'être venu jusqu'ici pour me le dire. Cela me rend infiniment heureuse.

— Crois-tu que ce soit pour cela que j'ai fait tout ce chemin ? Non, ma chérie ! Je suis ici sur la requête du duc lui-même.

— Quelle requête ?

— Que crois-tu ? Aucun homme ne pourrait trouver Balhaire sans guide ! Tu vis au cœur des Highlands, ma chérie !

Il fallut quelques secondes pour que Catriona prenne la mesure de ce qu'il venait de dire. Son cœur se serra brutalement. Ses mains se mirent à trembler violemment et ses pensées tournoyaient à toute vitesse, provoquant une furieuse tempête dans son esprit. Elle attrapa nerveusement le bras de son oncle.

— Que veux-tu dire ? balbutia-t-elle. Parle claire-ment ! Il... Il est là ?

Sa voix vibrait d'espoir. Oncle Knox tendit la main vers la crique et elle poussa un cri de stupeur émerveillé. Catriona saisit jupes et jupons et se mit à courir vers la côte.

— Ne te brise pas une cheville, ma chérie ! cria oncle Knox dans son dos.

Elle ne ralentit pas pour autant. Elle continua sa course sur le sable, aussi vite que ses jambes le lui permettaient. Si vite que ses cheveux s'échappaient de son chignon et que ses poumons la brûlaient.

Il n'y avait rien sur la plage, à l'exception d'une légère embarcation qui avait quitté le navire. Une silhouette se leva sur la barque.

Hamlin.

Il était venu à Balhaire. Il était venu à elle.

Une émotion indescriptible l'envahit. Soudain, ses jambes ne la portèrent plus et elle se laissa tomber à genoux sur le sable. Elle avait cru ne jamais le revoir.

Le bateau était encore à bonne distance de la côte quand Hamlin sauta de l'embarcation pour, de l'eau jusqu'à la taille, la rejoindre.

Le cœur dilaté d'allégresse, Catriona trouva la force de se relever pour courir vers lui, sans se préoccuper de l'eau qui trempait ses jambes.

— Mon Dieu, Catriona, souffla-t-il en la serrant contre lui un instant plus tard. J'ai eu tellement peur de ne plus jamais te revoir.

Il enfouit son visage dans ses cheveux tandis qu'elle tentait désespérément de retrouver un peu de souffle pour balbutier :

— Tu es venu.

— Bien sûr, mon amour. Comment pourrais-je te

quitter ? Comment aurais-je pu vivre un instant de plus loin de toi ?

Il la souleva dans ses bras pour la ramener sur le rivage. Il l'avait à peine reposée sur ses pieds qu'ils s'embrassaient passionnément, sans se préoccuper un seul instant de ce que penseraient les spectateurs du navire. Peu importaient les rumeurs des mauvaises langues. Ils étaient tous deux entièrement tournés vers la prochaine aventure extraordinaire qui les attendait.

Sans cesser de l'embrasser avec volupté, Catriona resserra les doigts autour de ses bras, inquiète de le voir disparaître. Ce fut Hamlin qui mit un terme à ce baiser ravageur. Seulement pour s'agenouiller devant elle.

— Que fais-tu ? demanda-t-elle, stupéfaite.

— N'est-ce pas évident ? Je viens te demander, non, te supplier, de devenir ma femme, Catriona Mackenzie. Viens avec moi à Londres, travaille à mes côtés. Sois mon amour, mon amante et la mère de mes enfants.

Était-elle en plein rêve ? Comment pouvait-on passer du désespoir le plus profond à cette joie immense et enivrante ?

Hamlin dut prendre son silence émerveillé pour de l'hésitation car il prit sa main dans la sienne :

— Tu as raison, nous n'en avons jamais parlé. Il y aurait eu tant à dire, mais nous ne parlions pas car nous étions trop occupés à vivre chaque instant.

Bouleversée, Catriona tomba à genoux à son tour.

— Ne me répondras-tu donc rien ?

— Je n'arrive plus à respirer. Plus depuis que nous nous sommes quittés.

— Alors, tu peux enfin respirer, mon amour. Je

suis là. Je suis venu pour toi. Et je ne te quitterai plus. Dis-moi oui, Catriona, je t'en prie.

— Oui, souffla-t-elle. Mille fois oui !

Il éclata de rire en la serrant contre lui. Ils roulèrent ensemble dans le sable et, pour la première fois depuis des semaines, Catriona put enfin prendre une véritable inspiration.

Épilogue

Comme on aurait pu s'y attendre, il y eut un certain tumulte lorsque Catriona apparut au bras d'un étranger qu'elle présenta joyeusement comme son fiancé. Heureusement, oncle Knox intervint rapidement pour clarifier la situation. Contrairement aux soupçons de Catriona, il n'avait jamais éventé le secret de sa liaison, mais il était plus qu'heureux à présent de pouvoir conter toute l'aventure. Il y ajouta même des événements et des embellissements dont elle était certaine qu'ils n'avaient pas existé.

Hamlin conclut l'histoire en demandant officiellement la main de Catriona à son père.

Sa famille semblait abasourdie et regardait Hamlin comme s'il était une apparition de l'au-delà. Comment en aurait-il été autrement, d'ailleurs ? Celle qu'ils percevaient tous comme une célibataire endurcie avait finalement jeté son dévolu sur un duc ! Et pas n'importe quel duc, mais un pair du royaume qui siégeait à la Chambre des lords et partageait en outre leurs points de vue sur la justice humaine.

Oui, Catriona allait épouser le meilleur homme qu'elle ait rencontré, ce qui n'était pas peu dire, parce que seuls des hommes braves et bons étaient réunis dans la grande salle de Balhaire. Tous ceux qu'elle aimait. Il ne manquait qu'Eula et Miss Burns, dont Hamlin lui apprit qu'elles attendaient impatiemment des nouvelles de leurs retrouvailles. Ils les rejoindraient très bientôt à Londres.

— À Londres ? s'exclama Vivienne. Je ne peux pas m'en sortir sans toi, ici, voyons !

— Bien sûr que tu peux ! dit Marcas en l'embrassant sur la joue. Laisse Catriona connaître le bonheur que nous avons, tu veux ?

Ils ne purent publier les bans puisque Hamlin devait être rentré à Londres le mois suivant pour le lancement de la session parlementaire. Ainsi, ils furent autorisés, grâce à la loi écossaise, à contracter un mariage « irrégulier ». La célébration eut lieu à Balhaire à la fin de la semaine.

Une semaine plus tard, Catriona et son mari faisaient voile vers Londres. Tout était arrivé si vite qu'elle était encore dans le même état de stupéfaction émerveillée que le jour où elle avait vu la silhouette de Hamlin se lever sur cette barque.

À leur arrivée, Hamlin prit ses nouvelles fonctions auprès du Parlement et Catriona se lança dans ses nouvelles tâches. Elle se retrouvait désormais duchesse, maîtresse d'une grande demeure et ce statut impliquait des responsabilités qu'elle prenait très au sérieux.

Au bout d'un mois, Catriona découvrit avec délectation qu'elle attendait un enfant. Apparemment, elle n'était pas aussi vieille qu'on s'était plu à le lui répéter pendant des années ! Quand elle l'annonça à Hamlin le soir même, ils déliraient littéralement de bonheur.

Cela dit, tout n'était pas parfait. La vérité sur le premier mariage de Hamlin avait commencé à se répandre dans tout Mayfair et les gens chuchotaient sur ce nouveau parlementaire, divorcé et remarié à une Highlander.

Un soir que le poids des ragots semblait particulièrement lourd, Catriona tenta de l'apaiser :

— N'écoute pas ce qu'ils disent. N'est-ce pas la plus grande liberté que de ne pas te soucier de ce qu'on dit de toi ?

Il rit tout bas et l'attira entre ses bras.

— Quelle sagesse, mon épouse… La seule opinion qui m'importe est la tienne, *leannan.*

Bien entendu, la rumeur ignorait que Hamlin avait rendu l'argent de sa dot et la demeure de ses parents à Glenna pour qu'elle puisse élever son enfant dans des conditions privilégiées. Contrairement à ce qui se disait, il était tout sauf un être sans cœur.

Hamlin et Catriona furent stupéfaits de recevoir une lettre de Balhaire, affirmant que Glenna désirait rester encore un moment à Auchenard malgré la générosité de Hamlin. Elle voulait aider les femmes à établir leur fabrique de tissage. Apparemment, elle s'était fait des amies à Kishorn Abbaye.

— Comment est-ce *possible* ? articula Catriona, médusée. Elle est la personne la plus détestable qu'il m'ait été donné de rencontrer !

Ils étaient allongés dans leur lit et Hamlin caressait paresseusement son ventre.

— Peut-être que l'enfant qu'elle porte a adouci son caractère ? Je n'en sais rien, en vérité. Mais j'espère de tout cœur qu'elle a changé pour de bon, pour elle, et surtout pour cet enfant à naître.

Quant à Eula, elle s'épanouissait merveilleusement à Londres. Elle était désormais entourée d'amies et ses études étaient entrecoupées de thés chez d'autres jeunes filles, ou de promenades dans Grosvenor Square, au cours desquelles ces demoiselles feignaient de se révolter des regards que leur jetaient leurs admirateurs.

Hamlin s'investit avec passion dans ses nouvelles tâches, et plus particulièrement dans les réformes concernant le droit des plus démunis. Toutefois, aussi absorbé était-il dans son travail, il n'en oubliait jamais sa femme. Catriona ne pouvait exprimer aucune plainte. Il était un époux attentif, aimant et tendre. Elle s'émerveillait chaque jour que cet homme incroyable soit à elle.

Dire que pendant des années, elle s'était désespérée de ne pas connaître le mariage... Il avait juste fallu patienter quelques années de plus pour trouver l'homme parfait.

Ainsi épaulée, Catriona s'installa peu à peu dans sa nouvelle existence londonienne. La société était très différente de ce qu'elle avait connu dans les Highlands. Par chance, la compagnie de Dungotty l'avait un peu préparée à affronter les obstacles. Les dames la considéraient au premier abord avec un dédain mêlé de fascination. Puis, au fur et à mesure de sa grossesse, tandis qu'elle faisait tout son possible pour être acceptée, certaines connaissances se prirent d'affection pour elle.

Elle se fit donc des amies sincères, même si aucune d'elles n'était aussi proche que sa mère, sa sœur ou ses cousines. Comment s'étonner qu'il lui faille du temps pour s'acclimater alors que son père lui avait répété depuis le berceau de ne jamais se fier à un Anglais ?

Peu avant qu'elle doive se retirer de la société pour préparer sereinement la venue de son enfant, elle reçut la visite d'oncle Knox. Cette fois, sans son nouvel acolyte, Mr Bain.

— L'aurais-tu enfin remercié ? lui demanda-t-elle, non sans malice.

Il rit de bon cœur.

— Comptes-tu lui en vouloir encore longtemps ? Selon moi, s'il n'avait pas ramené cette chère Mrs Guinne à Blackthorn Hall, tu ne serais sans doute pas sur le point de mettre au monde la progéniture d'un duc.

Catriona haussa les épaules, la moue boudeuse. Elle pouvait difficilement le contredire.

— Très bien. Où est-il, alors ?

— Je l'ai envoyé à Balhaire. Il semble que la nièce de Marcas se soit mise dans le pétrin. Il va l'aider à en sortir.

En effet, Vivienne s'était plusieurs fois plainte dans ses lettres de la conduite de la nièce en question, sans préciser les raisons du scandale.

Sa mère aussi lui écrivait régulièrement, lui donnant des nouvelles de Kishorn Abbaye et de l'avancement de l'installation à Auchenard. La plupart des pensionnaires s'y étaient établies et quelques-unes étaient parties en quête d'un nouvel avenir.

Alors que la date de sa délivrance approchait, Catriona remarqua que les bruits concernant le précédent mariage de Hamlin commençaient à se tarir. Ce qui était bien l'un de ses seuls sujets de soulagement.

En effet, l'été était de retour et la chaleur écrasante lui était insupportable. Aucun fauteuil, aucun matelas ne lui paraissait confortable et même les massages que lui administrait tendrement Hamlin n'amélioraient pas son confort.

Elle marmonnait souvent qu'elle devait porter un

cheval à cause de toutes ses escapades aux ruines, tant son ventre était anormalement gonflé.

La nuit où l'enfant s'annonça, un terrible orage s'abattit sur Londres. Heureusement, Hamlin était à la maison, en réunion avec ses conseillers dans son bureau. Il fit rapidement venir une sage-femme. L'épreuve de l'enfantement commença alors pour Catriona. Elle crut bien ne pas y survivre, pourtant, comme l'aube approchait, et que la pluie cessait, ils comprirent enfin les raisons de son état misérable des dernières semaines. Elle ne donna pas naissance à un, mais à deux petits garçons en pleine santé. Ils étaient parfaitement identiques, avec les cheveux et les yeux sombres de leur père.

Catriona oublia aussitôt ses tourments. Elle n'aurait pu être davantage comblée qu'en cet instant où elle contempla Hamlin qui tenait ses deux fils dans ses bras, les yeux brillants de larmes d'émotion.

Les mots de Zelda lui revinrent en mémoire :

« Ne regarde pas en arrière, mais toujours devant, vers la prochaine aventure extraordinaire. »

À l'époque, elle était persuadée que sa meilleure aventure était derrière elle. Désormais, elle savait que c'était faux. Son bonheur était si intense qu'elle attendait avec impatience la prochaine aventure extraordinaire qu'ils vivraient tous ensemble.

Retrouvez en mars 2020,
dans votre collection

Victoria

Anna Lyra
L'île du Ragnarök
Série : Les amants du Vinland

Leifsbúdir, Vinland, en l'an 1002

Par les jupons de Thor ! En voyant la flamme de fureur dans le
regard de Freydis Eiriksdottir, la skjaldmö sut qu'elle avait
commis une erreur. Une erreur impardonnable. Pourquoi Astrid
avait-elle échoué à obéir aux ordres ? Pourquoi n'avait-elle pas
pu tuer Rorik, le traître coupable de la mort de son frère, comme
elle le devait ? Pour la première fois de sa vie, il semblerait
qu'elle ait à choisir vers qui ira sa loyauté : Freydis, l'épouse
du chef qu'elle admire, ou bien Rorik, cet homme dangereux
capable de troubler ses sens et son esprit ?

Lorraine Heath
Galant et scélérat
Série : La saison du pêché

Londres, 1871

Quand leurs chemins se croisent à nouveau alors que Lavinia
court un grand danger dans les rues malfamées de Whitechapel,
impossible de renier le désir qui crépite entre eux. Finn
Trewlove, son premier amour – le scélérat qui l'a abandonnée
huit ans plus tôt alors qu'ils devaient s'enfuir pour protéger leur
futur enfant –, vient de la secourir. Surgi de l'ombre comme un
spectre du passé, Finn est un traître dont il lui faut s'éloigner,
sur-le-champ, malgré la sincérité qui semble creuser ses traits.

La romance historique n'a jamais été aussi moderne.

H HARLEQUIN
www.harlequin.fr

Retrouvez en mars 2020,
dans votre collection

Victoria

Natacha J. Collins
L'usurpatrice des Hautes Terres

Écosse, 1307

Reprends-toi, petite sotte ! Pour la première fois, Émilia McTrayall a l'opportunité d'assumer sa destinée. De mener à bien le seul projet qui la ronge : se venger des Sinclair, les démons qui ont ravagé son village et tué ses parents sous ses yeux, quand elle était enfant. Elle revêtira le masque de la promise de Calvin Sinclair, la timorée Meagan McDowall, prisonnière des geôles du clan McTrayall. C'est là sa seule chance de mettre fin au règne tyrannique du clan ennemi et de briser la fragile alliance avec le roi Robert Bruce... même s'il lui faut pour cela sacrifier Calvin qui semble si sincèrement épris d'elle.

Joan Wolf
Le blason et le lys

Angleterre, Moyen Âge

En ce jour de noces, le ciel était aussi sombre que les sentiments d'Eleanor de Bonvile tandis qu'elle pénétrait dans la cathédrale. Perdre sa sœur aînée était déjà en soi une dure épreuve, et voilà qu'elle devait à présent prendre la place de celle-ci devant l'autel. Pourquoi le sort semblait-il ainsi s'acharner sur elle ? À ses côtés, son futur époux, lord Roger de Roche, comte du Wiltshire, semblait aussi en proie à une tension insoutenable. Qui aurait pu l'en blâmer ? Pourtant, dans quelques instants à peine, elle serait l'épouse de cet inconnu, son unique seigneur et maître...

La romance historique n'a jamais été aussi moderne.

HARLEQUIN
www.harlequin.fr

OFFRE DE BIENVENUE !

Vous êtes fan de la collection Victoria ?
Pour prolonger le plaisir, recevez

1 livre *Victoria* gratuit
et 2 cadeaux surprises !

Une fois votre colis de bienvenue reçu, si vous souhaitez continuer à recevoir nos livres Victoria, cela se fera automatiquement. Vous recevrez alors tous les 2 mois 3 livres inédits de cette collection. Le prix du colis s'élèvera à 25,69€ (Frais de port inclus).

➡ **LES BONNES RAISONS DE S'ABONNER :**

Aucun engagement de durée ni de minimum d'achat.
•
Aucune adhésion à un club.
•
Vos romans en avant-première.
•
La livraison à domicile.

➡ **ET AUSSI DES AVANTAGES EXCLUSIFS :**

Des cadeaux tout au long de l'année.
•
Des réductions sur vos romans par le biais de nombreuses promotions.
•
Des romans exclusivement réédités notamment des sagas à succès.
•
L'abonnement systématique et gratuit à notre magazine d'actu ROMANCE.
•
Des points fidélité échangeables contre des livres ou des cadeaux.

➡ **REJOIGNEZ-NOUS VITE EN COMPLÉTANT ET EN NOUS RENVOYANT LE BULLETIN !**

✂ -

N° d'abonnée (si vous en avez un) ⊔⊔⊔⊔⊔⊔⊔⊔⊔⊔⊔   `V0ZEA3`

Mme ☐ Mlle ☐ Nom : ....   Prénom : ....

Adresse : ....

CP : ⊔⊔⊔⊔⊔⊔   Ville : ....

Pays : ....   Téléphone : ⊔⊔⊔⊔⊔⊔⊔⊔⊔⊔

E-mail : ....

Date de naissance : ⊔⊔ ⊔⊔ ⊔⊔⊔⊔
☐ Oui, je souhaite être tenue informée par e-mail de l'actualité d'Harlequin.
☐ Oui, je souhaite bénéficier par e-mail des offres promotionnelles des partenaires d'Harlequin.

<u>Renvoyez cette page à</u> : **Service Lectrices Harlequin – CS 20008 – 59718 Lille Cedex 9 - France**

Date limite : **31 décembre 2020**. Vous recevrez votre colis environ 20 jours après réception de ce bon. Offre soumise à acceptation et réservée aux personnes majeures, résidant en France métropolitaine. Prix susceptibles de modification en cours d'année. Vous pouvez demander à accéder à vos données personnelles, à les rectifier ou à les effacer. Il vous suffit de nous écrire en nous indiquant vos nom, prénom et adresse à : Service Lectrices Harlequin - CS 20008 - 59718 LILLE Cedex 9. Harlequin® est une marque déposée du groupe HarperCollins France – 83/85, Bd Vincent Auriol – 75646 Paris cedex 13. Tél : 01 45 82 47 47. SA au capital de 3 120 000€ - R.C. Paris. Siret 31867159100069/APE5811Z.

Composé et édité par HarperCollins France.

Achevé d'imprimer en décembre 2019.

CPi

BLACK PRINT

Barcelone

Dépôt légal : janvier 2020.

MIXTE
Papier issu de
sources responsables
FSC® C108412

Pour limiter l'empreinte environnementale
de ses livres, HarperCollins France s'engage
à n'utiliser que du papier fabriqué à partir de
bois provenant de forêts gérées durablement
et de manière responsable.

Imprimé en Espagne.